«i grandi» tea

Dello stesso autore in edizione TEA:

La psichiatra
Il superstite
Follia profonda
Il mio cuore cattivo
Phobia
Incubo
Gli eredi
Presenza oscura
L'ossessione

Wulf Dorn

Incubo

Romanzo

Traduzione di
Alessandra Petrelli

TEA

Per informazioni sulle novità
del Gruppo editoriale Mauri Spagnol visita:
www.illibraio.it

TEA - Tascabili degli Editori Associati S.r.l., Milano
Gruppo editoriale Mauri Spagnol
www.tealibri.it

Prima edizione italiana presso Corbaccio, maggio 2016

Titolo originale
Die Nacht gehört den Wölfen

Edizione speciale TEA Tandem aprile 2017
Prima edizione « I Grandi » TEA febbraio 2018
Prima edizione SuperTEA maggio 2019
Quarta ristampa SuperTEA settembre 2021
Terza ristampa « I Grandi » TEA marzo 2023

In ricordo di Rod Serling.
Spero che ci incontreremo
Un giorno nella twilight zone.

E per Anita.
Tutte le volte per te!

«Il lupo non è sempre come sembra.»

C'ERA UNA VOLTA...

...una bella giornata di giugno. Due bambini di cinque anni, un maschio e una femmina, osservavano dalla staccionata del giardino il gatto dei vicini che aveva catturato un uccellino. L'aveva bloccato sul prato, ci aveva giocato per un po', poi gli aveva spaccato la testa con un morso.

La bambina distolse lo sguardo, disgustata, e strinse la mano del bambino.

«Sai una cosa?» disse. «Ci hanno detto una bugia.»

Il bambino la guardò senza capire. «Chi ci ha detto una bugia?»

«I grandi. Ci raccontano le favole, ma non sono mica vere.»

Indicò il gatto che aveva divorato la preda in due bocconi e stava trotterellando via soddisfatto. Dell'uccellino rimanevano soltanto un'ala strappata e un mucchietto di piume insanguinate.

«Se adesso apriamo la pancia del gatto, l'uccellino non volerà via. Non è possibile, è morto.»

Il bambino pensò alla favola che sua madre aveva letto loro la sera prima. «È vero. È quello che sarebbe successo anche a Cappuccetto Rosso e alla nonna, ma solo se il lupo se le fosse mangiate *per davvero*.»

«Proprio così.» La bambina annuì. «Il lupo ha denti

molto più affilati di un gatto. Quindi la favola è una bugia e la tua mamma non ci ha detto la verità.»

«Forse voleva dire un'altra cosa» rifletté il bambino. «Le favole si raccontano per insegnare qualcosa.»

«Secondo te è così?»

«È quello che dice il mio papà.»

La bambina ci pensò su qualche istante, senza distogliere lo sguardo dal triste mucchietto di piume.

«Ma allora il lupo non è un vero lupo» disse alla fine. «Forse significa un'altra cosa?»

Il bambino si strinse nelle spalle. «Può darsi. Ma che cosa?»

«Il lupo è vivo» disse la bambina. «Forse significa che Cappuccetto Rosso ha fatto qualcosa di male. E visto che è stata cattiva viene punita. Viene mangiata come l'uccellino.»

Il bambino non era troppo convinto. «Ma la nonna non aveva fatto niente di male. Perché il lupo mangia anche lei?»

«Non è stata colpa sua» ribatté la bambina. «Ma, siccome Cappuccetto Rosso ha creduto al lupo e ha fatto qualcosa di male, anche alla nonna è capitato qualcosa di brutto.»

«Qualcosa di male» la corresse il bambino.

«Il male è da tutte le parti» dichiarò seria la bambina. «Lo dice sempre il mio papà. E che bisogna stare sempre in guardia.»

Il bambino aggrottò la fronte. «Ma allora che cosa c'entra il cacciatore? Se il lupo è il male, il cacciatore che cos'è?»

«Non ne ho idea» rispose la bambina. Poi lo prese per mano. «Vieni, mi sto annoiando. Torniamo a giocare.»

Ritornarono di corsa in terrazza e ben presto dimenticarono il gatto, l'uccellino e la fiaba.

Il vento poi spazzò via il mucchietto di piume. Solo guardando attentamente era ancora possibile scorgere una traccia di sangue nell'erba.

PRIMA PARTE
Brutti sogni

Here in the black, it comes.
Here in the black, it comes for me.
Here in the black, I'm lost.

Gary Numan

1

Niente dura per sempre. La sicurezza è un'illusione. Simon Strode fece questa amara esperienza un sabato di marzo.

Bastò un secondo e la sua vita non fu più quella di prima. Tutto ciò che gli era caro e prezioso gli fu tolto. Senza preavviso.

Quel sabato era cominciato come tutti gli altri. Dopo colazione si era messo a studiare per il compito d'inglese di lunedì, quindi aveva letto gli ultimi post su un forum di videogiochi e ascoltato un po' di musica, finché la madre lo aveva chiamato per il pranzo.

Tutto era come sempre, ma prima di sera sarebbe diventata la giornata peggiore della sua vita.

Quella notte, sdraiato in un letto dell'ospedale di Fahlenberg a guardare le ombre sul soffitto della camera, la sua mente era occupata da un unico pensiero. Era un pensiero che gli girava nella testa come un uccello nero e non voleva più andare via.

Perché sono sopravvissuto?

2

Erano riusciti a partire solo intorno all'una e mezzo. Il padre di Simon era dovuto andare a ritirare il cesto dei regali per zia Tilia e come al solito aveva sottovalutato il traffico del sabato a Stoccarda. Di solito Lars Strode si spostava con i mezzi pubblici, che erano molto più veloci, ma il cesto era troppo ingombrante e pesante per trascinarselo dietro per mezza città.

Quando, con notevole ritardo, si erano messi in viaggio per il compleanno di Tilia, il cesto decorato con un nastro rosso, simile a un mostro inquietante, occupava il bagagliaio della Ford station wagon. Sotto l'involucro di cellophane frusciante Simon riconobbe bottiglie di vino, praline e leccornie assortite provenienti dal negozio di specialità italiane di cui il padre era cliente abituale, oltre a una grossa moneta d'argento appesa al manico.

Tilia non dovrà fare la spesa per qualche settimana, questo è poco ma sicuro, pensò Simon. Tuttavia dubitava che avrebbe apprezzato il cesto per il suo cinquantesimo compleanno. Era un regalo adatto a una persona anziana, e anche in quel caso solo se non ti veniva in mente qualcosa di più adatto. D'altronde, però, suo padre non aveva mai avuto molta fantasia per i regali. E sua madre aveva preferito non dare suggerimenti; dopotutto Tilia era la sorella del marito.

Di solito Simon evitava le feste in famiglia, se possibile, ma per Tilia faceva volentieri un'eccezione. Da una parte perché le voleva bene, ma soprattutto perché la zia preparava dolci sensazionali. In cambio era disposto ad affrontare le solite conversazioni del tipo: «Quanto sei cresciuto!» «Come va la scuola?» «Sai già che cosa vuoi fare da grande?» oppure «Allora, ce l'hai la ragazza?»

Inoltre Simon avrebbe rivisto suo fratello Mike, e questo lo riempiva di gioia.

Sentiva molto la sua mancanza da quando Michael si era trasferito nei dintorni di Fahlenberg due anni prima.

Avere un fratello più grande di sei anni era fantastico. Mike lo aveva accompagnato a giocare a calcio, lo aveva portato al cinema e ogni tanto lo aveva fatto entrare a vedere i film vietati ai minori.

Ma soprattutto aveva fatto in modo che Simon si guadagnasse il rispetto degli altri ragazzi della scuola, che altrimenti gli avrebbero reso la vita impossibile, perché Simon... ecco, era *diverso*.

Da quando Michael non abitava più con loro, c'erano di nuovo problemi con i compagni di scuola. Epiteti come «idiota», «fighetta», «perdente» erano l'aspetto più innocuo.

Molto peggio erano i contatti con Ronny, un bullo della sua classe, più grande di lui perché aveva ripetuto l'anno. Era da lui che Simon doveva stare particolarmente in guardia. Il divertimento principale di Ronny sembrava essere quello di umiliarlo. Un tipo come lui, il migliore della classe in quasi tutte le materie, ma un perdente in qualsiasi sport a causa della statura e della magrezza, era il bersaglio ideale per i tipi come Ronny.

Una volta Ronny lo aveva seguito al gabinetto insieme a due amici. Qui gli avevano strappato di dosso lo zaino e, dopo averlo spinto a terra, glielo avevano rovesciato sopra. Poi Ronny gli aveva preso la merenda, gliel'aveva inzuppata nell'orinatoio e lo aveva costretto a mangiarla.

Simon naturalmente si era rifiutato, ma Ronny si era messo cavalcioni su di lui e gli aveva tirato le mutande verso l'alto, fino a strizzargli i testicoli.

Nonostante le grida di Simon, nessuno lo aveva aiutato. I

ragazzi avevano smesso di tormentarlo solo quando si era deciso a dare un morso al pane bagnato che sapeva di piscio. Quando aveva vomitato sul pavimento in mezzo ai suoi libri, gli altri se n'erano andati sghignazzando.

Simon non aveva avuto il coraggio di raccontare l'episodio ai professori o ai genitori. Sarebbe servito solo a peggiorare le cose, di questo era convinto. Si era invece rifugiato nel mondo dei libri e dei videogiochi e cercava di evitare il più possibile gli altri ragazzi.

Non aveva parlato della cosa nemmeno con Mike. Non voleva fargli pensare di non sapersela cavare senza di lui. Mike era il suo modello, Simon voleva che fosse orgoglioso di lui, e quel sabato era ansioso di rivederlo.

Seduto sul sedile posteriore, giocava nervoso a Crossy Road. Non era per niente facile far avanzare la gallina sana e salva per le strade. Quello stupido volatile reagiva troppo lentamente e continuava a farsi investire.

Simon in realtà trovava alquanto stupidi i giochi per il cellulare, ma se non altro gli servivano a passare il tempo durante i lunghi viaggi.

Guardava sempre più spesso l'orologio del cellulare e aveva sempre di più l'impressione che fossero in viaggio da un'eternità. In autostrada erano passati da un ingorgo all'altro e, appena imboccata l'uscita per Fahlenberg, il notiziario sul traffico aveva annunciato un incidente con un mezzo pesante. Lo speaker consigliava di evitare la superstrada, dove si era già formata una coda di quindici chilometri.

Lars Strode decise di prendere la provinciale. *Fantastico. Al diavolo i camion! Ci metteremo un sacco di tempo*, pensò Simon.

Ora tutto questo lo perseguitava nei sogni, e rimpiangeva che avessero evitato la superstrada.

Se fossero rimasti in quella dannata coda, se ci avessero messo di più... almeno sarebbero arrivati.

Era assurdo, Simon lo sapeva. Il passato non si poteva cambiare. Eppure...

A volte non rimanevano che i desideri.

3

Raggiunsero ben presto una zona che Simon non conosceva. Ogni tanto guardava fuori dal finestrino, dove si alternavano vasti campi coltivati e boschi. Qua e là un villaggio con un paio di case, una trattoria e una chiesa. Di tanto in tanto superavano un supermercato o un distributore di carburante.

La batteria del cellulare era quasi scarica. Simon sospirò. Era un modello antiquato che andava tenuto sempre in carica. Aspettava con ansia il giorno del suo sedicesimo compleanno, a giugno, quando avrebbe ricevuto in regalo un nuovo smartphone.

Il viaggio era ancora lungo, e si augurò che la batteria reggesse. Ormai aveva superato diversi livelli, la gallina era viva e Simon aveva totalizzato quasi quattrocento punti. Forse sarebbe riuscito a superare il proprio record personale e toccare i cinquecento.

In quel preciso istante i suoi genitori lanciarono un grido.

Lars e Maria Strode gridarono all'unisono, come se avessero visto qualcosa di spaventoso. Qualcosa che Simon non riuscì neppure a scorgere. Tutto accadde troppo in fretta.

In un istante scoppiò l'inferno.

Stridore di freni.

L'auto che sbandava.

Tutto ruotava intorno a lui.

Per una frazione di secondo Simon scorse la scarpata oltre il ciglio della strada. Poi l'auto volò in quella direzione e si capovolse, più volte. Il sotto diventò il sopra, il sopra il sotto, poi daccapo...

Il frastuono era assordante, come se un gigante stesse prendendo a pugni la carrozzeria.

Simon si sentì sballottato come il bucato nella lavatrice. Si aggrappò disperatamente allo schienale del sedile anteriore, ma perse subito la presa, mentre intorno a lui era tutto un cigolare di lamiere e fragore di vetri infranti.

Fu questione di secondi, ma a Simon parve che la caduta non dovesse mai finire. La cintura di sicurezza lo tratteneva dolorosamente sul sedile.

Intorno a lui era un vorticare di oggetti. Il cesto regalo, le bottiglie di vino, una scatola di cioccolatini, barattoli di conserva, un salame, una giacca, una penna, un paio di occhiali da sole. Qualcosa di piccolo e duro lo colpì alla guancia e per un secondo Simon pensò assurdamente al proprio cellulare.

Poi ci fu lo schianto, brusco e così violento da fargli perdere i sensi.

4

Non sapeva quanto tempo fosse stato svenuto. Forse pochi secondi, qualche minuto. Forse più a lungo.

Quando riprese conoscenza, aveva un mal di testa micidiale. Era stordito, non riusciva a pensare. Provò ad aprire gli occhi, ma aveva le palpebre gonfie. Anzi, tutta la testa era gonfia come un pallone.

Inoltre avvertiva una forte pressione alle orecchie. Udiva

l'urlo incessante del clacson come attraverso uno strato di ovatta.

Faceva fatica a respirare, la cintura di sicurezza gli comprimeva il petto come un nastro d'acciaio e gli schiacciava dolorosamente il lato destro del collo. Per qualche motivo Simon non riusciva a muoversi.

Gli girava la testa e, quando provò a concentrare lo sguardo su un punto fisso, per superare quella sensazione, rimase sorpreso vedendo le proprie braccia rivolte verso l'alto a sfiorare il tettuccio della macchina. Tra le mani aveva un sacchetto di caramelle che la madre gli aveva offerto mentre erano in viaggio.

Perché non sono sdraiato sul tappetino? si chiese confuso. Impiegò ancora un istante prima di ritrovare la lucidità e rendersi conto di essere appeso a testa in giù.

Allora avvertì un odore di benzina e fu colto dal panico.

Devo uscire da qui!

Devo uscire subito!

5

«E poi sono svenuto. Non so per quanto tempo.»

Come accadeva sempre quando raccontava l'incidente, Simon percepì di nuovo quell'indescrivibile oppressione al petto. Gli sembrava di trovarsi ancora intrappolato a testa in giù dentro la macchina.

«Poi mi ritrovo sulla strada. Il clacson non smette mai di suonare. Non so come, ma riesco a uscire dalla macchina, mi trascino carponi sull'asfalto. Ho dolori dappertutto. Alle mie spalle sento il fragore dell'incendio. Non riesco a girarmi, non ce la faccio. Mia madre e mio padre... Loro... insomma, loro erano ancora dentro! »

Deglutì, incapace di proseguire. Succedeva sempre così. Tutte le notti sognava l'incidente, e non smetteva mai. Ma la cosa peggiore era quando doveva parlarne.

Il dottor Forstner gli lasciò tempo, rimanendo in silenzio come al solito, e tutte le volte Simon gli era riconoscente per questo.

Cercò di calmarsi, guardò fuori dalla finestra e si toccò le cicatrici ai polsi. Ormai erano guarite e non gli prudevano più, l'impulso di grattarsi era diventata una stupida abitudine. Quando si rese conto di ciò che stava facendo, smise subito.

Lo studio del dottore si trovava al secondo piano del reparto di psichiatria pediatrica. Era un'afosa giornata d'agosto e guardare fuori il parco della Waldklinik era un bello spettacolo. Gli edifici che ospitavano i reparti erano circondati da alberi, aiuole fiorite e cespugli, che davano l'impressione di trovarsi in un parco e non in un ospedale. Negli ultimi cinque mesi Simon era andato spesso a passeggiare in quel paradiso.

A poca distanza si trovava la foresta di Fahlenberg, il luogo che aveva cambiato per sempre la sua vita.

Per un po' rimase a osservare un elicottero, sospeso sopra gli alberi come una libellula, quasi fosse alla ricerca di qualcosa o qualcuno. Il sole si rifletteva sulla cabina, ma per un attimo Simon ebbe la certezza di vedere la vernice verde e la scritta POLIZIA.

Si domandò se anche dopo l'incidente avessero usato un elicottero, magari un mezzo dell'elisoccorso, ma non se lo ricordava.

Non ricordava tante cose. Per esempio non sapeva come fosse uscito dall'auto.

«Questi vuoti di memoria» disse tornando a guardare il dottor Forstner. «Lei ha detto che sono una conseguenza dello choc, vero?»

Il dottore annuì. Era un uomo magro dai capelli castani con occhi amichevoli che osservavano attentamente Simon. A Simon piaceva, soprattutto perché non somigliava affatto all'idea che si era fatto di uno psichiatra. Nei film di solito erano sempre figure anziane, con il camice bianco, gli occhiali spessi e folte chiome alla Einstein. Il dottor Jan Forstner, al contrario, sembrava un amico comprensivo. Dimostrava meno della sua età, e per qualche motivo gli ricordava Mike. *Solo che Mike non sarebbe mai riuscito a rimanere seduto in poltrona tranquillo così a lungo*, pensò. Quanto al carattere, il fratello maggiore e lo psichiatra erano agli antipodi.

«Esatto, dipendono dallo choc» confermò il dottor Forstner, «e dalla commozione cerebrale che hai subito. Si chiama amnesia lacunare. Come abbiamo già detto, nel tuo caso si tratta di una forma molto lieve. Non hai alcun motivo di preoccuparti. Hai recuperato molto bene.»

«Sì, forse» sospirò Simon. «Ma che cosa mi dice di questi sogni? Se ne andranno?»

«Certo che se ne andranno. Magari non del tutto, ma saranno meno frequenti. Fino a quel momento non dimenticare mai quello che ti ho detto: i brutti sogni hanno anche un lato positivo, servono a uno scopo. È come fare le pulizie di primavera nella tua testa, una specie di igiene mentale che ti aiuta a elaborare l'accaduto. Per questo dovresti essere paziente, anche se è difficile.»

Simon si girò di nuovo verso la finestra. L'elicottero si era allontanato e stava sorvolando un altro punto del bosco.

«E la porta?» domandò, facendo riferimento alla parte del sogno che non riusciva a spiegarsi.

Il dottor Forstner si sporse verso di lui. «Continui a sognarla?»

«Sì, la vedo sempre in fondo al sogno. È in mezzo alla strada nel bosco e non riesco ad aprirla. È pazzesco, no?»

«Non direi» lo tranquillizzò il dottor Forstner. «Non tutto ciò che vediamo in sogno deve avere un significato. Neppure quando sogniamo avvenimenti reali come succede a te. A volte un sogno è solamente un sogno. Ovvio che la porta può simboleggiare i ricordi perduti, ma potrebbe benissimo trattarsi di una porta e basta, che è lì in mezzo a una strada.»

«Lo crede davvero?»

Il dottor Forstner lo guardò ammiccando e indicò un calendario artistico appeso al muro sopra la scrivania. Quel mese l'immagine raffigurava due elefanti dalle orecchie a punta. Camminavano impettiti l'uno verso l'altro su sottili zampe da gru portando in groppa una costruzione torreggiante.

«Pare che Salvador Dalí sognasse spesso elefanti del genere» disse il dottore alzando le mani con un sorriso. «E anche giraffe in fiamme, corpi umani con cassetti e orologi fusi. Questi sogni lo hanno reso famoso, ma non per questo era considerato pazzo. Al massimo lo si potrebbe definire provocante ed eccentrico. Quindi, per quale motivo tu non dovresti sognare una porta su una strada nel bosco, senza per questo doverti considerare pazzo?»

Simon sorrise all'idea che qualcuno lo paragonasse a quel pittore fuori di testa. Finora conosceva soltanto i celebri dipinti con gli orologi sciolti. Ne avevano parlato durante la lezione di storia dell'arte. Sapeva che quell'immagine era un esempio emblematico del surrealismo, ma gli sembrava che ci volesse una mente piuttosto folle per farsi venire un'idea del genere. Tuttavia capiva ciò che voleva dire lo psichiatra, e preferì non fare commenti.

«Magari potresti dedicarti anche tu alla pittura, che ne dici?» propose il dottor Forstner. A questo punto Simon non riuscì a trattenere una risata.

«Meglio di no.» Pensò al suo maestro di arteterapia che tutte le volte esaminava con interesse i suoi lavori, senza riuscire a nascondere la compassione per la mancanza di talento artistico di Simon. «Al dottor Grünberg verrebbero ancora più capelli bianchi.»

Anche il dottor Forstner scoppiò a ridere. «Vedo che stai ritrovando il senso dell'umorismo. Questo è molto promettente.» Guardò l'orologio. «Bene, la nostra seduta è terminata e non dobbiamo far aspettare la zia. Non mi resta altro che augurarti tutto il bene possibile per il futuro.»

Seguì un saluto breve ma sincero. Fino a quel momento Simon non avrebbe ritenuto possibile che un giorno l'idea di lasciare la clinica gli sarebbe risultata spiacevole.

Come se gli avesse letto nel pensiero, il dottor Forstner gli ricordò le ore di terapia in ambulatorio di cui poteva approfittare tutte le volte che ne avesse sentito il bisogno. Il medico sarebbe andato in ferie per tre settimane, ma sarebbe rimasto a sua completa disposizione.

In cuor suo Simon decise che avrebbe aspettato il ritorno del dottor Forstner. Non aveva mai stabilito un buon rapporto con il dottor Grünberg. Lo psicoterapeuta lo aveva sempre guardato come se non si fidasse di lui. Di fronte a lui Simon si era sempre sentito un pazzo.

«E per quanto riguarda i brutti sogni» disse ancora il dottor Forstner mentre lo accompagnava alla porta, «meno cercherai di respingerli, prima se ne andranno. Lascia che l'impresa di pulizie faccia il suo lavoro nella tua testa. Dalle un po' di tempo, e vedrai che i sogni spariranno.»

Simon avrebbe voluto tanto crederci.

6

Fece i bagagli in meno di cinque minuti. Dal giorno dell'incidente, Simon possedeva soltanto il minimo indispensabile. L'occorrente per lavarsi, un paio di jeans, magliette e biancheria.

Infilò tutto in una borsa sportiva che gli aveva procurato Tilia, ci aggiunse il libro intitolato *Non preoccuparti, vivi!*, un regalo della zia, e chiuse la lampo.

Si guardò intorno un'ultima volta, prima di lasciare la stanza che per quasi cinque mesi era stata una specie di casa per lui. Lennard, il suo compagno di camera, era seduto sul letto, come sempre, lo sguardo perso nel vuoto, le cuffie enormi da cui usciva musica a tutto volume. Erano l'unico metodo efficace contro le voci che sentiva nella testa.

Lennard aveva diciotto anni, ma con la lunga chioma rasta e la folta barba ne dimostrava almeno venticinque. Poco più di due anni prima aveva abbandonato la scuola per panettieri e si era unito a una rock band come batterista. Ben presto però aveva iniziato a drogarsi e gli stupefacenti avevano scatenato in lui una forma di schizofrenia. Era così diventato anche lui membro del « rispettabile club dei fuori di testa », come lo definiva. Ora vedeva cose che non esistevano e sentiva voci che nessun altro poteva udire.

Non erano voci qualsiasi, sosteneva, bensì quelle dei suoi parenti defunti. Lo zio, i nonni e il padre, morto cadendo da un'impalcatura, gli parlavano in continuazione. Lennard sosteneva che dopo la morte non si andava in paradiso né da nessun'altra parte, bensì si continuava a vivere nella testa delle persone per le quali si era stati importanti da vivi. Simon in un certo senso condivideva questa teoria, ma perdeva la pazienza quando Lennard si metteva a discutere con i morti nel cuore della notte.

Simon agitò la mano davanti al volto di Lennard e, come sempre, il compagno di stanza impiegò qualche secondo a registrare la sua presenza.

«Ce l'hai fatta» gli gridò Lennard togliendosi le cuffie. «Ti lasciano andare?»

«Sì. Adesso hai la camera tutta per te.»

«Non dire cavolate» ribatté Lennard battendosi un dito sulla fronte con aria beffarda. «Lo sai che io non sono mai solo. Questi chiacchieroni a volte mi fanno venire il nervoso, ma mi danno anche una bella sensazione. Qui dentro trovo sempre qualcuno, anche quando non c'è nessun altro. Essere fuori di testa dopotutto ha i suoi vantaggi.»

«Puoi ben dirlo» replicò Simon, pensando a tutte le incertezze che lo aspettavano.

Nonostante gli fossero rimasti Mike e Tilia, avvertiva un enorme senso di vuoto e di solitudine. Ancora non si rendeva conto di non avere più una casa né dei genitori e, diversamente da Lennard, non poteva nemmeno ascoltare le loro voci. Dovunque fossero i suoi genitori in quel momento, di sicuro non erano con lui.

«Dai, amico, non fare quella faccia!» Lennard gli diede un pugno amichevole sulla spalla. «Ricorda sempre che sei una persona speciale. Sei un membro onorario del nostro club.» Il suo sorriso si allargò mentre alzava la mano verso Simon. «Avanti, vecchio mio, batti il cinque.»

Simon ricambiò il sorriso di Lennard e il saluto. Il ragazzo gli augurò ogni bene, anche da parte degli altri abitanti della sua testa. Poi si rimise le cuffie e scomparve in un mondo immaginario per il quale ora Simon lo invidiava.

Simon strinse con forza i manici della sacca quando, uscito dalla stanza, vide Tilia in fondo al corridoio. Era accanto all'ingresso del reparto e parlava con Marion, l'infermiera, che la sovrastava con la sua mole imponente. La zia era alta e magra come il padre di Simon, e aveva i suoi stessi lineamenti affilati. Quando vide il ragazzo, gli rivolse un cenno di saluto e lo chiamò per nome.

Era giunto il momento del non ritorno. In quell'istante Simon comprese fino in fondo che stava per iniziare una nuova vita.

L'istinto gli diceva di tornare da Lennard, per chiacchierare con lui di gruppi rock e delle ultime notizie dal mondo dei morti. Era nervoso all'idea di abbandonare l'ambiente protetto della clinica per affrontare un futuro nebuloso.

Anzi, non era così. A essere proprio sinceri, non era semplicemente nervoso. Era profondamente angosciato.

7

«Devi mangiare di più» disse Tilia mentre uscivano dalla clinica. «Sei pelle e ossa. Il cibo dell'ospedale era così tremendo?»

Eccome se lo era. Ma, prima che Simon potesse rispondere, Tilia aveva già ricominciato a parlare. Era felice che Simon stesse di nuovo bene. Gli aveva preparato la camera degli ospiti. Quella sera sarebbe venuto a cena suo fratello. Bla bla bla.

La zia era un fiume in piena, e Simon si rese conto che parlava per nascondere il proprio imbarazzo. Negli ultimi cinque mesi non era cambiato niente. Quando andava a trovarlo, Tilia sembrava avesse paura di fare o dire qualcosa di sbagliato. Oggi, il giorno delle dimissioni, la sua insicurezza era ancora più evidente.

Era la normale reazione di quasi tutti coloro che ospitavano a casa propria un paziente dimesso dal reparto di psichiatria. Durante le sedute di terapia di gruppo con il dottor Forstner, Simon ne aveva sentito parlare spesso dagli altri pazienti, quelli che facevano parte da più tempo del rispettabile club dei fuori di testa.

Era facile mostrare comprensione per qualcosa di concreto come un braccio rotto o un'appendicite. Ma, di fronte a qualcuno che aveva tentato di togliersi la vita, le cose cambiavano. Era molto difficile, se non addirittura impossibile, spiegare quanto potessero essere devastanti la depressione e i brutti sogni. Era come cercare di spiegare cosa significasse avere l'emicrania a qualcuno che non l'aveva mai provata in vita sua.

Tilia si comportava come i parenti di quasi tutti i ragazzi che Simon aveva conosciuto in reparto. Faceva finta che non fosse accaduto niente, come qualcuno che cerchi di coprire una macchia sulla tovaglia con un vaso di fiori: la tovaglia sembrava pulita, ma tutti sapevano che la macchia era sempre sotto il vaso.

«Appena arriviamo a casa ti preparo qualcosa di decente da mangiare» disse la zia con un sorriso, mentre si dirigevano verso il parcheggio. «Magari farò anche una torta. Ti piace quella al limone?»

«Tantissimo» rispose Simon, sforzandosi di sorridere, anche se non ne aveva alcuna voglia.

Si girò ancora una volta verso il padiglione dell'ospedale. Ormai era lontano, seminascosto oltre i rami di alcuni grandi ippocastani. Il tintinnio delle chiavi di Tilia lo fece sussultare, provocandogli un brivido freddo nonostante la calura estiva del pomeriggio.

Arrivati alla Fiesta di Tilia, Simon aveva il cuore in gola. Si sentiva le ginocchia molli e fu costretto ad appoggiarsi al tettuccio dell'auto.

Tilia parve non accorgersene. Sistemò la borsa di Simon nel bagagliaio e salì in macchina.

Simon aprì esitante la portiera. Cominciò a sudare freddo e la bocca gli si seccò.

«Qualcosa non va?» domandò Tilia. Simon scrollò il capo.

«No. Stavo solo riflettendo per assicurarmi di non aver dimenticato niente» mentì lui prima di salire.

Dall'incidente non era più salito a bordo di un'auto, ed era una sensazione spaventosa. Gli costò uno sforzo enorme richiudere la portiera. L'abitacolo era surriscaldato dal sole e lui si sentì mancare il respiro, soprattutto dopo essersi allacciato la cintura di sicurezza.

Eccolo di nuovo, quel nastro d'acciaio che lo stringeva nei sogni e nei ricordi. Ma adesso era reale.

Tilia partì e accese il condizionatore. Il getto d'aria fresca era piacevole, ma diffondeva anche il tipico odore di automobile. Lo stesso odore che c'era nella macchina dei suoi genitori. Simon avvertì un crampo allo stomaco.

Mentre attraversavano il parcheggio diretti all'uscita, Tilia gli parlò di Mike e, come facevano sempre anche suo padre e sua madre, lo chiamò con il suo vero nome: Michael. Per Simon lui sarebbe stato sempre Mike. Mike era Mike, perché era quello il nome che lui stesso si era dato.

Simon stava sempre peggio. Non riusciva a concentrarsi sulle parole di Tilia. Stava dicendo qualcosa sull'autosalone dove lavoravano lei e Mike, ma Simon non la seguiva. Guardava fuori dal finestrino, cercando di immaginare di non essere seduto in quella vettura soffocante, ma di essere fuori a passeggiare.

Fuori.

Si concentrò su questo concetto cón tutte le proprie forze.

Fuori all'aria aperta.

Sotto il vasto cielo azzurro.

Libero.

Sono fuori e sono libero.

Sono...

Serrò la mano spasmodicamente intorno alla maniglia della portiera, mentre il cuore gli batteva all'impazzata. Il panico risalì dentro di lui come un mostro da un lago buio e profondo.

Fuori, pensò di nuovo. *Sono fuori e sono libero, fuori e libero, fuori e libero!*

Ma il panico era inarrestabile. Il mostro era appena sotto la superficie.

Tilia disse qualcos'altro, ma Simon non capì. La voce della zia all'improvviso era lontanissima.

Simon si girò a guardarla, voleva chiederle cosa avesse appena detto... ma rimase impietrito dallo choc.

Al volante non c'era più la zia. C'era suo padre, e aveva un aspetto terribile. Simon lo riconobbe solo dagli abiti. Il viso era irriconoscibile per le ustioni. Sembrava che lo avessero ricoperto di uno strato di cera color carne da cui spuntavano raccapriccianti pustole rosse. Soltanto gli occhi erano quelli di sempre. Simon li aveva visti l'ultima volta qualche minuto prima dell'incidente nello specchietto. Ora vedeva cos'era rimasto del suo volto dopo l'incidente.

Era spaventoso e inconcepibile.

Sto impazzendo, si disse. *Sono diventato pazzo, completamente pazzo!*

Serrò gli occhi, nella speranza di scacciare quell'incubo. Ma, quando li riaprì, di fianco a lui c'era sempre quella creatura.

«Non ti senti bene, ragazzo?»

La voce non era quella del padre, era troppo profonda. Sembrava distorta e rimbombava come se provenisse da una caverna.

«Stai sudando. Vuoi che aumenti il condizionatore?»

In quel momento gli occhi della creatura si trasformarono. Crebbero, si allargarono nelle orbite di cera, si fecero più scuri, diventarono completamente neri. Ben presto non ebbero più niente di umano. Scintillavano come chiazze d'olio e Simon riconobbe nel loro sguardo una rabbia infinita.

Quello non era suo padre! Come aveva potuto credere che lo fosse?

Sono venuto a prenderti, gridò il mostro pieno di cicatrici, senza muovere la bocca priva di labbra. La sua voce era soltanto nella testa di Simon.

Sì, mio caro, saresti dovuto morire anche tu!

Simon lanciò un grido e spalancò la portiera. L'auto si fermò bruscamente con uno stridio di gomme. Simon avvertì lo strattone della cintura di sicurezza che si tendeva bloccandolo sul sedile. Era una sensazione che conosceva fin troppo bene.

Gli giunse nuovamente una voce, ma stavolta era reale. Tilia gli stava parlando. Il mostro al volante era scomparso.

«Simon, accidenti, che cosa ti succede?»

Lui boccheggiava. Il cuore gli batteva ancora forte, quasi volesse uscirgli dal petto. Qualcosa dentro di lui ringhiava come un animale spaventato a morte.

Via da qui!

Via da qui!

VIA DA QUI!

«Io... devo uscire da qui!»

Armeggiò freneticamente con la cintura, ma non riuscì a slacciarla. Le mani gli tremavano troppo.

«Per favore!» gridò. «Devo uscire da qui!»

Finalmente la fibbia scattò e Simon fu libero. Uscì senza badare a niente, si fermò sulla striscia di prato tra la carreggiata e la pista ciclabile.

Cadde in ginocchio, alzò gli occhi verso il cielo azzurro e fece un profondo respiro.

Il cielo, pensò. *Così azzurro. Così immenso.*

Tilia scese e lo raggiunse. Si inginocchiò accanto a lui e lo abbracciò.

«Mi spiace» singhiozzò, «mi spiace tanto! Non potevo saperlo.»

Simon la guardò scuotendo la testa. «Tu non c'entri. Questo attacco di panico... è arrivato all'improvviso. Non me l'aspettavo nemmeno io.»

Rimasero ancora un po' sull'erba. Simon guardava la Fiesta di Tilia, ferma a bloccare la carreggiata con le quattro frecce accese.

Le auto di passaggio suonavano con insistenza. Il traffico del tardo pomeriggio era sempre più intenso. Un automobilista inveì contro di loro dal finestrino aperto, un altro mostrò loro il dito medio.

Simon era dispiaciuto di aver messo in difficoltà la zia, ma non sarebbe risalito in macchina per niente al mondo.

8

Sarebbe stato troppo lungo andare da Fahlenberg a Kössingen a piedi, soprattutto con quell'afa. Tilia parcheggiò la Fiesta alla clinica e andarono a prendere l'autobus.

La fermata non era distante. Quando Simon vide avvicinarsi l'autobus, si innervosì di nuovo. Ricordò ciò che il dottor Forstner gli aveva detto della *paura della paura*. Era il vero nemico che andava combattuto. Simon allora raccolse tutto il proprio coraggio e salì.

Funzionò. Nessun attacco di panico. L'interno dell'autobus era spazioso e niente affatto soffocante come un'automobile.

Simon decise di rimanere in piedi accanto alla porta posteriore. Si tenne stretto al sostegno per tutto il viaggio, il pollice a sfiorare il pulsante rosso per la fermata d'emergenza.

Si concentrò sulle lettere scritte sul pulsante. S-T-O-P. Quelle quattro lettere lo tranquillizzavano. Se non avesse resistito, avrebbe potuto schiacciare il pulsante e uscire subito all'aperto.

Ovviamente sapeva che l'autista lo avrebbe fatto scendere solo alla prima fermata. *Il potere dell'autosuggestione*, lo aveva definito il dottor Forstner. Quando ci si immagina qualcosa con sufficiente convinzione, si finisce per crederci.

Simon decise che in futuro questo potere lo avrebbe protetto dai mostri che lo perseguitavano.

9

La casa di Tilia sorgeva all'estremità orientale del villaggio di Kössingen, non lontano dalle rive del Fahle. La vecchia fattoria con il tetto sporgente era una semplice costruzione a L con una dépendance sul retro, dove Michael si era trasferito due anni prima.

In origine la fattoria apparteneva ai nonni di Simon. Il padre di Simon e Tilia erano cresciuti qui. *In un certo senso è come tornare alle mie origini*, pensò Simon.

Nonostante questo, si sentiva un estraneo. La camera che Tilia aveva preparato per lui era piccola e arredata con mobili vecchi. L'armadio con le ante dipinte doveva avere almeno un secolo e la scrivania sistemata davanti alla finestra che dava sul cortile era quella dove suo padre aveva studiato da ragazzo.

Tilia aveva lavato e spolverato, ma l'aroma di limone del detersivo non bastava a coprire l'odore della camera. Sapeva di lavanda e canfora, un profumo che Simon legava ai ricordi della nonna.

Fu assalito all'improvviso dalla nostalgia per la sua camera nell'appartamento di Stoccarda, mentre la tristezza per i genitori cresceva. Il ricordo della vita di un tempo gli provocava una sofferenza quasi fisica.

Per l'ennesima volta capì che cosa intendeva dire la gente quando parlava di un dolore «che straziava il cuore».

«Ti piace?» chiese Tilia appoggiando la borsa di Simon sul letto.

«È carina» disse Simon. Gli venne in mente ciò che Mike diceva sempre: *«Carino» è il cugino di «fa schifo»*. Per non sembrare ingrato, si affrettò ad aggiungere: «Ti ringrazio davvero tanto di poter stare qui da te».

La zia annuì seria. «Figurati, è naturale. Spero che ti troverai bene.»

Simon si guardò intorno ancora una volta. Era un estraneo in un ambiente estraneo.

«Che ne è stato del nostro appartamento?» domandò.

«Ecco...» Tilia gli lanciò una breve occhiata, quindi distolse lo sguardo. «Noi, cioè Michael e io, abbiamo pensato che fosse meglio venderlo. Abbiamo versato il ricavato su un conto destinato a voi due. Nel caso tu voglia andare all'università o abbia bisogno di qualcos'altro.»

«Che cosa?» Simon non credeva alle proprie orecchie. «Avete venduto la casa? Senza chiedermi niente?»

Tilia distolse nuovamente lo sguardo. «Veramente... Ecco, pensavamo che fosse meglio non darti un simile pensiero. Non stavi bene. Temevamo che ti avrebbe sconvolto.»

Ma che bel modo per dire che non volevate prendere sul serio l'opinione di un membro del rispettabile club dei fuori di testa, pensò, mentre un impeto di collera lo faceva tremare da capo a piedi.

«E le nostre cose? I mobili, i libri di papà...»

«Michael li ha donati a un'associazione di beneficenza di cui faceva parte tuo padre. Sono convinta che Lars sarebbe stato d'accordo.»

«Avete dato via proprio tutto? Tutto quello che...»

Simon ammutolì. Strinse i pugni e fece un respiro profondo. Doveva calmarsi. Se si fosse lasciato andare adesso, avrebbe solo creato altri problemi, e ne aveva già abbastanza.

Ciò nonostante provava un dolore terribile all'idea di non essere stato consultato in merito a quella decisione e che ora non fosse rimasto più niente della sua vera casa. Tutto ciò con cui aveva costruito un legame nel corso del tempo era sparito, e a volte le cose potevano essere più affidabili e soprattutto più comprensibili delle persone. Un cd rimaneva sempre un cd e un libro rimaneva sempre un libro, non potevano cambiare. Le persone invece sì, e questo lo metteva spesso in difficoltà. Proprio per tale motivo, per lui era importante essere circondato da oggetti familiari, oggetti da cui non si sarebbe mai potuto separare, non da tutti almeno.

Su una cosa doveva dare ragione alla zia: il padre avrebbe voluto che le sue cose venissero donate in beneficenza. Da anni era impegnato in un'associazione che aiutava i malati di cancro. C'era qualcosa che legava Simon a tale scelta, ma non riusciva a ricordare cosa. Il ricordo era lì, a portata di mano, ma arrivarci continuava a sfuggirgli.

Un altro di quegli odiosi vuoti di memoria. Gli sembrava di avere il cervello bucherellato come un groviera.

Ma perché?

Era solo una conseguenza dello choc?

Si sorprese a grattarsi di nuovo le cicatrici e infilò le mani nelle tasche dei calzoni.

«Le tue cose naturalmente le abbiamo tenute» si affrettò a dire Tilia. «Michael ha messo via tutto e gli scatoloni sono qui in cantina. La camera degli ospiti era troppo piccola per farci stare tutto.»

Proprio in quel momento risuonò dal pianterreno la voce di Mike. «Ciao, dove vi siete cacciati?»

Si udirono dei passi veloci su per le scale e un attimo dopo Michael comparve sulla porta. Veniva direttamente dal lavoro e indossava ancora la tuta da meccanico.

Dall'ultima volta che si erano visti a Capodanno, non era affatto cambiato. L'unica differenza era la faccia abbronzata, i capelli scuri tagliati corti e un'aria più curata, anche se era evidente che tra lui e il rasoio era guerra aperta.

Vedendo Simon, il suo viso si illuminò in un sorriso. «Ciao, piccolo.»

Il cuore del ragazzo fece una capriola per la gioia. «Mike!»

Si abbracciarono di slancio. Simon fu scosso da un brivido. Solo in questo momento si rendeva conto di quanto gli fosse mancato il fratello. Era tutto ciò che gli restava della sua vita precedente.

«Mike» bisbigliò. «Accidenti, Mike!»

«È bello rivederti, piccolo. Sai, ho temuto che fossi arrabbiato con me.»

«Arrabbiato? E perché?»

«Perché non sono mai venuto a trovarti in ospedale.»

«Ma va'» rispose Simon. «Giusto un po' deluso, ma non arrabbiato. Sapevo che non ti piacciono gli ospedali. Però almeno avresti potuto mandarmi qualche messaggio.»

Michael si staccò dal fratello e rimase a osservarlo per un po'. «Hai ragione, avrei dovuto. Ma non sapevo cosa... come... insomma, non so spiegartelo.» Scrollò le spalle sconfortato.

«Ti capisco» disse Simon. Se non altro il fratello era sincero e non cercava scuse. «L'importante è che non pensi che io sia matto.»

Mike sorrise. «Anche se lo sei sempre stato?»

«Esattamente come te.» Simon sorrise a sua volta, poi tornò serio. «Mike, devi promettermi che d'ora in avanti rimarremo sempre insieme.»

«Per te ci sarò sempre, piccolo. Lo giuro! Non dimenticarlo mai.»

C'era qualcosa negli occhi di Michael che Simon non riusciva a interpretare. Ma adesso non aveva importanza. Erano di nuovo insieme, contava solo questo.

Con Mike accanto a sé, i brutti sogni sarebbero spariti. Simon lo sperava sopra ogni altra cosa.

10

Poco dopo Simon era seduto in cucina e ascoltava il fratello. Mike evitava gli argomenti seri e non sprecò nemmeno una parola per chiedergli come si fosse sentito nei mesi successivi alla morte dei genitori.

Anche in questo Mike non era cambiato. Aveva sempre tenuto per sé le emozioni più profonde, affrontandole da solo. Sembrava quasi che avesse paura di manifestare i propri sentimenti, temendo che fossero giudicati una debolezza. Mike aveva sempre aspirato a essere come gli idoli sui poster che tappezzavano la sua camera da ragazzo: Bruce Willis, Vin Diesel, Schwarzenegger e Dwayne «The Rock» Johnson, tipi tosti, che non si lasciavano scuotere da niente. Per questo preferiva sorvolare sui temi più seri, e raccontare invece a Simon con grande entusiasmo di una Ford Mustang rossa, un cimelio del 1969, che stava restaurando per un cliente.

«Un vero gioiellino. Tornerà come nuova. Domani tocca alla verniciatura. Smalto bi-componente mano unica Unilack. Solo il meglio.»

Mike era da sempre un fanatico di auto. Il fratello non aveva mai condiviso questa passione, tanto meno ora che aveva sviluppato una vera e propria fobia per tutto ciò che riguardava l'interno di una vettura, ma gli piaceva l'espressione di Mike quando ne parlava. Il fratello aveva un carattere estroverso e impulsivo che Simon ammirava e spesso invidiava. Era l'esatto contrario di lui.

Tilia intanto preparava la cena. Un profumo familiare di carne arrosto, spezie e peperoni permeava l'aria, facendo affiorare in Simon i ricordi del padre. Il suo piatto preferito era sempre stato lo spezzatino in umido con gnocchi fatti in casa e verdure al burro secondo la ricetta della nonna. «Mi fa sentire a casa» aveva detto una volta a Simon.

Questo ricordo lo fece rabbrividire, nonostante in casa facesse caldissimo. Ripensò suo malgrado alla creatura spaventosa che aveva visto in macchina al posto della zia. L'allucinazione dall'aspetto raccapricciante. Il volto di suo padre ridotto a un ammasso informe.

E quegli occhi disumani.

Lo sguardo carico di odio.

Le parole, piene di rabbia.

Saresti dovuto morire anche tu!

Gli tornò l'impulso di grattarsi le cicatrici, ma si trattenne. In segreto era grato a Tilia per non aver raccontato a Mike dell'incidente in macchina. Se ne vergognava terribilmente.

Ciò che tuttavia lo turbava ancora di più era il motivo di quell'apparizione.

Si era trattato di un fugace scorcio oltre la porta dei suoi sogni?

Aveva visto qualcosa di *reale*, di cui aveva rimosso il ricordo?

In questo caso, sperava ardentemente che il ricordo non affiorasse mai più.

Tilia portò in tavola la ciotola con gli gnocchi fumanti. «Michael, hai raccontato a Simon la grande novità?»

«Quale novità?» chiese Simon.

Mike si schiarì la voce e raddrizzò le posate sul tovagliolo davanti a sé. «Ecco, vedi...» Si schiarì di nuovo la voce, quindi guardò Simon con un sorriso raggiante. «Sto con una persona.»

«Hai una nuova ragazza?»

«Sì. Si chiama Melina.»

«Ah.» Simon si domandò dove fosse la grande novità. Mike aveva sempre avuto un sacco di ragazze.

«Sì, piccolo, stavolta mi sono preso proprio una bella scuffia. Stiamo insieme già da sei mesi.»

Un altro lampo di entusiasmo si accese nello sguardo di Mike. Come prima, quando gli aveva parlato dell'auto. Forse addirittura più intenso. Doveva essere davvero una cosa seria.

«Dopotutto era ora.» Tilia prese il piatto di Mike e glielo riempì. «Sì, insomma, che ti sistemassi. Cambiavi così spesso fidanzate che non facevo nemmeno in tempo a imparare i loro nomi.»

«Dai, adesso esageri» ribatté Mike. Poi si girò verso Simon. «Sono sicuro che Melina ti piacerà. È davvero una donna da sogno.»

Simon non sapeva bene che cosa dire. Non aveva mai

avuto una ragazza e, timido com'era, difficilmente l'avrebbe trovata. Si limitò a sorridere, come faceva sempre in situazioni simili. Il sorriso nasconde l'incertezza, lo aveva imparato da piccolo.

Tilia gli mise davanti il piatto bello pieno.

«Adesso mangiamo, ragazzi. Ce n'è ancora, se volete.»

Simon guardò lo spezzatino e il sugo, che si mescolava agli gnocchi, i piselli, le carote, le cimette di cavolfiore e i peperoni. Le intenzioni di Tilia erano buone, e lui aveva molta fame, ma sapeva che non avrebbe toccato nemmeno un boccone di quel piatto.

Tilia aveva notato la sua espressione e lo guardò preoccupata. «Qualcosa non va? Ho sbagliato qualcosa? Non ti piace lo spezzatino?»

Simon continuava a fissare il piatto.

«No, mi piace, è solo che...»

Il caos sul piatto lo irritava. Era così disgustoso. Sua madre aveva cercato più volte di spiegargli che nello stomaco si mescolava tutto, ma era stato inutile, lui aveva bisogno di ordine sul piatto. Tutto doveva essere al proprio posto, altrimenti non riusciva a mangiare.

«Oh» esclamò Mike. «Me n'ero dimenticato.» Si alzò e sorrise a Tilia. «Non c'è problema. Rimediamo subito.»

Aprì la credenza, prese tre piattini e li sistemò in tavola davanti a Simon. Poi li riempì: su uno mise lo spezzatino, sull'altro gli gnocchi e sul terzo le verdure.

Simon gli sorrise sollevato. «Grazie, Mike.»

Non sapendo cosa dire alla zia, si mise in bocca una forchettata di verdure e si strinse nelle spalle come a chiedere scusa.

Mike sorrise. «Il mio fratellino compulsivo. È sempre stato così. Non ti preoccupare, zietta. Simon ha bisogno del suo ordine, tutto deve essere come sempre. Solo allora è contento. Non è così, piccolo?»

Simon si sentì avvampare in viso. Doveva essere diventato rosso come i peperoni che aveva nel piatto.

Tilia si mise seduta con un sospiro trattenuto. «Mi rendo conto di dover ancora imparare molte cose su di te, Simon. Ma farò del mio meglio per aiutarti. Insieme troveremo un nuovo ordine per la tua vita.»

«Andrà tutto bene» disse Mike dando una pacca sulle spalle di Simon. «Simon è un ragazzo sveglio. Prima o poi farà concorrenza a Einstein, sono pronto a scommetterci. Per questo imparerà che non bisogna spaventarsi di fronte ai cambiamenti.»

È facile dirlo per te, pensò Simon. *La vita non è come la matematica. Magari! Allora tutto sarebbe misurabile e avrebbe un ordine logico.*

Prima che potesse dire qualcosa, il cellulare di Mike squillò. Mike lesse il messaggio e balzò in piedi.

«Accidenti, com'è tardi! Scusa, Tilia, devo andare. Melina e io stasera volevamo andare al cinema. Grazie della cena. Squisita come sempre.» Arruffò i capelli di Simon e gli sorrise ammiccante. «Sono contento che tu sia qui, piccolo. Ti auguro la buonanotte. E non dimenticare: quello che si sogna la prima notte in un letto nuovo si realizzerà. Quindi, sogna qualcosa di bello, okay?»

«Va bene, ci proverò.»

«Nel caso non ti venga in mente niente, sogna tuo fratello che vince al lotto.»

«Casomai, vincerò io» ribatté Simon. «Però, se succedesse, ti regalerò un'auto d'epoca.»

«Ci sto.» Mike fece una risata, poi giunto sulla soglia si fermò e si girò. «Ehi, Simon, te lo ricordi ancora?»

Alzò gli occhi al cielo, gonfiò le guance e premette la bocca contro l'ascella, producendo una pernacchia fortissima.

Simon e Tilia scoppiarono in una fragorosa risata e Mike si inchinò davanti a loro come un attore di fronte al suo pubblico. Quindi fece una giravolta con la grazia di un elefante e uscì dalla cucina.

Simon lo seguì con lo sguardo. Quanto avrebbe voluto essere come Mike. Disinvolto, spiritoso e sempre pronto a scherzare.

Invece era prigioniero della sua mente, rinchiuso nelle sue paure e nelle sue fissazioni, sorvegliato da un carceriere che i medici avevano definito «lieve disturbo autistico». Sebbene all'epoca fosse ancora piccolo, aveva subito capito di essere diverso da tutti gli altri. E, per quanto fosse leggero, il disturbo c'era e gli rendeva la vita difficile. Giorno dopo giorno.

Questa diversità era come un muro che lo separava da una vita normale e lo gettava in balia di personaggi come Ronny. In un momento così difficile sarebbe stato difficilissimo abituarsi a una nuova vita.

Avrebbe dato qualunque cosa per non essere diverso. La vita per lui sarebbe stata molto più semplice.

11

Quando Simon raggiunse la zia in salotto dopo cena, alla televisione stavano trasmettendo il notiziario regionale. Tilia si era messa comoda sul divano con un bicchiere di tè freddo e si faceva aria con il settimanale dei programmi. La giornata era stata afosa e senza un alito di vento e la temperatura non si era abbassata nemmeno verso sera.

«Prendi un bicchiere anche tu dalla cucina» gli disse la

zia, indicando con la rivista la brocca sul tavolino, dove i cubetti di ghiaccio galleggiavano invitanti.

In quel momento il servizio su una dimostrazione a Berlino terminò, seguito dalla foto di una ragazza bionda, carina, con grandi occhi azzurri e un sorriso contagioso. La parola sotto la fotografia però contraddiceva l'espressione allegra del volto: SCOMPARSA.

«Oddio! Ma quella è Leonie!» Tilia sussultò, mise da parte il settimanale e alzò il volume dell'apparecchio.

«La polizia di Fahlenberg chiede la collaborazione della cittadinanza» stava dicendo il conduttore. «La sedicenne Leonie Wilke è scomparsa da Fahlenberg da ieri sera. Intorno alle diciannove e trenta il padre l'ha accompagnata al cinema, dove aveva appuntamento con gli amici. Tuttavia non ci è mai arrivata. Alcuni testimoni l'hanno vista scendere dall'auto del padre. Poi di lei si sono perse le tracce.»

L'immagine cambiò. Ora sullo schermo c'erano diverse autopattuglie, poi fu inquadrato un elicottero.

A Simon tornò in mente quello che aveva visto dalla finestra dello studio del dottor Forstner. Ora sapeva che le ricerche della ragazza si erano spinte fino alla foresta.

«Finora non è stato possibile rintracciare Leonie, nonostante le ricerche a tappeto» proseguì il giornalista. «Gli investigatori non sono riusciti a mettersi in contatto con lei neppure al cellulare. Il portavoce della polizia afferma che non si hanno ancora informazioni sugli eventuali motivi della scomparsa. La sua borsa, vuota, è stata rinvenuta al margine orientale della foresta di Fahlenberg e questo suffraga l'ipotesi che la ragazza sia stata vittima di un reato.»

Comparve di nuovo la foto della ragazza con un numero di telefono. «Leonie Wilke è alta un metro e sessantadue, di corporatura magra, con capelli biondi e lisci fino alle spalle. L'ultima volta che è stata vista indossava jeans neri, maglietta nera, un giubbotto di pelle rosso e scarpe da ginnastica rosse. Per eventuali segnalazioni si prega di rivolgersi alla polizia di Fahlenberg o di qualunque altro commissariato.»

Il servizio era finito e il notiziario si concluse con le previsioni meteo. Il fronte caldo sarebbe perdurato ancora.

«Speriamo non le sia accaduto niente» commentò Tilia, senza distogliere lo sguardo dallo schermo.

Non poteva pronunciare la parola a cui pensavano entrambi. Una brutta parola, che conteneva un dolore infinito. Nemmeno Jessica, una ragazza che Simon aveva conosciuto in clinica, riusciva a pronunciarla. Le era successo esattamente ciò che Tilia temeva fosse accaduto a Leonie. Chi le aveva fatto quel male indicibile non era mai stato arrestato. L'aveva aspettata nascosto sulle scale quando lei era rincasata da un corso di disegno serale. Nessuno si era accorto di niente e lo sconosciuto era sparito nel nulla.

Da allora Jessica non si fidava più di nessun uomo. Quando Simon una volta le aveva rivolto la parola, gli aveva intimato di lasciarla in pace. Anche lui era soltanto «un lupo travestito da agnello», come tutti gli altri, gli aveva detto. Era questa la definizione che dava di tutti gli uomini. La usava spesso durante la terapia di gruppo e non solo.

«Tu conosci Leonie?» chiese alla zia.

Tilia spense il televisore. «Non proprio. Mi ricordo di averla vista a un tirocinio nel nostro autosalone. Più o meno due anni fa. Una ragazza simpatica. Spero che non le sia successo niente.»

Simon guardò fuori dalla finestra, dove il sole stava calando infuocato dietro gli alberi. Da qualche parte là fuori c'era una sua coetanea.

Sola.

Impaurita.

Forse morta.

12

Simon si rigirava nel letto senza prendere sonno. Faceva troppo caldo nella piccola camera degli ospiti. Sudava anche se aveva indosso solo un paio di calzoncini leggeri. Era mezzanotte passata, la finestra era spalancata, ma l'aria nella stanza era ancora soffocante.

Si alzò con un sospiro e si affacciò alla finestra. Un refolo di brezza gli accarezzò la pelle.

Fuori non era più fresco, ma l'aria era decisamente migliore, non c'era odore di canfora. Si sentiva l'umidità della notte e il profumo di resina del bosco lì vicino.

La fattoria era immersa nell'oscurità. Simon scorse uno scooter rosso solitario davanti all'ingresso dell'appartamento di Michael. Quando guardò verso l'alto, si ritrovò a fissare un cielo punteggiato di stelle.

Da bambino, quando venivano a trovare i nonni in estate, a volte guardava le stelle insieme a suo padre che gliene indicava i nomi.

«Qui in campagna si vedono molto meglio che da noi in città» gli aveva spiegato. «Qui c'è meno inquinamento luminoso. Sai che cos'è?»

«Le luci delle strade e delle macchine» mormorò Simon nel silenzio. Sorrise. In quel momento tutto era come prima, con l'unica differenza che suo padre non era lì.

Osservò il cielo, cercando di ricordare i nomi delle costellazioni che suo padre gli aveva mostrato.

A sud-est individuò il Cigno. La stella più luminosa si chiamava Deneb e la costellazione veniva chiamata anche Croce del Nord.

Lì accanto a destra si trovava la Lira. Aveva la forma di un parallelogramma e la sua stella più luminosa era Vega.

Sotto c'era l'Aquila, con la splendida Altair.

«Ora prova a immaginare di tracciare una linea tra Altair, Deneb e Vega.» Il ricordo della voce del padre gli affiorò all'orecchio. «Che cosa vedi?»

«Un triangolo.»

«Esatto» aveva risposto il padre. «Viene anche chiamato triangolo estivo.»

Simon abbassò lo sguardo rattristato. Perché quei ricordi dovevano essere tanto dolorosi? Erano come la luce delle stelle: era ancora visibile anche se la sua fonte era scomparsa da tempo.

Era così immerso nei propri pensieri da non accorgersi della vecchia Mercedes che entrò nell'aia. Solo quando la luce dei fari lo accecò, Simon rientrò in camera.

Il motore si spense e Simon udì il rumore di entrambe le portiere che si aprivano e si richiudevano piano.

Michael e la sua ragazza erano tornati a casa.

Spinto dalla curiosità, Simon sbirciò per vedere che aspetto avesse la nuova donna dei sogni di suo fratello.

Da lassù al buio non si vedeva granché, ma Melina sembrava carina. Di sicuro era magra, bionda e alta. Il tipo di Mike, insomma.

I tacchi della ragazza risuonarono sulla ghiaia mentre si avvicinava al motorino.

«Sei riuscito a rimetterlo a posto?» bisbigliò.

Mike la raggiunse e la cinse con un braccio. «Ma certo, era solo un problema al carburatore.»

«Sei proprio un tesoro!»

Lo baciò sulla bocca e Simon si staccò dalla finestra. All'improvviso si sentiva come un guardone. E pensare che aveva sempre odiato chi lo osservava di nascosto.

Sbadigliò e stava per mettersi a letto, quando sentì Melina chiedere a Michael: «Il tuo fratellino è già tornato?»

«Sì, oggi pomeriggio.»

Simon si fermò in ascolto accanto alla finestra. Voleva sentire che cosa dicevano di lui.

«Come sta?» chiese Melina.

«Simon è a posto. Non lascerò che gli succeda niente.»

«Sì, certo. Mi riferivo solo al fatto che è stato ricoverato in psichiatria...»

«Tilia mi ha detto che il suo dottore è molto contento. Certo, per lui non è facile, è tutto nuovo e inoltre i cambiamenti gli hanno sempre creato grossi problemi. Una volta da bambino ha dato fuori di matto perché i nostri genitori avevano spostato i mobili, e a tavola tutti dovevano sempre sedersi agli stessi posti. Tutto ciò che è nuovo lo agita. È naturale perciò che debba fare uno sforzo enorme su se stesso. È stato un brutto colpo per tutti, e in particolare per lui. Simon è sempre stato molto attaccato ai nostri genitori. Ma in un modo o nell'altro ce la farà.»

Non ero attaccato a loro, pensò Simon con rabbia. *Gli volevo bene. Più di te, Mike. E, per quanto riguarda i mobili: la vecchia sistemazione era più pratica ed era più simmetrica, ma questo a voi non interessava.*

«Gliel'hai già detto?» chiese Melina.

«No. Oggi era il suo primo giorno a casa. Sarebbe stato troppo per lui. E tu? Tu ti sei decisa a dirlo a *lui*?»

Michael pronunciò «lui» come se fosse una parolaccia.

«Sì, ci ho parlato» sospirò Melina. «Naturalmente ha dato in escandescenze. Vorrei che si decidesse ad accettare che ora ho una nuova vita e che sto insieme a te.»

«Invece non la vuole capire, vero?»

Melina sospirò di nuovo. «Dovrà farlo.»

Per un istante regnò il silenzio. Simon era immobile e respirava pianissimo. Quei due non dovevano assolutamente accorgersi che li stava ascoltando da lassù.

«Vieni, entriamo in casa» disse Mike.

Rumore di passi sulla ghiaia, la porta d'ingresso che si apriva e veniva richiusa.

Simon si lasciò cadere sul letto. Con lo sguardo rivolto al soffitto, pensò a ciò che aveva appena sentito.

Aveva sempre saputo che per suo fratello era stato faticoso accettare la sua *diversità*. Ma se non altro Michael era stato uno dei pochi che lo aveva sempre detto apertamente e si era interessato a lui. Proprio per questo ciò che gli aveva sentito dire adesso lo turbava profondamente.

Che cosa sarebbe stato troppo per lui, che Mike non aveva voluto dirgli quella sera?

13

Non riuscirai a sfuggire! Mai!

Una voce tenebrosa, malvagia. Proprio alle sue spalle.

Simon tentò di strisciare più veloce. Era coperto di lividi. Gli faceva male dappertutto. Gli sanguinava il naso e in bocca sentiva un orribile sapore metallico, come di chiodi arrugginiti.

L'urlo incessante del clacson gli rimbombava in testa, il battito del cuore gli martellava dolorosamente nelle tempie. Aveva l'impressione che il cervello si stesse gonfiando, senza fermarsi, fino a fargli esplodere il cranio.

Ma la cosa peggiore era lo stordimento. Non riusciva a camminare dritto. Non appena cercava di sollevarsi, tutto intorno a lui cominciava a girare. Allora perdeva l'equilibrio, barcollava come un ubriaco e cadeva di nuovo.

Ti prenderò!

Di nuovo quella voce cattiva.

Simon accelerò. Doveva andarsene da lì. Aveva mani e ginocchia graffiate, gli bruciavano da morire, mentre strisciava sull'asfalto in preda al panico.

Via da qui!

Via da qui!

Via da qui!

Il fuoco, quello vero, era dietro di lui. Lo avvertiva alle proprie spalle, rovente e fragoroso come l'inferno.

Sentiva il crepitio delle fiamme che guizzavano avide dalla carcassa della Ford blu, per divorare ogni cosa intorno a loro. Avvertiva l'odore nauseabondo della plastica bruciata, del metallo arroventato, della benzina. E di qualcos'altro. Preferiva non sapere cosa fosse.

Ed era questo qualcosa, che lo inseguiva.

Non la passerai liscia, Simon!

Non osava girarsi.

Doveva andarsene. Lontano. Lontano, lontano, lontano!

Il parabrezza esplose lanciando schegge di vetro dappertutto. Un altro pneumatico scoppiò per il calore, l'aria che fuoriusciva con un fischio stridulo. E poi alla fine il suono del clacson si spense.

L'improvviso silenzio era persino peggiore dell'inferno di prima. Ora infatti sentiva i passi alle proprie spalle. Erano sempre più vicini, implacabili.

Simon continuava a strisciare, allontanandosi da ciò che lo inseguiva. Via dalla macchina in fiamme, incastrata come una fiaccola fra i tronchi degli alberi.

Intorno si stendeva un fitto bosco. Abeti enormi, che catturavano tutta la luce.

Nel sottobosco buio Simon credette di scorgere due occhi di brace che lo fissavano.

Sentiva altre voci.

Basse, minacciose, sibilanti.

Guardate, eccolo!

Simon! Siiimon!

Un risolino malvagio, e poi: *Vieni qui, Simon!*

Sì, vieni da noi!

Vieni, guarda che sei uno di noi!

Tentò nuovamente di alzarsi, per correre via, ma le gambe lo tradirono ancora una volta e stramazzò lungo disteso.

Strisciò via faticosamente.

Eccola, la porta, che bloccava la strada in mezzo al bosco.

Conosco questa porta, pensò. *Devo entrare! È importante!*

Si protese verso la maniglia e, quando finalmente riuscì a toccarla, la tirò con tutte le proprie forze. Ma la porta era chiusa a chiave.

Adesso ti prendo!

La voce malvagia alle sue spalle era vicinissima.

Scrollò disperato la maniglia, prese a pugni la porta. Nessuno gli aprì.

Sentì qualcuno che parlava dietro la porta.

Una donna.

Era agitata, aveva la voce rotta. Lui non capiva cosa dicesse.

E poi quella cosa dalla voce profonda su di lui. I suoi passi impetuosi facevano vibrare il terreno.

Resta qui, Simon! Rimani! Saresti dovuto morire anche tu!

Simon prese a pugni la porta, in preda al panico, chiese aiuto...

...e alla fine si svegliò.

Era sdraiato sul pavimento accanto al letto. Davanti a lui la sagoma del comodino che aveva preso a pugni in sogno. L'anta si era aperta, all'interno il ripiano era vuoto.

Si mise a sedere boccheggiando e si appoggiò al letto. Era coperto di sudore freddo.

Di nuovo quel sogno. Di nuovo la porta.

Ma stavolta era stato peggio del solito. Stavolta qualcosa lo aveva inseguito. Quella cosa dalla voce profonda. Forse lo stesso mostro che aveva visto nell'auto di Tilia.

Non aveva avuto il coraggio di girarsi a guardarlo. Di qualunque cosa si trattasse, la sua vista lo avrebbe fatto impazzire. Ne era assolutamente convinto, anche se era solo un sogno.

Pensò a quello che il dottor Forstner gli aveva detto sull'igiene dell'anima.

Lascia che l'impresa di pulizie faccia il suo lavoro nella tua testa. Dalle un po' di tempo, e i brutti sogni spariranno.

Poteva solo sperare che funzionasse. Proprio come sperava che Michael si fosse sbagliato.

Ciò che aveva sognato quella notte non doveva avverarsi per nessun motivo!

14

Tilia non doveva essersi accorta delle grida notturne di Simon. Quanto meno non disse niente in proposito quando lui entrò in cucina il mattino dopo.

Era alla finestra, guardava il giardino inondato di sole e sorseggiava una tazza di caffè.

La piccola radio sopra il lavandino trasmetteva il notiziario. Ancora nessuna traccia della ragazza scomparsa. Nessuno sapeva cosa fosse accaduto a Leonie.

«Cosa vuoi per colazione?» gli chiese. Abbassò il volume e aprì il frigorifero. «Vediamo... C'è della marmellata, miele, un po' di salame e prosciutto... Oppure preferisci un uovo?»

Simon scrollò il capo. «Hai anche dei cornflakes?»

«Mi spiace, no.»

«Peccato.»

«Andrebbero bene dei fiocchi d'avena?»

«Non avresti del cacao da mettere nel latte?»

«Purtroppo solo latte.»

Simon annuì. «Va bene.»

Prese dal frigorifero un cartoccio di succo d'arancia e se ne versò un bicchiere. Poi si mise a sedere fissando l'aranciata.

Tutti quei cambiamenti... come avrebbe fatto ad affrontarli? Michael aveva detto bene: doveva davvero fare uno sforzo enorme su se stesso. La differenza era che non nutriva la stessa fiducia di Mike. In un modo o nell'altro ce l'avrebbe fatta, come no! Lui invece aveva l'impressione che fosse una battaglia persa. Perché era un maledetto fuori di testa che aveva paura di tutto. Era stupido illudersi. Lui era così. Non c'era niente da fare. Gli mancavano le routine quotidiane e gli oggetti abituali, che per lui rappresentavano un rifugio e gli davano sicurezza. In clinica se l'era cavata, perché era stata una sistemazione temporanea. Ma ora...

La sua colazione consisteva di solito in una ciotola piena di cornflakes spolverata di cacao, su cui poi versava il latte. Latte intero e cacao zuccherato lo avrebbero aiutato a mettere su qualche chilo, diceva sua madre. Da allora si atteneva scrupolosamente a quella regola, anche per quanto riguardava le marche dei prodotti. Voleva fare tutto nel modo giusto, come sempre. Le infermiere in clinica non ne erano state entusiaste. Quella colazione piena di zuccheri non era sana e un giorno sarebbe ingrassato comunque, gli avevano assicurato.

Quanto gli mancava la mamma!

Come si sentiva piccolo e indifeso!

Questo lo faceva arrabbiare tantissimo.

«Magari potresti farmi un elenco delle cose che ti piacciono» propose Tilia, poi si mise seduta a tavola con lui. «C'è un'altra cosa di cui vorrei parlarti.»

Il tono con cui pronunciò quelle parole non piacque per niente a Simon. «Di che si tratta?» domandò.

Tilia gli prese una mano. Aveva l'espressione seria. «Devi cercare di capire che anche per me è tutto molto difficile» cominciò, poi si morse il labbro. Per un istante parve sul punto di scoppiare a piangere. «Sono la tua madrina e ho promesso di essere sempre al tuo fianco, e ci sarò. Ma... ecco... non ho mai avuto figli, come sai. E ho un po' paura delle responsabilità, ho paura di sbagliare qualcosa. E con te non vorrei sbagliare niente, capisci?»

«Non preoccuparti.» Simon le strinse la mano, come suo padre faceva sempre con lui quando voleva fargli capire bene un concetto. «Non stai sbagliando niente. Me la caverò.»

«Sì, questo lo so» gli rispose lei con un sorriso. «Hai un carattere forte. Ma penso che questo non sia l'ambiente giusto per te. Devi vedere ragazzi della tua età, avere una giornata ben scandita. È quello che ti serve e io non posso offrirtelo. Per ora sono ancora in ferie, ma appena ricomincerò a lavorare... insomma, a volte faccio molto tardi e ho una vita piuttosto sregolata.»

Simon le lasciò la mano. «Che cosa vorresti dire?»

Tilia sorrise di nuovo, ma stavolta il suo era un sorriso pieno di incertezza. «Tra poche settimane ricomincia la scuola» disse, «e pensavo... ecco, credo che un collegio sia la soluzione migliore.»

Simon sussultò, come se fosse stato colpito da un fulmine. «Un collegio?»

«Sì. Il liceo di Fahlenberg dispone anche di un internato. Ne parlano tutti molto bene. Anche tuo padre e io abbiamo fatto la scuola lì.»

«Però non ci avete vissuto.»

«No, naturalmente stavamo dai nostri genitori...» Tilia lasciò la frase a metà ed evitò di guardare Simon negli occhi. Evidentemente le costava troppa fatica. «Cerca di capire, per favore. Voglio solo il meglio per te. Fahlenberg è a pochi chilometri da qui.»

«Se per te sono d'impiccio, potrei anche abitare da Mike» propose Simon. Faceva fatica a nascondere il tremito nella voce. «Sono sicuro che lui sarebbe d'accordo.»

Tilia sospirò e si decise a guardarlo. «Simon, ne ho già discusso con Michael.»

Simon trasalì di nuovo. «Michael sa che devo andare in collegio?»

Lei annuì. «Cerca di capire, tuo fratello ha la sua vita. E anche tu devi costruirtene una tua. Naturalmente ti sosterremo, per quanto possibile, ma tu devi darcene la possibilità.»

Simon la fissava stordito. Un'altra decisione che Tilia e Michael avevano preso a sua insaputa. Perché era meglio non scombussolare uno svitato come lui. Questa volta non si trattava solo delle cose che erano appartenute ai suoi genitori. Questa volta riguardava il suo futuro. Non poteva crederci!

«Ho fissato un appuntamento per oggi pomeriggio» proseguì Tilia. «Vorrei che venissi con me.»

«Oggi pomeriggio? Così presto?»

Simon si reggeva con entrambe le mani al piano del tavolo. Gli sembrava che il pavimento sotto i suoi piedi oscillasse. Gli sembrava che di colpo il mondo girasse troppo in fretta. L'incidente, la clinica, ora Tilia e Mike e poi il collegio... Era un fiume in piena che lo trascinava con sé. E non aveva niente a cui aggrapparsi.

Michael era già d'accordo su tutto.

«Ti prego» disse Tilia, prendendogli di nuovo la mano. «So che sta succedendo tutto molto in fretta, ma non era possibile fissare un altro appuntamento a causa delle vacanze. Almeno prova a dare un'occhiata, vuoi?»

«Quindi posso ancora cambiare idea?»

Simon conosceva già la risposta. *Ma la speranza è l'ultima a morire*. Sua madre lo diceva spesso.

«Ti piacerà di sicuro» gli garantì Tilia in tono quasi implorante. «Vedrai, è la cosa migliore per te.»

All'improvviso Simon ebbe la sensazione che una mano invisibile gli stringesse la gola. Nel contempo fu assalito dal violento impulso di grattarsi le cicatrici. Con tanta forza da farle sanguinare. Percepire se stesso, per essere sicuro che non fosse solo un incubo.

Non poteva rimanere un secondo di più in quella cucina.

«Devo uscire a prendere una boccata d'aria» disse precipitosamente. Si alzò e corse fuori.

«Simon!» lo chiamò la zia.

Lui si voltò a guardarla. Vide che aveva le lacrime agli occhi.

«L'appuntamento è per le tre» gli disse. «Promettimi che tornerai in tempo.»

Dopo un attimo di esitazione lui assentì. Aveva altra scelta?

Corse fuori, mentre una voce risuonava nella sua testa. Era la stessa voce malvagia che lo perseguitava anche in sogno.

Oh, poverino. Nessuno ti vuole. Nessuno ti sopporta. Nemmeno il tuo fantastico fratello. Vogliono sbarazzarsi di te. Perché saresti dovuto morire anche tu!

Simon avrebbe voluto gridare e dovette fare uno sforzo immane per trattenersi.

15

Nel sotterraneo del reparto di psichiatria pediatrica c'era una stanzetta con un pesante sacco di sabbia. Serviva per sfogare la rabbia. Era lì per essere preso a calci e pugni, gridando a squarciagola, fino a stramazzare stremati sul pavimento.

Era ciò di cui Simon avrebbe avuto bisogno in quel momento. Lo avrebbe colpito con tutte le forze, avrebbe sfogato la furia e la disperazione, gridando con quanto fiato aveva in corpo: «Andate tutti al diavolo!»

Oppure: «Rivoglio la mia vita!»

Forse avrebbe solo gridato come un animale.

Oppure tutte queste cose insieme.

Grazie al totale isolamento acustico, non avrebbe dato fastidio a nessuno. E, anche se qualcuno lo avesse sentito gridare, non sarebbe stato un problema. Dopotutto era uno spazio che apparteneva al «rispettabile club dei fuori di testa». Dove si andava solo per urlare e sfogarsi.

Invece lì fuori, davanti a casa di Tilia, Simon doveva trattenersi. Fece alcuni respiri profondi, mentre si sentiva bruciare il viso. Si sforzò di non prendere a calci o a pugni qualcosa. Il pulisciscarpe accanto alla porta, a forma di porcospino, oppure il nanetto da giardino con la carriola e quel ghigno idiota sarebbero stati bersagli perfetti.

Già, quel fottuto nanetto! Quanto gli sarebbe piaciuto cancellargli dalla faccia quel sorrisetto perfido e trasformarlo in un mucchietto di cocci. Ma allora sì che Tilia lo avrebbe giudicato fuori di testa.

Forse poteva andare a correre? Era un altro metodo utile per sbollire la rabbia.

Ma dove? Non conosceva la zona.

Fu allora che scoprì una mountain bike. Era accanto a un

bidone per la raccolta dell'acqua piovana, insieme ad alcuni attrezzi da giardino in un angolo della rimessa coperta dove la sera Michael lasciava la Mercedes.

A giudicare dallo strato di polvere e dalle ragnatele, il fratello non la usava più da tempo. La catena però era ancora ingrassata e le gomme abbastanza gonfie.

Michael non avrebbe avuto niente in contrario se l'avesse presa in prestito.

Simon fece un giro di prova in cortile, quindi pedalò verso la strada e, dopo essersi assicurato che la bici non avesse problemi, proseguì fino alla statale.

La pista ciclabile lungo la strada che portava a Fahlenberg non era distante e all'improvviso Simon seppe dove voleva andare.

Aumentò la spinta sui pedali, accelerando sempre di più.

Non era come il sacco di sabbia, e continuava a soffocare le grida, ma era utile per scaricarsi.

Il sole splendeva arroventato nel cielo limpido. Simon sudava come se gli avessero versato addosso una secchiata d'acqua, ma non gli importava.

Giunto alla periferia di Fahlenberg, quando vide l'indicazione per il cimitero, era stremato.

16

Pochi minuti più tardi Simon scese dalla bicicletta accanto al grande cancello in ferro battuto. I muscoli delle gambe erano indolenziti, ma andava bene così.

Per una sana percezione di sé, bisogna anche sentire il proprio corpo, gli aveva detto il fisioterapista. *Mens sana in corpore sano.*

Dopo il sogno della notte appena trascorsa, dubitava sul serio che la sua mente fosse sana, ma preferì non pensarci.

Con le gambe ancora tremanti, spinse la bicicletta sul vialetto di ghiaia. Non poteva farsela rubare, era di Mike.

Poi cominciò a cercare tra le file di lapidi.

Gli sembrava pazzesco, per certi versi, non sapere dove si trovasse la tomba dei suoi genitori, ma non aveva partecipato al funerale. All'epoca non era ancora in condizioni di farlo.

Più o meno nel momento in cui i due feretri venivano inumati, lui si trovava nella stanzetta del reparto psichiatrico a prendere a pugni come un pazzo il sacco di sabbia, con tale impeto da strappare le suture delle cicatrici ancora fresche. All'inizio non se n'era accorto. Lo aveva notato solo quando i suoi pugni avevano cominciato a lasciare impronte rosse e umide sul sacco di cuoio.

Aveva provato la stessa disperazione che lo aveva assalito quel giorno, quando Tilia gli aveva detto del collegio.

La vita, il destino, o in qualunque modo lo si volesse chiamare, gli aveva portato via tutto. E adesso volevano anche allontanarlo, lui, Simon, l'orfano che doveva imparare a camminare sulle proprie gambe.

Procedeva a passo lento, leggendo i nomi sulle lapidi. Quelle più recenti si trovavano nell'ala occidentale del cimitero.

Che genere di lapide avevano scelto Tilia e Mike?

Superò un grande angelo di pietra ormai logorato dalle intemperie che teneva le ali spiegate a proteggere le sepolture. Sulla sommità del capo era appollaiato un corvo, che fissava Simon con diffidenza. Per il resto a quell'ora del giorno non sembrava esserci nessuno al cimitero.

Mentre stava per svoltare nella fila successiva, vide qualcosa che lo fece trasalire. Guardò meglio, per essere sicuro di aver visto bene.

Erano proprio un paio di gambe distese! Qualcuno era sdraiato su una lapide, a meno di venti passi da lui.

Il cuore cominciò a battergli forte nel petto e lui si leccò le labbra per il nervosismo. Da dove si trovava vedeva solo le gambe magre fasciate da un paio di jeans neri e un paio di scarpe da ginnastica con dei teschi ghignanti.

Avanzò lentamente. Poi vide la ragazza.

Era sdraiata su una tomba all'ombra di un grande salice piangente. Non si muoveva, teneva gli occhi chiusi e le mani intrecciate sul petto. La maglietta e i capelli erano neri come i jeans, mentre la pelle era chiara come la lapide di marmo bianco su cui giaceva.

Sembrava una salma esposta per il compianto. Nemmeno la mosca che le si era posata sulle mani sembrava turbarla.

Giunto a pochi metri da lei, Simon era assordato dal battito del proprio cuore nelle orecchie. La ragazza era sempre immobile. Forse non lo aveva sentito arrivare oppure...

E se fosse stata morta?

Prima ancora di riuscire a formulare questo pensiero, Simon scrollò il capo. Non era possibile. Nessuno avrebbe lasciato un cadavere su una lapide. Tanto meno con dei vestiti simili.

«Ciao?»

Simon fece ancora un passo verso di lei.

«Ehi, tutto a posto?»

A quel punto la ragazza si mosse, facendolo spaventare.

«Oh, cazzo!» esclamò, lanciandogli un'occhiata carica di rimprovero. «Mi hai spaventata a morte.»

«Stammi a sentire, sembravi davvero morta. Ho pensato...»

«Che fossi un cadavere?»

Scoppiò a ridere e Simon si sentì molto stupido.

«Prima o poi lo diventerò» proseguì lei con uno sbadiglio, stiracchiandosi. «E anche tu. Prima o poi tocca a tutti. La morte non fa eccezioni. Di fronte a lei siamo tutti uguali. Non gliene frega niente di chi eri. La morte appiana tutte le ingiustizie della vita.»

«Sì, certo» ribatté Simon. «Peccato che sia sempre troppo tardi.»

Lei si strinse nelle spalle. «Che ci fai qui?»

«Cerco una tomba.»

La ragazza si mise seduta e sorrise. «Hai già trovato un posticino comodo comodo?»

«No, cerco la tomba dei miei genitori.»

Il sorriso le morì sulle labbra. «Scusa. Ho fatto una delle mie solite figuracce.» Fece un gesto di scusa. «Mi spiace davvero. La delicatezza non è il mio forte.»

Simon fece un cenno distratto. «Figurati. Tu cosa ci fai qui?»

«Lo vedi anche tu.» Accarezzò la lapide con entrambe le mani. «Prove di sepoltura.»

Si alzò. Era di una spanna più bassa di Simon, e forse... sì, sembrava carina, dietro il trucco pesante che usava per nascondersi.

«Prove di sepoltura?» ripeté lui. «Trovi la morte così bella?»

«No, certo che no» rispose lei guardandolo. «Al contrario, mi fa una paura fottuta. Ma, se ogni tanto provassimo a immaginare come sia essere morti, impareremmo ad apprezzare meglio la vita.»

«Può darsi» concordò Simon. «A proposito, io mi...»

«Oh, merda!»

La ragazza fissò un punto oltre la spalla di Simon, poi alzò gli occhi al cielo. Simon si girò e vide un uomo che camminava verso di loro.

«Ecco che arriva Frankenstein» sospirò lei. «Meglio se sparisco. Ci vediamo.»

Se ne andò di corsa, prima che Simon potesse aprire bocca. Quando sentì la ghiaia scricchiolare alle proprie spalle, si voltò di nuovo verso l'uomo.

La definizione data dalla ragazza era calzante. Era un tipo massiccio, con i capelli a spazzola e lo sguardo torvo del mostro di Frankenstein. Indossava un camice verde da lavoro con lo stemma di Fahlenberg sul taschino. Sotto Simon lesse la scritta SERVIZI CIMITERIALI.

«Ehi, giovanotto, che ci fai qui?»

«Cerco la tomba dei miei genitori» rispose lui tranquillo.

Frankenstein si fermò davanti a lui e guardò in lontananza. Era molto alto e Simon notò le sue mani. *Non gli serve una pala per scavare le fosse*, pensò.

«Ah» brontolò Frankenstein. «Con chi stavi parlando?»

«Con nessuno» rispose Simon, senza sapere bene perché mentisse. Per qualche motivo non voleva creare problemi alla ragazza misteriosa. «Mi può aiutare?»

L'uomo lo guardò e annuì. «Certo. Come si chiamano i tuoi genitori?»

«Strode. Lars e Maria Strode.»

L'uomo alzò le sopracciglia. «Tu allora sei il figlio minore di Lars, il nipote di Tilia, giusto?»

«Sì. Conosceva mio padre?»

«Ma certo, siamo stati vicini di casa per molto tempo» rispose l'uomo. «Lo conoscevo da quando era un moccioso. Purtroppo poi ci siamo persi di vista, quando mi sono trasferito dall'altra parte del paese. L'incidente è stato davvero tremendo, una vera tragedia. Mi dispiace moltissimo per te, ragazzo. A proposito, mi chiamo Heinrich Pratt. Tuo padre ti ha mai parlato di me?»

Simon non se lo ricordava, ma rispose con una scrollata di spalle.

«Su, vieni con me» disse Pratt mettendosi in cammino.

Lo condusse a una tomba ben curata con una lapide chiara illuminata dal sole.

«Sono qui. Immagino che tu voglia rimanere da solo, vero?»

Simon annuì e Pratt gli batté una mano sulla spalla, come per consolarlo.

«Ti auguro ogni bene, ragazzo» disse, quindi si allontanò e scomparve tra le lapidi.

Simon lesse i nomi e le date di nascita dei genitori scritti a lettere dorate. Un senso di vuoto si impossessò di lui.

Che strano, pensò. *Perché non provo niente?*

Aveva immaginato che quel luogo lo avrebbe fatto sentire triste, che alla fine forse avrebbe pianto e dato sfogo al dolore. Invece non c'era... Niente.

Lesse di nuovo la lapide, e gli sembrò che i nomi appartenessero a degli sconosciuti.

Come se i suoi genitori non fossero sepolti lì.

Come se fossero ancora vivi da qualche altra parte.

17

Quando si fa una promessa, bisogna mantenerla. Altrimenti è meglio non promettere niente.

Era una semplice regola che Simon aveva imparato dal nonno e che cercava sempre di rispettare, anche se quel giorno gli costava particolarmente fatica.

Era tornato stravolto e madido di sudore dal suo giro in bicicletta, ma in tempo per fare una doccia e cambiarsi. Una volta pronto, raggiunse Tilia e andarono insieme all'appuntamento.

Durante il tragitto in autobus rimase in silenzio. Simon non sapeva di cosa parlare. In sostanza Tilia aveva già detto tutto quello che c'era da dire.

Anche Tilia tenne la bocca chiusa, ma la sua espressione era più che eloquente.

Da bambino Simon non sapeva interpretare la mimica delle altre persone. Non coglieva la differenza tra una faccia allegra, triste o arrabbiata. Per lui erano tutte uguali. Anche la propria.

Il dottore gli aveva spiegato che era un aspetto tipico delle persone colpite da disturbi autistici. Tuttavia ci si poteva esercitare per ridurre questo deficit.

Simon si era impegnato, duramente e con convinzione. Si rendeva conto che, se non voleva rimanere escluso, doveva in qualche modo stabilire un contatto con gli altri. Il primo passo per farlo era comprendere le persone, e non solo quello che dicevano. Non di rado, infatti, la gente diceva una cosa e ne intendeva un'altra. Doveva comprendere anche il linguaggio dei gesti.

Simon aveva studiato diversi testi sul linguaggio del corpo e la comunicazione non verbale. Aveva guardato dei video sull'argomento e osservato con attenzione gli individui intorno a lui.

A poco a poco aveva compreso ciò che i lineamenti del volto, la postura e i gesti possono rivelare su una persona. E si era reso conto che quelle manifestazioni potevano essere molto diverse da ciò che una persona diceva.

Ora si rendeva conto che Tilia era profondamente combattuta. Da una parte era convinta che il collegio fosse la scelta migliore per lui, ma dall'altra provava anche dei rimorsi. Doveva aver capito che Simon si sentiva scacciato, ma riteneva che fosse una decisione necessaria.

Scesi dall'autobus, camminarono per poche centinaia di metri fino a raggiungere il liceo Serling. La scuola era un edificio molto grande, un'enorme T di mattoni rossi in mezzo a un vasto parco.

Avvicinandosi all'ingresso principale, Simon vide un campo da calcio sul retro del liceo. Accanto c'erano anche un campo da tennis e uno spiazzo sabbioso per il beach volley. Siccome era estate, il complesso era deserto. Si sentiva solo il ronzio degli irrigatori automatici.

Man mano che si avvicinava all'ingresso, Simon sentiva il cuore battergli più forte. Tutto per lui aveva un aspetto spettrale.

Gli tornò in mente un film che aveva visto con Mike. Parlava di un antico castello dove sparivano delle persone. Nessuno sapeva che cosa succedesse loro, e il mistero non veniva svelato nemmeno alla fine del film. C'era solo un video sfocato girato da un gruppo di studenti che volevano indagare sull'enigma. Ma anche loro alla fine sparivano e lo spettatore doveva immaginare che cosa potesse essere accaduto.

Simon lo aveva trovato particolarmente inquietante. Per diverso tempo aveva continuato a fare sogni su quel film. Incubi spaventosi, nei quali la casa divorava e digeriva gli intrusi.

Improvvisamente, in quella scuola che gli ricordava il film, ebbe l'impressione di udire di nuovo quella voce cupa e malvagia.

Ciao, Simon. Entra. Ti divorerò e ti digerirò. Scappare non ti servirà. Nessuno sfugge al proprio destino. E tu dovresti essere morto da tempo. MORTO!

«Non fare quella faccia, avanti» gli disse Tilia, strappandolo da quei tetri pensieri. «Vedrai che ti piacerà, ne sono convinta. Guardami, sono sopravvissuta anch'io.»

Gli sorrise con l'intenzione di rinfrancarlo, ma Simon colse chiaramente i dubbi di Tilia. Neppure lei era sicura che a Simon sarebbe piaciuto vivere lì.

Quando Tilia entrò, Simon dovette forzarsi per seguirla. Accompagnati dall'eco dei loro passi sul pavimento, superarono l'atrio e si diressero in segreteria. A Simon sembrava che l'eco ripetesse ossessivamente un'unica parola.

Morto.

Morto.

MORTO!

18

Tilia consegnò alla segretaria un questionario compilato, probabilmente il modulo d'iscrizione.

Alla faccia del «prova almeno a dare un'occhiata» e «vedrai che ti piacerà», pensò Simon risentito con rabbia.

Aveva capito fin dal mattino che la sua iscrizione al collegio era cosa fatta, ma non sapeva come opporsi. Tilia aveva organizzato tutto, forse ancora prima che Simon venisse dimesso dalla clinica.

I polsi tornarono a prudergli. Lo sapevano tutti, tutti tranne lui. E adesso non aveva scelta. Dove sarebbe potuto andare?

La segretaria esaminò il modulo con espressione burbera. Simon si accorse che continuava a lanciare occhiate furtive alla finestra. Probabilmente era stata costretta a lavorare durante le vacanze, mentre le colleghe si godevano lo splendido clima estivo.

«Tutto a posto. Seconda porta a destra» disse seccamente, aggiungendo il modulo a una pila di documenti sulla scrivania.

Non sono l'unico nuovo arrivato, pensò Simon, ma l'idea non gli fece provare il minimo conforto.

Gli altri studenti sicuramente tornavano a casa dei genitori nei fine settimana e per le vacanze. Per lui invece il collegio sarebbe diventato la sua nuova casa.

L'edificio non gli piaceva. Era troppo grande e troppo cupo. Inoltre all'interno faceva freddo come in una chiesa, nonostante il caldo estivo. E poi non c'era nemmeno un quadro appeso alle alte pareti per rallegrare un po' l'atmosfera. Solo qualche foto di classe e stampe storiche. Persino il reparto di psichiatria era più accogliente.

Queste mura fredde mi divoreranno e mi digeriranno per davvero, pensò mentre seguiva Tilia lungo il corridoio. *Forse non in senso letterale, ma di sicuro la vita qui per me cambierà.*

Adesso era tutto diverso.

19

Furono accolti nell'ufficio del preside dal suo vice.

«Mi chiamo Richard Henning» si presentò, porgendo la mano a Tilia. «Il direttore Grass si sta ancora godendo il meritato riposo estivo.»

Simon si era fatto un'idea diversa del preside, o del suo vice, di un istituto come quello. Si era immaginato un cinquantenne brizzolato in giacca e cravatta, seduto dietro una imponente scrivania di mogano. Sarebbe stato in sintonia con il cupo edificio di mattoni.

Henning al contrario indossava un paio di jeans, scarpe sportive e una polo con il logo della scuola. Doveva avere meno di quarant'anni, alto, biondo, abbronzato e con un fisico sportivo. Gli occhi azzurri e la smagliante dentatura bianca, sembrava uscito dalla pubblicità di un dentifricio. O da una soap opera di serie B.

Henning era uno di quegli uomini che conquistavano le donne senza il minimo sforzo. Simon lo capì dalla reazione della zia. Non avrebbe mai pensato di vederla arrossire, ma fu proprio ciò che accadde quando Tilia restituì la stretta di mano.

Henning strinse la mano anche a Simon, stritolandola come in una morsa.

«Benvenuto a bordo, Simon. Prego, accomodiamoci.»

Indicò due sedie davanti alla scrivania, che non era né massiccia né di mogano, bensì semplice e ordinata.

«Sono contento di conoscerti personalmente, dopo tutte le belle cose che tua zia mi ha raccontato su di te» disse Henning, prendendo posto sulla altrettanto semplice sedia girevole dietro la scrivania. «Credimi, qui ti piacerà molto.»

È una frase che ho già sentito, pensò Simon, ma tenne per sé quella battuta.

Lo sguardo gli cadde su un giornale accanto alla tastiera del computer. Era ripiegato a mostrare la pagina della cronaca locale. Il titolo occupava quasi tutta la pagina:

PROSEGUONO LE RICERCHE DELLA SEDICENNE SCOMPARSA

E sotto, un po' più piccolo:

ANCORA NESSUNA TRACCIA DI LEONIE. GLI INQUIRENTI INDAGANO IN TUTTE LE DIREZIONI.

Simon si chiese se Henning sapesse chi era Leonie. Era molto probabile. Anche se la ragazza non frequentava il ginnasio, Fahlenberg era una città molto piccola dove tutti più o meno si conoscevano.

Henning per prima cosa gli presentò la scuola. Ne parlò con tale entusiasmo che Simon credette davvero di trovarsi in uno spot pubblicitario. L'unica differenza era che Henning non reclamizzava questa o quella marca di dentifricio, bensì il collegio Serling, «l'istituto migliore della regione, che ha già ricevuto numerosi riconoscimenti».

Il collegio era stato fondato all'inizio dell'Ottocento, spiegò, e da allora aveva annoverato diverse personalità di spicco tra i propri studenti.

«Vediamo se forse un giorno anche il tuo ritratto sarà appeso sulla parete d'onore» disse con un sorriso. «A noi non dispiacerebbe.»

Simon era interdetto. Cercava disperatamente di interpretare la mimica di Henning, facendo ricorso alle proprie conoscenze, ma tutto di quell'uomo era eccessivamente artefatto. Sembrava il genere d'insegnante che vuole proporsi come amico. Simon non era mai riuscito a capire i tipi così.

«Ho visto che sei uno studente modello.» Henning indicò la cartelletta di Simon con le sue pagelle. «Ottimi voti in tutte le materie, a parte educazione fisica. Ma si può rimediare. C'è uno sport che ti interessa in particolare?»

Simon scosse la testa. L'educazione fisica era la materia che odiava di più, data la sua corporatura esile e la sua mancanza di coordinazione. Andava spesso in bicicletta e in passato gli piaceva accompagnare Michael a giocare a calcio, ma per lui il significato di pedalare era andare da un luogo a un altro. E, per quanto riguardava il calcio, era sempre stato uno spettatore. Tutte le volte che era stato costretto a partecipare, Ronny e gli altri si erano divertiti a commettere tutti i falli possibili ai suoi danni. Non era certo stato incoraggiante. Per non parlare poi dei pestaggi negli spogliatoi.

Chissà se anche qui c'era uno come Ronny? Di sicuro. Quelli come lui erano dappertutto.

«Che mi dici della canoa?» domandò Henning.

«Non ho mai provato.»

«Tuo padre faceva parte della squadra di canoa» intervenne Tilia, e a Simon tornò in mente una foto che una volta gli aveva mostrato suo padre. In un album che con ogni probabilità era finito chissà dove. Lui lo avrebbe conservato senza esitazioni, ma nessuno aveva chiesto il suo parere, perché era lo svitato della famiglia.

«Ti andrebbe di provare?» propose Henning.

«Non saprei» rispose Simon, poi ripensò al padre. *Era un vero spasso*, ricordò le sue parole. «Magari.»

Henning annuì soddisfatto. «Ottimo, è già qualcosa. La squadra del Serling è davvero ottima. Abbiamo vinto già diverse coppe. Di solito ci alleniamo sul Fahle, ma i più bravi vanno anche sul Danubio. Puoi fare un allenamento di prova quando vuoi. E, se ne hai voglia, puoi anche dare un'occhiata alla sede dei canottieri di Kössingen. Non è lontana da casa vostra. In estate ci vado ad allenarmi quasi tutte le sere. Vieni pure quando vuoi.»

«Sarebbe davvero magnifico, non trovi?»

Adesso anche sua zia sembrava l'attrice di uno spot. La signora entusiasta che provava il dentifricio del dottor Henning. Guardò Simon, come se si aspettasse da lui un grido di giubilo.

«Ci penserò» ribatté lui fiacco.

«Bene» commentò Henning. «Allora adesso rimangono solo da definire alcuni particolari organizzativi. Se ti va, puoi aspettare tua zia di sotto nell'atrio. Intanto puoi guardare le foto sulla parete d'onore. Rimarrai sorpreso di riconoscere diversi visi. C'è persino un giocatore della nazionale.»

Che bel modo di sbattermi fuori, pensò Simon. Henning

voleva parlare di lui a quattr'occhi con Tilia. Di sicuro si trattava dei suoi «disturbi», di ciò che il dottor Forstner aveva detto di lui e della questione se potessero sorgere problemi a scuola. Qualcosa del genere.

Simon detestava quando gli adulti si comportavano così. Da una parte fingevano di essere grandi amici, sottolineando sempre che lo consideravano un loro pari. Ma, quando si trattava di affrontare gli argomenti decisivi, lo trattavano come un essere inferiore.

Non aveva comunque senso intestardirsi a rimanere lì. Ciò che quei due dovevano dirsi lo avrebbero detto in ogni caso *senza di lui.* Se non adesso, in un'altra occasione.

Simon si alzò e stava per uscire, quando Henning lo trattenne.

«Ho qualcosa per te» disse, aprendo un armadio a muro. Scrutò quindi Simon dalla testa ai piedi, e infine scelse una giacca e una polo. Erano entrambe confezionate in sacchetti di plastica trasparenti, e Simon riconobbe che si trattava della stessa maglietta indossata da Henning.

«Ti rinnovo il mio benvenuto!» Henning gli porse i vestiti. «Adesso sei uno di noi.»

Simon rabbrividì. Anche le voci del suo sogno avevano mormorato le stesse parole. Gli occhi ardenti che lo avevano osservato dall'oscurità del bosco.

Uno di noi.

Pensò a cosa gli aveva detto Mike. Che certi sogni potevano avverarsi.

Uno di noi.

Sei uno di noi.

Simon, vieni da noi!

20

Intristito, Simon si mise a sedere sui gradini dell'ingresso. Alzò il capo verso il sole e guardò il cielo socchiudendo gli occhi.

In alto sopra di lui uno stormo di colombi volava in tondo. Il fruscio regolare delle ali creava una lieve melodia.

In altre circostanze sarebbe stata una perfetta giornata estiva. Il cielo limpido, il fogliame che frusciava nella brezza leggera, gli uccelli che cinguettavano, api e calabroni che ronzavano nel mare di fiori sul prato.

Ma quello era il parco del collegio Serling. Era il luogo dove avrebbe vissuto, perché non aveva più una casa.

Il capolinea temporaneo della mia esistenza, pensò.

«Ehi, guarda un po' chi c'è.»

Simon si girò nella direzione da cui proveniva la voce. Riconobbe la ragazza del cimitero. Veniva dagli impianti sportivi. Stava bevendo da una lattina di Coca-Cola, nera come tutto il suo aspetto. Solo la pelle scintillava diafana.

«Ancora tu» disse lui. Voleva dare un'impressione di indifferenza, ma non riuscì a nascondere del tutto la gioia nella voce. «Da chi stai scappando stavolta?»

Lei piegò la testa di lato e alzò un sopracciglio. «Scappare? Io?»

«Stamattina era Frankenstein» ribatté Simon. «Oggi chi ti sta inseguendo? Dracula?»

Lei si strinse nelle spalle. «Non mi sorprenderei se in questa catapecchia vivessero davvero dei vampiri. Ma, a giudicare dal tuo nuovo completo da detenuto, vedo che hai intenzione di scoprirlo di persona.»

Con un cenno del capo indicò i regali di benvenuto di Henning che Simon aveva posato accanto a sé.

Lui sospirò. «'Volerlo', mica tanto, piuttosto 'doverlo'

scoprire. Secondo mia zia è la soluzione migliore per me. E mio fratello maggiore ha già la sua vita.»

«Benvenuto nel club degli scaricati» disse la ragazza. Poi indicò verso gli alberi nel parco. «Ti va se ci mettiamo all'ombra? Non ho voglia di farmi venire il cancro alla pelle restando qui sotto il sole.»

Il club degli scaricati, pensò Simon. *Somiglia al rispettabile club dei fuori di testa. Appartengo già a due associazioni esclusive.*

«Va bene» rispose alzandosi. La seguì, lasciando sulle scale la giacca e la polo ancora incartate. Che fosse qualcun altro a prendersi la divisa da detenuto.

Giunti sotto gli alberi, la ragazza gli porse la lattina. «Ne vuoi un sorso?»

«No, grazie. Fa venire la tachicardia.»

Lei rise. «Chi te l'ha detto?»

«Mia madre.»

«Credi sempre a tutto quello che ti dicono gli adulti?»

«Non a tutto, ma i miei genitori di solito avevano ragione. A proposito, mi chiamo Simon. E tu?»

«Caro.»

«Come mai non sei a casa durante le vacanze?»

«Perché non ho più una casa.»

«Anche i tuoi genitori sono morti?»

«Più o meno.» Caro alzò lo sguardo verso il fogliame, così fitto da nascondere completamente il cielo. «Non sono loro a essere morti, bensì io.»

«In che senso?»

Lei bevve un sorso di Coca. «Be', mi trattano come se non esistessi più. Mia madre ci ha lasciati quando avevo quattro anni. È andata a vivere in una comune di artisti, prima a Berlino, poi negli Stati Uniti. Per il mio settimo compleanno mi ha spedito un biglietto da San Francisco dipinto da lei. Roba astratta. Da allora non ho più avuto sue notizie.»

«E tuo padre?»

Caro schioccò la lingua e diede un calcio a una pietra sul sentiero davanti a lei. «È uno di quegli individui per cui è stata inventata la definizione 'vivere al di fuori della realtà'. Quando non scrive un libro, viaggia per presentarne un altro. Non si è mai interessato veramente a me. I personaggi dei suoi romanzi sono sempre stati più importanti per lui. Mi fanno ridere quelli che dicono che è una figata essere la figlia di uno scrittore.»

«Ne parli al passato. Non vi sentite più?»

Caro alzò gli occhi al cielo. «Ti dico solo una cosa, Sherlock Holmes: da quando sono qui, non è mai venuto a trovarmi.»

Finì di bere la Coca, quindi sistemò la lattina sul coperchio di un bidone della spazzatura.

È quello che fanno nelle grandi città, in modo che chi raccoglie i vuoti a rendere li trovi più facilmente, pensò Simon, ma evitò di chiedere a Caro di dove fosse. Non voleva darle l'impressione di sentirsi sotto interrogatorio al loro primo incontro.

«Per questo per me le vacanze sono una vera tragedia» proseguì lei. «Non certo qualcosa di cui rallegrarsi. Te ne accorgerai anche tu quanto sia mostruosamente noioso vivere qui. Soprattutto durante le vacanze di Natale, quando è tutto chiuso. Al massimo puoi andare al cinema, sempre che tu abbia i soldi.»

«Magari ogni tanto possiamo vederci» propose Simon. «Mia zia abita a Kössingen, non è tanto lontano.»

Lei lo scrutò, come se volesse assicurarsi di potersi fidare di lui.

Simon riconobbe quell'espressione. Era uguale alla sua.

Di sicuro nella vita di Caro c'era stato qualcuno simile a Ronny, solo con un altro nome. Forse erano state addirittura delle ragazze. Le ragazze potevano essere crudeli almeno quanto i maschi.

«Come te la cavi in matematica?» gli domandò.

«Bene.»

«Davvero?»

«Direi molto bene. È la mia materia preferita.»

«Fantastico. Allora puoi darmi ripetizioni. Io non ci capisco niente. Sono convinta che chi ha inventato la geometria mi odiasse.»

«Ti aiuto volentieri. La geometria non è così difficile.»

Simon prese il cellulare dalla tasca dei calzoni, aprì la pagina dei contatti e tenne lo schermo in modo che lei non potesse leggere. Caro non doveva vedere che finora c'erano solo quattro nomi: Mike, Tilia e i genitori. «Dammi il tuo numero. Poi ti mando un messaggio con il mio, così possiamo sentirci.»

«Niente da fare» disse lei agitando le mani. «Non ho il cellulare.»

Lui la guardò sorpreso. «Non hai il cellulare? Veramente?»

«No, non ce l'ho.»

«E perché?»

Caro allargò le braccia in un ampio gesto. «Credi che voglia essere controllata in ogni momento? Ai servizi segreti e alle multinazionali non deve fregare un tubo di quello che faccio e con chi mi vedo.»

Simon sogghignò. «Te l'ha mai detto nessuno che sei paranoica?»

«Certo che sì. Tutti i giorni.» Lei ricambiò il sorriso. «Hai paura di me adesso?»

«No.»

«Bene. Allora facciamo che mi dai il tuo indirizzo e io passo da te.»

«An der Fahle 19.»

«Capito» disse Caro. «E guai a te se hai detto una bugia vantandoti della tua bravura in matematica! Ho bisogno di qualcuno che me la spieghi, altrimenti l'anno prossimo mi bocciano.»

In quel momento Simon sentì Tilia che lo chiamava. Era all'ingresso, aveva raccolto la polo e la giacca della scuola e stava agitando un braccio verso di lui.

«Tua zia?» chiese Caro.

«Sì. Devo andare.»

«Allora ci vediamo.» La ragazza indicò il cellulare di Simon. «Se fossi in te, rifletterei se tenere quel coso. Adesso Google, l'Agenzia per la sicurezza nazionale e chissà chi altro sanno che hai avuto contatti con me. Giusto per dire.»

Simon scrollò il capo. «Credimi, nemmeno a loro interessa dove e con chi sto.»

«Forse ha i suoi vantaggi non contare niente per nessuno» disse Caro. «Io comunque un cellulare non lo voglio. Non lo prenderò nemmeno per te.»

Lo guardò brevemente negli occhi, poi si allontanò. Simon la seguì con lo sguardo, poi rimise a posto il telefono. Quando la vide scomparire dietro l'edificio, tornò dalla zia.

Se non altro la giornata aveva preso una piega un po' migliore.

21

In fondo i rimorsi della zia hanno anche dei vantaggi, si disse Simon.

Avevano perso l'autobus per Kössingen e quello successivo sarebbe passato un'ora dopo, così Tilia lo invitò fuori a pranzo. Sembrava che per lei l'amore passasse letteralmente dallo stomaco. Tutte le volte che voleva dimostrargli il proprio affetto, gli offriva qualcosa da mangiare.

«Scegli tu il ristorante. Italiano, greco, cinese... Quello che vuoi» gli disse con un sorriso.

Simon non ci stette a pensare a lungo. «Allora mi piacerebbe mangiare scozzese.»

Il sorriso di Tilia non era più tanto smagliante, quando comprese il significato di quella scelta. Ma naturalmente mantenne la promessa. Avrebbe anche accettato di mangiare lumache fritte con polpette di formiche, se solo Simon non fosse stato più arrabbiato con lei per averlo spedito in collegio.

Poco dopo erano seduti a un McDonald's nei pressi della fermata dell'autobus. Tilia aveva letto il menu storcendo il naso per poi prendere un'insalata con un'acqua minerale. Quando Simon poco dopo posò sul tavolo la propria ordinazione, lei sgranò gli occhi.

«Santo cielo, ragazzo! Hai così tanta fame?»

«È quello che mangio sempre qui» rispose lui con una scrollata di spalle prima di sedersi di fronte a lei.

Mise in ordine le leccornie che aveva sul vassoio: nell'angolo superiore sinistro impilò tre cheeseburger uno sull'altro. Al centro sistemò la porzione piccola di alette di pollo spingendola fino al bordo superiore del vassoio. Davanti mise la confezione di curry. Lungo il margine destro collocò le patatine fritte facendo attenzione che l'apertura fosse rivolta esattamente verso di lui. Infine posizionò il milk-shake alla vaniglia sul lato destro del tavolo, a contatto con il vassoio, e raddrizzò la cannuccia in modo che fosse in posizione perfettamente verticale.

Dopodiché si appoggiò allo schienale, esaminò la tavola e provò un profondo senso di felicità. Aveva creato ordine, uniformità, e sapeva che tutto avrebbe avuto il sapore di sempre.

Persino il posto in cui era seduto corrispondeva. In passato si era sempre messo davanti a sua madre, proprio come ora stava davanti a Tilia. Andavano da McDonald's tutte le volte che lui l'accompagnava a fare la spesa. Maria Strode era tutt'altro che entusiasta della passione del figlio per il fast food, proprio come ora la zia. Tuttavia aveva esaudito il desiderio del figlio. Sempre. Perché sapeva di renderlo felice. Perché gli voleva bene.

In un certo senso quel pranzo era come una piccola macchina del tempo che lo riportava a un'epoca felice. Per questo era anche squisito.

Come dessert Simon prese un gelato per sé e una tazza di caffè per Tilia.

Mentre aspettava al bancone, osservò due ragazze che chiedevano con espressione seria di parlare con il direttore del locale. Sembrava volessero lamentarsi per qualcosa. Poi si accorse di un rotolo di fogli di carta che spuntava dallo zaino di una di loro.

Alla fine arrivò un uomo con un velo di barba brizzolata e un sorriso di circostanza del tipo non-so-che-cosa-volete-da-me-ma-risolveremo-la-cosa.

«Ciao, sono Paul, che cosa posso fare per voi?»

Simon fu distratto per un istante, quando la barista gli porse l'ordinazione e gli augurò buon appetito. Quando si girò di nuovo verso Paul e le ragazze, le vide dirigersi verso l'ingresso.

«Attaccatelo qui» stava dicendo il direttore del locale. «Così lo vedranno tutti subito.»

Le ragazze ringraziarono e Paul diede loro un rotolo di

nastro adesivo. Tirarono fuori uno dei manifesti e lo fissarono al vetro della porta.

«Spero davvero che la vostra amica venga ritrovata sana e salva» disse l'uomo, e una delle due ragazze scoppiò a piangere.

Offrì a entrambe da bere, ma le due rifiutarono e uscirono.

Simon si avvicinò alla porta a guardare il manifesto. Era una foto di grande formato della ragazza scomparsa. Era stata scattata a una grigliata. Una bella serata con gli amici. Leonie si stava divertendo tantissimo, si capiva dal viso sorridente.

Di certo non poteva immaginare nemmeno nei suoi incubi peggiori che quella foto piena di allegria un giorno sarebbe stata stampata su un manifesto con la parola SCOMPARSA.

A Simon tornò in mente Jessica, la ragazza che aveva conosciuto in ospedale. La sua espressione quando si era rifiutata di partecipare a una gita organizzata per tutto il reparto allo zoo di Fahlenberg.

«No» aveva bisbigliato terrorizzata. «Non uscirò più di qui. Là fuori ci sono un sacco di lupi. Lupi travestiti da agnelli.»

22

Una volta tornati a casa, Simon cercò Mike. Doveva parlare con suo fratello. Del collegio. Di quello che provava. Magari anche dei suoi incubi.

In passato avevano sempre parlato di tutto, e ora questo affiatamento gli mancava. Qualcosa di familiare in mezzo a tutte le novità che gli stavano piovendo addosso. Uno scoglio a cui aggrapparsi durante una tempesta.

Una chiacchierata tra fratelli era sempre utile. Proprio come prima lo aveva aiutato il rituale da McDonald's. Ne era convinto.

Fu sollevato di vedere la vecchia Mercedes di Michael parcheggiata sotto la tettoia. Il motore ticchettava ancora piano mentre si raffreddava. Mike doveva essere tornato da poco dal lavoro.

Ma il sollievo svanì ben presto, perché accanto all'ingresso c'era di nuovo lo scooter rosso di Melina.

Simon rimase immobile accanto alla finestra della cucina socchiusa. Annusò l'odore di carne alla brace. Riconobbe lo sfrigolare della padella, il tintinnio delle posate e poi la voce di Melina.

«Al sangue o ben cotta, tesoro?»

Simon si voltò e si incamminò contrariato verso la sua camera, che in realtà non era la sua camera né mai lo sarebbe diventata.

È la camera degli ospiti, pensò, *destinata alle persone di passaggio.*

Si mise seduto sul letto e di nuovo la solitudine calò su di lui come una pesante coperta nera.

Mike non aveva tempo per lui. Forse una sua visita gli avrebbe fatto piacere, ma non sarebbe stato come Simon aveva immaginato.

Mike aveva la sua vita, doveva accettarlo. Insieme al fatto che Melina ne facesse parte. E pensare che lei non sapeva ancora che Michael preferiva le bistecche «molto all'inglese», come diceva sempre. Cioè quasi crude.

«Un buon veterinario potrebbe rianimarle.»

La madre aveva sempre riso di quella battuta.

Avvertì un bruciore agli occhi e provò il desiderio di piangere. Ma le lacrime non volevano sgorgare. Per qualche motivo, non ci riusciva.

Se non altro non sono solo, si disse, sdraiandosi sul copriletto. *Da oggi faccio parte del club degli scaricati, e siamo almeno in due.*

Pensò a Caro e finalmente riuscì a addormentarsi.

23

L'incubo tornò anche quella notte, più terribile che mai.

Mentre nel mondo reale Simon si dibatteva sul letto, lanciando mugolii soffocati, nel sogno stava di nuovo strisciando sull'asfalto.

Alle sue spalle le fiamme si levavano voraci dalla carcassa dell'auto. Di nuovo l'odore di benzina, gomma bruciata e metallo fuso.

Vide gli occhi che lampeggiavano malvagi nel bosco, udì il loro inquietante bisbiglio.

Simon.

Siiiimon.

Vieni qui, Simon!

Sei uno di noi!

Ma ancora più sinistra era la cosa che lo inseguiva. Quella creatura minacciosa, verso la quale non osava girarsi.

Non riuscirai a fuggire!

Gli stava alle calcagna. Il terreno vibrava sotto i passi pesanti del mostro e Simon udiva la sua risata beffarda. Profonda, disumana.

Giunto al punto in cui la sua fuga dalla creatura mostruosa sembrava senza via d'uscita, apparve come sempre la porta. Era una porta normalissima, anonima, come se ne possono trovare in un appartamento qualunque, di compensato, gli stipiti chiari, la maniglia semplice. Nel sogno di Simon, tuttavia, era in mezzo alla strada nel bosco, dove non aveva alcun senso.

E Simon sapeva, come sempre, che doveva arrivare a quella porta. Se fosse riuscito ad aprirla, sarebbe stato al sicuro dalla creatura che lo inseguiva.

Non sapeva perché, ma era certo che fosse così. Era la logica del sogno.

Simon doveva sbrigarsi. Cercò di rialzarsi e correre via, ma come sempre barcollò e ricadde in ginocchio.

Avanzò carponi in preda al panico. Doveva andare via, via, via!

Via dall'auto in fiamme, via dalla creatura rivoltante che già gli alitava sul collo.

Via!

Ti prenderò, Simon!

Stavolta però il sogno proseguì in modo diverso. Era cambiato qualcosa. Avvicinandosi vide che qualcuno aveva appeso una foto alla porta. Grande e ben visibile.

Era la foto di Leonie. Lo stesso manifesto che le sue amiche avevano attaccato su un'altra porta nel mondo reale, nella speranza che qualcuno avesse sue notizie.

Man mano che si avvicinava, l'immagine cambiava. L'allegra risata di Leonie si trasformò in una smorfia. Nei suoi occhi, che prima sorridevano al fotografo, si rifletteva l'orrore.

Sbrigati, Simon, gli gridò. *Corri! Guarda dietro la porta!*

Simon non aveva mai sentito la voce di Leonie, ma nel sogno somigliava molto a Jessica. No, era lei. Simon guardò meglio e si rese conto della notevole somiglianza tra le due ragazze.

Stai attento ai lupi, gli gridò lei. *Non fidarti mai di loro!*

Nel frattempo Simon aveva raggiunto la porta. Allungò la

mano verso la maniglia, come faceva ogni volta, riuscì ad afferrarla e la abbassò con forza.

La porta cedette e si aprì. Ancora un istante e finalmente avrebbe visto che cosa si celava dall'altra parte.

Udì nuovamente la voce concitata di una donna. Parlava e singhiozzava, ma le sue parole all'improvviso furono inghiottite da un ruggito.

La creatura!

Si aggrappò alla maniglia. Doveva alzarsi, passare dall'altra parte. Doveva sfuggire alla creatura. Doveva vedere cosa c'era dietro la porta. Doveva...

... si svegliò.

Qualcosa lo aveva svegliato. Un frastuono fuori dalla finestra. Nel sogno lo aveva scambiato per il fragore del suo spaventoso inseguitore. In realtà era lo scooter di Melina che usciva dal cortile.

Simon si asciugò il sudore dalla fronte. Aveva il respiro affannoso, come se avesse cercato veramente di aprire la misteriosa porta.

Il dottor Forstner si sbagliava, pensò. *Questa porta è importante. Lo so!*

Cosa c'era là dietro?

E perché era così importante?

SECONDA PARTE
L'ora del lupo

Tonight I'm feeling like an animal.
Tonight I'm howling inside.

The Cure

24

La mattina dopo, Simon trovò la casa deserta. Sul tavolo della cucina lo aspettavano una scatola di cornflakes, un cartoccio di latte (la sua marca preferita, quella con la mucca che sorride), un barattolo di cacao in polvere e un biglietto di Tilia.

Buongiorno, dormiglione ☺
Sono dovuta andare al lavoro. La mia collega è malata.
Non so a che ora torno.
Devo fare la spesa.
Mi sono portata la tua lista ☺
Fai una buona colazione e goditi la bella giornata ☺

Simon posò il biglietto sul tavolo. Il silenzio era rotto soltanto dal ticchettio dell'orologio. Non si sentiva volare una mosca.

Sono solo, pensò. *Solo. Non è una condizione temporanea, no, d'ora in avanti sarà sempre così.*

Questo pensiero riempì la stanza come un gas venefico e invisibile che gli paralizzò il cuore e rischiò di soffocarlo.

D'un tratto gli sembrò di essere un corpo estraneo nella cucina di Tilia, come se fosse stato trascinato lì contro la sua volontà. E in effetti era così, per certi versi.

Non apparteneva a quel luogo. Ma il luogo al quale era appartenuto finora non esisteva più. In futuro sarebbe stato soltanto un ospite, dovunque andasse. Prima qui, poi in collegio, e poi chissà dove. Preferiva non pensarci.

Avrebbe voluto fuggire e, se gli fosse venuto in mente un posto dove rifugiarsi, lo avrebbe fatto.

Preferì invece dare ascolto alla ragione, prese una ciotola di vetro dall'armadietto e si preparò la colazione.

I cornflakes al cacao avevano il sapore di quelli di casa, ma anche no. La marca era la stessa, ma ancora una volta, come gli era successo già in ospedale, mancava l'elemento decisivo: lui *non* era a casa, non avrebbe potuto essere a casa *mai più*.

... Fai una buona colazione ☺

Guardò lo smiley di Tilia sul foglio. Aveva voluto fargli un piacere. Sul barattolo di cacao e sulla scatola di cornflakes c'erano le etichette del piccolo supermercato del distributore di Kössingen. Simon si immaginò la zia che ci andava di prima mattina. Probabilmente era di fretta e non aveva potuto aspettare che a Fahlenberg aprissero i supermercati. Tuttavia aveva voluto a tutti i costi preparare a Simon la colazione che desiderava.

Improvvisamente Simon ricordò le parole di un suo vecchio vicino di casa a proposito del gatto: «Gli basta il suo cibo, poi è contento».

L'uomo tuttavia aveva tralasciato qualcosa di estremamente importante. All'epoca Simon era ancora piccolo, ma ricordava perfettamente il gatto. Soprattutto come faceva le fusa quando lo accarezzava. Ogni giorno, alla stessa ora, il gatto lo aspettava fuori dalla porta di casa, per farsi accarezzare. Tutte le mattine, quando andava a scuola, e tutti i pomeriggi, quando rincasava.

Il gatto aveva bisogno di lui, non del cibo, e Simon lo capiva perfettamente. Soprattutto ora, seduto a fare colazione da solo in cucina.

Tilia poteva fargli trovare tutti i suoi cibi preferiti, poteva portarlo da McDonald's tutte le volte che voleva... Ma non avrebbe cancellato quella sensazione oscura che lo privava di ogni gioia.

La solitudine.

Dopo colazione sparecchiò e lavò le stoviglie, poi rimise tutto a posto. Guardò fuori dalla finestra.

Goditi la bella giornata...

Facile a dirsi. Sì, era proprio una bella giornata. C'era il sole e faceva caldo. Ma come poteva godersela? Lì non c'era niente da fare. Kössingen era uno di quei posti dove «non sarebbe andato manco morto», come avrebbe detto Lennard.

Tirò fuori lo smartphone e cercò di aprire la chat di gioco. Qualche contatto familiare gli avrebbe fatto bene. Ma il segnale era troppo debole. La pagina era lentissima, e come se non bastasse il cellulare era quasi scarico.

Niente da fare.

Simon si scollegò, consolandosi con il pensiero che tanto qui non avrebbe avuto nemmeno il computer per provare la demo di un nuovo gioco. Il suo portatile era in uno degli scatoloni in cantina. Ammesso di trovarlo, non conosceva la password di Internet di Tilia. Doveva ricordarsi di chiedergliela. In realtà non aveva nemmeno voglia di giocare. Avrebbe preferito...

Lo squillo improvviso del campanello squarciò il silenzio facendo trasalire Simon.

Sarà il postino, pensò. Prima che arrivasse in corridoio, il campanello suonò di nuovo. Era uno squillo stridulo, che gli faceva male alle orecchie.

Quando aprì la porta, si trovò davanti una sorpresa. Non era il postino. Era Richard Henning.

«Ciao, Simon.»

Il vicepreside gli rivolse un sorriso che sua madre avrebbe definito da principe azzurro.

Quel giorno Henning portava dei bermuda di jeans e una maglietta bianca con il logo della scuola che metteva in risalto gli avambracci muscolosi e faceva risaltare ancora di più l'abbronzatura.

«Spero di non disturbare. Sai, stavo andando giù ai canottieri» spiegò, «così ho pensato di passare di qui e chiederti se avevi voglia di venire con me.»

«Non è possibile.»

Quella risposta gli uscì spontanea dalle labbra, lasciando sorpreso anche lui. Qualcosa gli diceva di non accompagnare Henning in canoa. Simon non sapeva da cosa dipendesse, ma era certo che fosse meglio ascoltare il proprio istinto.

«Non staremo via molto» disse Henning in tono vagamente dispiaciuto. «Al massimo un'oretta. Pensavo che ti avrebbe fatto bene uscire e distrarti un po'. Lo sport è l'ideale per sfogarsi. Remare serve a buttare via letteralmente tutta la negatività. Poi ci si sente alla grande, puoi credermi.»

«Mi spiace, ma proprio non posso. Ho promesso alla zia che l'avrei aiutata in giardino. Tornerà presto. È andata a fare la spesa.»

Era una bugia bell'e buona. Simon in realtà non sopportava di mentire, ma in questo caso gli sembrava l'unico modo per risparmiarsi lunghe spiegazioni con Henning.

Voleva solo liberarsi del vicepreside. La sua presenza era

fastidiosa proprio come il suono del campanello poco prima, anche se continuava a non capirne la ragione.

Henning annuì e inclinò la testa di lato.

«Capisco... se è così, sarà per un'altra volta.»

Simon comprese dal suo sguardo che Henning aveva capito che mentiva. Tuttavia il suo sorriso da dentifricio non si smorzò.

«Sì, un'altra volta» si affrettò a confermare Simon, sperando di non arrossire.

Henning continuava a fissarlo con un'insistenza che lo metteva a disagio. D'un tratto gli parve di avere la testa trasparente e che Henning potesse leggergli nel pensiero.

«Vedi, Simon, so perfettamente cosa provi in questo momento. Non ti sono particolarmente simpatico, vero? Non c'è problema, va bene così. Possiamo essere sinceri l'uno con l'altro.»

A questo punto Simon arrossì sul serio. Se ne rese conto e si sentì profondamente a disagio, ma non poteva farci niente.

«No, no, lei non c'entra niente.»

Un'altra bugia.

«Certo, questo lo so» disse Henning. «Dipende da quello che io rappresento per te ora. Perché sono il collegio dove dovrai andare, anche se non vuoi. Ti senti solo, abbandonato e scaricato, e rimpiangi la tua vecchia vita. È così?»

Simon era troppo agitato per rispondere. La sua testa doveva essere diventata proprio trasparente, quanto meno per Henning.

«Conosco bene la tua situazione» proseguì Henning. «Anch'io ho perso i miei genitori. Sono morti quando avevo vent'anni. Mio padre ha avuto un ictus e poco tempo dopo mia madre è morta per un cancro all'intestino. Era come se mi avessero strappato la terra sotto i piedi. Immagino che per te sia ancora peggio. Un incidente è un evento così improvviso. Ma il modo in cui si perdono i propri cari in fondo non fa differenza... dopo ci si sente sradicati, non è così?»

Simon annuì. «È difficile da accettare.»

«Eccome, se lo è» riconobbe Henning. «Ma è tutto più facile quando ci sono persone che ci capiscono e ci aiutano. Sappi che io potrei essere una di queste. Se ti va di parlare, puoi venire da me in qualunque momento. Quando vuoi.»

«La ringrazio» disse Simon, assalito dal segreto timore che ora il vicepreside gli avrebbe messo una mano sulla spalla. Un suo ex insegnante, che come Henning voleva a tutti i costi essere amico dei suoi alunni, lo faceva spesso. Simon lo detestava. Non sopportava che qualcuno lo toccasse senza prima chiedergli il permesso.

Ma Henning non lo sfiorò neppure. «Magari un giorno verrai con me in canoa» disse, sfoggiando di nuovo il suo sorriso smagliante. «Mi farebbe molto piacere, e scommetto che ti divertiresti anche tu.»

«Sicuramente» ribatté Simon. «Comunque non si preoccupi per me. Ho la zia e mio fratello e la sua ragazza. Non sono solo.»

«Tuo fratello e la sua ragazza» ripeté Henning gettando un'occhiata verso la porta dell'appartamento di Michael.

Per un istante la sua espressione si fece seria, come se stesse riflettendo su qualcosa. Poi sorrise di nuovo e Simon capì cosa gli dava tanto fastidio di Henning. Il suo sorriso. Era artefatto. Come se nascondesse qualcosa.

«Bene, allora vado» disse Henning e Simon si sentì cadere una pietra dal cuore. «Peccato che tu non possa venire. Ti auguro comunque una buona giornata.»

«Grazie. Anche a lei.»

Henning tornò al suo fuoristrada. Dal portellone posteriore aperto spuntavano due remi.

Lanciò un'ultima occhiata a Simon, poi indicò con il mento verso il giardino di Tilia. Le aiuole erano curatissime e sembravano uscite da una rivista di giardinaggio.

« Buon divertimento in giardino, e salutami tua zia » disse.

Quando il vicepreside fu ripartito, Simon tirò un sospiro di sollievo. Non avrebbe mai vinto il primo premio in una gara di bugie. Ma stranamente non provava la minima vergogna. Qualcosa dentro di lui gli diceva che aveva fatto la cosa giusta.

Quelli simpatici sono i più pericolosi, bisbigliò una voce dentro di lui, una voce molto simile a quella di Jessica.

Lupi travestiti da agnelli.

25

Simon si sedette sulla panca in giardino accanto alla porta d'ingresso. Sfogliava annoiato il giornale con le solite notizie: crisi economica, il dramma dei migranti, guerre e naturalmente le dichiarazioni del politico di turno che prometteva crescita e giustizia sociale, ammesso di sapere che cosa volesse dire.

Le pagine locali erano dedicate all'inaugurazione di una mostra al municipio di Fahlenberg, alla demolizione di un vecchio hotel che avrebbe fatto posto a un nuovo progetto edilizio e alle condizioni meteo, che sarebbero rimaste stabili ancora per un po'.

Sulla scomparsa di Leonie non c'erano novità. L'articolo dedicato alla ragazza era piuttosto succinto. Le ricerche erano state allargate. I compagni di scuola avevano distribuito manifesti e aperto una campagna su Facebook. I genitori chiedevano il sostegno della popolazione per il ritrovamento della figlia.

Simon pensò al sogno, alla foto di Leonie che gli aveva parlato dal manifesto. Alla sua somiglianza con Jessica e all'espressione atterrita nei suoi occhi.

E se Leonie avesse subito lo stesso destino di Jessica? Qualcuno aveva aggredito anche lei, sottoponendola all'indicibile?

Fai attenzione ai lupi, aveva gridato la ragazza nel sogno. *Non fidarti di loro per nessun motivo!*

Un improvviso scricchiolio sulla ghiaia lo fece voltare di scatto. Con un'abile frenata laterale Caro fermò la bici accanto a lui.

Quel giorno indossava calzoncini neri, da cui spuntavano le gambe sottili come bastoncini bianchi, e una felpa blu troppo pesante per quel caldo. Teneva il cappuccio calato sul viso per proteggersi dal sole. Solo le scarpe con i teschi erano le stesse del loro ultimo incontro.

«Che si dice di nuovo nel mondo?» chiese, lanciando un'occhiata al giornale.

«Tutto orribile come al solito» rispose Simon. «Secondo me nessuno si accorgerebbe se la stessa notizia venisse pubblicata due volte di seguito.»

Caro si strinse nelle spalle. «I giornali mi deprimono. Sempre brutte notizie. Non si può cambiare il mondo, ma si possono modificare i fatti. E, se modifichi i fatti, cambiano le opinioni. E, se le opinioni cambiano, il mondo si trasforma. O qualcosa del genere.»

«Wow!» esclamò Simon ammirato. «Roba tua?»

«No, dei Depeche Mode.»

«Li ascoltava sempre mia madre. Ti piace davvero la musica vecchia?»

«I testi più belli non invecchiano mai.»

Simon sorrise. «Mi fa piacere vederti. Stavo rischiando di morire di noia.»

Caro scese dalla bici e si rifugiò all'ombra sotto la tettoia dell'ingresso.

«Allora, genio della matematica, come te la cavi con questo Pritogola?»

«Intendi Pitagora?»

«È quello che ho detto.»

«Non è roba difficile.»

«Allora spiegamela. Perché non entriamo? Qua fuori c'è troppo sole.»

Simon sorrise soddisfatto. Ora sì che si sarebbe goduto la giornata.

Nella mezz'ora successiva Simon fece del proprio meglio per avvicinare Caro al meraviglioso mondo della geometria euclidea. Le illustrò lo spazio a due e a tre dimensioni, le parlò di cateti e angoli retti. Le spiegò cos'era un'ipotenusa e che dalle ultime scoperte non si era più sicuri che Pitagora fosse stato il primo a dimostrare il teorema che porta il suo nome.

Era completamente a proprio agio. Mentre parlava, gli venivano in mente sempre nuove cose per abbellire e rendere più interessante l'argomento. Amava l'ordine della matematica.

Sì, la matematica per lui era sinonimo di sicurezza. Una volta chiarite, le cose rimanevano com'erano. Naturalmente si evolvevano, ma i fondamenti non mutavano. Avrebbe voluto che anche la vita fosse altrettanto chiara e stabile.

Caro era sdraiata sul letto e lo ascoltava paziente, ma era chiaro che non condivideva il suo entusiasmo. Sembrava avesse la mente altrove. Fece vagare lo sguardo per la stanzetta, quindi tornò a posarlo su Simon che, seduto dietro l'antiquata scrivania, si lasciava trascinare dall'entusiasmo.

«... di conseguenza la somma dei quadrati di *a* e *b* corrisponde al quadrato costruito sull'ipotenusa» concluse Simon, prima di guardarla trepidante. «Non è difficile, vero?»

«Per te, forse.» Con un sospiro Caro si mise a sedere sul bordo del letto. «Una cosa però l'ho capita.»

«Ah, sì? E quale?»

«Non mi sorprende che non ti senta bene qui. La tua vita è nel caos e ora sei prigioniero. In un ripostiglio ammuffito. Solo e sperduto.»

Era vero. Per la seconda volta nel corso della mattinata si trovava a dover affrontare la propria situazione, ma stavolta era diverso. L'opinione di Caro era importante per lui e le sue parole lo colpirono come schiaffi che lo riportarono alla realtà.

Non sapeva che cosa risponderle.

«Non prendertela, ma io non riuscirei a passare nemmeno una notte qua dentro.» Caro si alzò, andò alla finestra e guardò fuori. «Di giorno, poi... Questo posto è come il collegio. Un mortorio.»

Simon si rannicchiò sulla sedia. «Non mi resta nient'altro» mormorò. «Questo maledetto incidente mi ha portato via tutto. I miei genitori, la mia casa, tutto.»

Caro si voltò a guardarlo. «Sai che ti dico? Chi se ne frega di questo Pritogola! Qua dentro si muore di caldo. Usciamo.»

Simon era deluso di non essere riuscito a contagiarla con il proprio entusiasmo. Gli sarebbe piaciuto parlare ancora un po' di matematica. Si era divertito e gli era servito per dimenticare la propria situazione.

Viceversa, doveva ammettere che la proposta di Caro era molto più ragionevole e che continuare a nascondersi dalla vita non sarebbe servito a niente.

«Va bene. Sai già dove potremmo andare?»

Caro lo guardò intensamente negli occhi con un sorriso misterioso. «Dipende da te. Sei un tipo pauroso?»

Simon non poteva sapere a cosa alludesse Caro, ma non voleva fare la figura del vigliacco. «No, non credo.»

«Bene.» Lei gli fece l'occhiolino. «Allora ti farò vedere qualcosa di veramente fico.»

26

«Dai, muoviti, lumacone!»

Simon cercava di starle dietro, ma, sebbene la bicicletta di Caro fosse decisamente più vecchia di quella di Michael, era in condizioni migliori.

Pedalando e sbuffando, percorse il viottolo in salita che conduceva alla foresta di Fahlenberg.

Quel mattino faceva già più caldo del giorno prima. L'umidità era tale che Simon aveva l'impressione di bere l'aria, e il sudore gli inondava la faccia.

Caro al contrario sembrava immune all'afa. Con il cappuccio della felpa tirato sul viso, aveva l'aria fresca e rilassata ed era ansiosa di condurlo alla meta misteriosa.

Raggiunto il bosco, la strada proseguiva all'ombra e in piano. Una vera benedizione, per Simon. Gli alti abeti diffondevano una piacevole frescura e un profumo di resina e funghi. Ben presto gli unici suoni intorno a loro furono il rumore delle ruote sul sentiero sterrato e lo stormire delle fronde. Il cinguettio degli uccelli, un picchio che martellava, fruscii misteriosi nel sottobosco.

A Simon il bosco piaceva molto. Quando da bambino accompagnava il nonno a passeggiare nella foresta di Fahlenberg, gli sembrava di entrare in un enorme parco avventura deserto.

Ma oggi i rumori e le ombre lo inquietavano. Gli incubi lo perseguitavano anche qui. Senza Caro non avrebbe mai avuto il coraggio di addentrarsi nella foresta.

Poco dopo sbucarono in una radura dove il viottolo si biforcava. Simon alzò lo sguardo sul pendio alla sua sinistra e si fermò. Un brivido gelido gli percorse la schiena.

Anche Caro si fermò e si voltò a guardarlo. «Ehi, che ti succede?» Indicò dalla sua parte. «Dobbiamo proseguire di qui.»

Simon indicò il pendio dove si inerpicavano i tornanti. Un po' più su si vedevano i tronchi anneriti di alcuni abeti.

«Lassù» disse con voce rotta. «È successo lassù.»

Caro tornò da lui e scese dalla bicicletta. Si tolse il cappuccio e seguì il suo sguardo.

«Parli dell'incidente?»

Simon annuì e strinse più forte il manubrio. Caro non doveva accorgersi che stava tremando.

«Vuoi andare a vedere?» gli domandò.

Ancora scosso dai brividi, Simon si leccò le labbra, all'improvviso secche e screpolate.

Doveva andarci?

Voleva andarci?

È l'istinto a farci riconoscere il momento giusto, gli aveva spiegato il dottor Forstner. *La ragione trova sempre un motivo per non fare qualcosa, in genere perché abbiamo paura. Ma l'istinto non si lascia ingannare.*

Simon provò a non riflettere e a dare ascolto al proprio istinto.

Guardò Caro. «Mi accompagneresti?»

Lei annuì, come se fosse la cosa più normale del mondo. «Ma certo. Se vuoi.»

Simon non sapeva ancora se lo volesse davvero. Da una parte lo desiderava, dall'altra era terrorizzato. L'idea di rivedere il luogo dell'incidente lo gettava nel panico. Nel sogno c'era sempre un mostro che lo perseguitava.

E nella realtà? C'era davvero qualcosa lassù di cui aver paura?

Avanti, provaci, gli bisbigliò una voce interiore. *Non sei da solo e questo non è un sogno.*

Sì, doveva andarci. Forse avrebbe trovato la risposta alle domande che non gli davano pace. Forse lassù sarebbe riuscito a colmare le lacune della sua memoria.

Risalì in sella e imboccò lo stretto viottolo che saliva verso la strada asfaltata. Procedeva con calma, e stavolta era Caro a seguirlo.

Giunti finalmente alla meta, Simon posò la bicicletta sul ciglio della strada e si guardò intorno. Era la prima volta che tornava lì da quello spaventoso sabato pomeriggio, almeno *nel mondo reale*, e tutto era identico ai suoi sogni. Ogni singola immagine. Come se notte dopo notte si fosse ritrovato in un album fotografico.

Non era un sogno, pensò. *Erano i ricordi.*

Si accovacciò e sfiorò l'asfalto con prudenza, come se avesse paura di scottarsi.

Sì, la sensazione era la stessa. L'asfalto era fresco e ruvido. Come nel sogno. Camminando carponi si sarebbe graffiato le mani e le ginocchia.

Si alzò, si incamminò lungo il ciglio della strada e Caro lo seguì in silenzio. Sembrava intuire che lui non voleva dire niente, che non poteva farlo, che aveva bisogno soltanto di una presenza accanto a sé.

Più si avvicinava alla scarpata, dove l'auto era precipitata, più doveva forzarsi per proseguire. Qualcuno aveva piantato una croce, probabilmente Tilia, dato che Mike non era mai stato particolarmente religioso, e quella vista gli provocò una stretta al petto. Soprattutto quando vide i due lumini davanti alla croce.

A breve distanza da lì Simon scoprì minuscoli frammenti di vetro che scintillavano nell'erba come gocce di rugiada illuminate dal sole. Non erano cocci di bottiglia, erano troppo piccoli. Erano le schegge del vetro di un'auto. Dovevano essere rimaste lì dall'incidente.

Chissà di quale vetro si trattava? Forse del lunotto posteriore, dove si trovava il cesto regalo per Tilia, sballottato qua e là esattamente come Simon. Ancora e ancora e ancora...

Trasalì, sentendo nelle orecchie le grida dei genitori. Ma erano solo due astori che si inseguivano nel cielo oltre la cima degli alberi.

«Ti senti bene?» Caro lo guardò preoccupata. «Sei bianco come un cadavere.»

Simon avrebbe voluto rispondere, ma non ci riuscì e si limitò ad annuire. Le gambe gli tremavano, mentre si avvicinava alla semplice croce nera. I lumini ormai consumati erano spenti e per un breve istante Simon pensò: *Avrebbero dovuto essere tre. Se il destino fosse giusto, sarebbero tre.*

Fece un respiro profondo e gettò un'occhiata verso la scarpata. A parte i tronchi anneriti, non c'erano più tracce dell'incidente. Del resto erano passati diversi mesi. Era stato portato via tutto con la massima cura. Tutto, a parte i pochi frammenti di vetro sul ciglio della strada. Se fosse rimasto qualcos'altro, l'erba avrebbe ormai inghiottito ogni cosa.

Nonostante questo, Simon aveva la strana impressione che il tempo non fosse passato. Con gli occhi della mente vedeva la carcassa in fiamme, ammaccata, rovesciata, il cofano e l'abitacolo distrutti e avvinghiati a un tronco.

Era l'immagine spaventosa che lo perseguitava in sogno.

Le fiamme che fuoriuscivano dall'auto e risalivano sull'albero. L'airbag bianco, simile a una bandiera ammainata, appeso fuori dalla sottile fessura informe che prima era il finestrino del passeggero.

Dove era seduta sua madre.

«Accidenti» mormorò Caro accanto a lui.

Pur non vedendo la scena agghiacciante che Simon aveva davanti agli occhi, la vista degli alberi incendiati la turbò profondamente.

«Come hai fatto a uscire dalla macchina?»

«Io... non lo so più» balbettò Simon, sforzandosi di bloccare il frastuono che aveva in testa, in tutto per tutto simile all'urlo incessante di un clacson bloccato. «Devo essermi arrampicato fuori dal finestrino. Ero seduto dietro, a destra. Statisticamente dicono che sia il posto più sicuro in un'auto. Il dottore dice che forse è per questo che non ricordo niente, perché... insomma, sì, ho visto qualcosa di molto brutto. La mia mente rifiuta le immagini per proteggermi. Sai, il... insomma, la parte anteriore era... tutta accartocciata.»

Non riuscì a essere più preciso, ma Caro aveva capito. Lo guardò seria e annuì lentamente.

«Non è sempre necessario sapere tutto» disse dolcemente. «Tu ce l'hai fatta, e questo è ciò che conta.»

Lui evitò il suo sguardo. «Ne sei sicura?»

«Senza dubbio» confermò lei a voce più alta. «Certo, quello che è successo ai tuoi genitori è stato terribile. Ma tu sei sopravvissuto. Hai avuto fortuna nella disgrazia.»

Simon alzò la testa e la guardò. «Io non la definirei proprio fortuna. Certo, sono sopravvissuto, ma i miei genitori non ce l'hanno fatta. È una sensazione davvero orribile. Continuo a chiedermi perché non sia morto anch'io. Perché mi sono salvato? Mi sento colpevole. Capisci?»

Caro inclinò la testa di lato. «In parte sì e in parte no. La vita è troppo breve per certe domande, secondo me. Tu sei vivo. È questo ciò che conta.»

Lui si voltò e tornò sui propri passi, superò le biciclette e raggiunse la curva dove nei suoi sogni c'era la porta. La porta che non riusciva ad aprire. La porta che nascondeva qualcosa di importante. La porta che nella vita reale naturalmente non c'era. Al suo posto si vedevano sull'asfalto i segni neri di una frenata.

Simon rabbrividì di nuovo e all'improvviso ricordò qualcosa. Non aveva a che fare con l'incidente, ma con una serata di molti anni prima.

Era stata la sera dopo il funerale del nonno. Heinz Strode era morto a distanza di pochi mesi dalla moglie. Si diceva per un infarto, ma la madre di Simon era di un'altra opinione.

«Avevano vissuto insieme per quasi tutta la vita» aveva detto al marito mentre lo abbracciava per confortarlo. «Si erano sposati da giovani e da allora non si erano mai separati. È triste, ma anche comprensibile, che lui abbia voluto seguirla così in fretta.»

All'epoca, dopo essere tornati a Stoccarda in tarda serata, Simon aveva chiesto a suo padre perché le persone dovessero morire. Aveva solo sette anni e l'idea che d'un tratto la vita potesse cessare per sempre lo aveva profondamente spaventato.

Era seduto sul letto, stringendo in mano il suo robot giocattolo, Mr Zerox, ricevuto in dono dai nonni il Natale precedente, e suo padre aveva avvicinato una sedia. Avevano parlato a lungo della morte e della transitorietà delle cose. Simon continuava a scuotere la testa con forza.

«Io non voglio che tutto cambi» aveva protestato. «Se una cosa va bene, è giusto che resti così. Perché non è possibile che tutto resti sempre come ora?»

«Vedi, Simon, a un certo punto nella vita si arriva a capire che qualcosa è cambiato in maniera irrevocabile» aveva risposto il padre. «Il nostro compito è accettare questa realtà, trarne il meglio e usarla per crescere. Non possiamo sfuggire alla morte, ma possiamo sfruttare il tempo che ci rimane. Non dovremmo sprecare nemmeno un giorno, perché potrebbe essere l'ultimo. Secondo me è questo il senso della vita.»

Simon fissò i segni della frenata davanti ai propri piedi. All'epoca non aveva capito le parole del padre, forse non aveva nemmeno voluto capire. Ma ora era diverso.

Questo era uno dei punti di cui gli aveva parlato il padre. Sottolineato di nero sull'asfalto grigio. Qui la vita di Simon era cambiata in maniera ineluttabile. Da un secondo all'altro. In quella curva i genitori avevano gridato. L'auto aveva iniziato a sbandare.

Ma perché?

Perché?

Avevano visto qualcosa sulla strada? Suo padre aveva cercato di schivare un animale?

La porta, rimbombò una voce nella sua testa. Somigliava a quella del mostro che lo inseguiva in sogno. Ora sembrava proprio lì, alle sue spalle.

Dietro la porta si nasconde la risposta. Avanti, guarda. Guarda, vigliacco!

Dal bosco si udì uno scricchiolio improvviso. Simon guardò da quella parte, sforzandosi di riconoscere qualcosa tra i rami. Ma gli abeti erano così fitti da non lasciar penetrare nemmeno un raggio di luce.

Temeva di vedere gli occhi ardenti del sogno, *occhi che forse appartenevano ai lupi*, gli venne da pensare senza motivo, e di sentire fiochi richiami raccapriccianti.

Simon. Siiimon. Vieni da noi!

Invece non c'era niente. Solo tronchi d'albero, cespugli,

rami e ceppi ricoperti di muschio. E la voce cupa e malvagia nella sua testa.

Saresti dovuto morire anche tu!

Si scrollò, nel tentativo di allontanare da sé quella voce.

«Allora? Ti è venuto in mente qualcosa?»

Caro spuntò all'improvviso accanto a lui. Non l'aveva sentita avvicinarsi.

«No, niente.» Cercò di schiacciare una zanzara attirata dal sudore che gli imperlava la fronte. «Se solo potessi ricordare una buona volta! Ma la mia mente è vuota. Come se tutti i ricordi fossero stati cancellati.»

«Non tormentarti. Rende solo tutto più difficile.»

Caro gli sorrise e per qualche motivo Simon ripensò al sorriso di sua madre. Era un sorriso di consolazione e di incoraggiamento.

«Sai, forse è meglio non ricordarsi di ogni cosa» proseguì lei. «In questo modo è possibile immaginarsi le cose come si vorrebbe che fossero.»

Lui la guardò aggrottando la fronte. «Che cosa vorresti dire?»

«Sì, sognare a occhi aperti. Quando la realtà è troppo difficile da affrontare, c'è sempre la fantasia. Lì tutto è possibile. Io lo faccio spesso. Per esempio mi immagino che il prossimo fine settimana i miei genitori verranno a trovarmi. Insieme. In questo modo trovo la forza di affrontare meglio la settimana.»

«Ma a cosa ti serve, se poi tanto non vengono? Io non posso far tornare indietro i miei genitori. Sono morti.»

«Non lo saranno finché li tieni nel cuore.» Si strinse nelle spalle. «Sì, lo so, sembra una frase fatta, ma io ci credo. Finché qualcuno custodisce il nostro ricordo, non siamo davvero morti. I tuoi genitori sono con te. Devi solo immaginarli, e diventeranno una parte della tua vita.»

A Simon tornò in mente la visita al cimitero. La sensazione che la tomba dei genitori fosse vuota, che vivessero ancora da qualche parte.

Ma certo, pensò adesso. *Perché loro continuano a vivere dentro di me.*

Caro aveva ragione. Era la stessa cosa che gli aveva detto anche Lennard. Solo che aveva parlato della mente anziché del cuore. Ma non era lo stesso? Se si pensava a qualcosa con amore, mente e cuore diventavano una cosa sola. Era una frase che aveva letto da qualche parte e che gli era piaciuta molto.

«Adesso andiamo» lo esortò Caro dopo essere risalita in sella alla bici. «È una giornata troppo bella da sprecare rimuginando.»

Lui si guardò attorno un'ultima volta. Udì di nuovo uno scricchiolio nel folto del bosco. Come se qualcosa si muovesse furtivo là dentro e li osservasse. Soprattutto lui. In particolare lui.

Ti prenderò, aveva detto il mostro nel sogno. *Non mi sfuggirai.*

Simon tornò in fretta verso la bicicletta. «Sì, andiamocene. Forse non è stata una grande idea venire fin quassù.»

Caro lo fissò, come se volesse leggergli nel pensiero, e Simon ebbe l'impressione che in quel momento ci stesse riuscendo, per quanto potesse sembrare pazzesco. In ogni caso sembrava essersi accorta che lui aveva bisogno di distrarsi, perché sul suo viso comparve un sorriso malizioso.

«Forza, partiamo» disse. «Chi arriva ultimo è una pappamolla.»

Spinse sui pedali e, schiamazzando, imboccò a tutta velocità lo stretto sentiero da cui erano arrivati.

Simon la seguì con altrettanta foga. Era contentissimo di

lasciarsi alle spalle quel luogo inquietante. Ma, nonostante il sollievo, sapeva che sarebbe tornato lassù molto presto.

Come ogni notte.

Continuamente.

Finché non fosse riuscito a vedere al di là della porta.

27

Caro arrivò prima anche stavolta e Simon invidiò nuovamente la sua forma fisica. Probabilmente passava ogni momento libero in bicicletta. Non c'era da meravigliarsi, d'altronde; cos'altro avrebbe potuto fare, visto che lì durante le vacanze era «un mortorio», per usare le sue stesse parole?

Quando finalmente la raggiunse, lei lo accolse con un sorriso di trionfo.

«Allora, pappamolla, ti ho forse promesso troppo?»

Simon si fermò ansimando accanto a lei e guardò meravigliato l'edificio che sorgeva in una grande radura.

«Cavolo, il vecchio Waldhotel» esclamò asciugandosi il sudore dalla fronte. «Me n'ero completamente scordato.»

«Eri già stato qui?»

«Sì, ma un sacco di tempo fa. Avrò avuto sei o sette anni. Il nonno veniva quassù in autunno a raccogliere funghi.»

Caro guardò l'hotel abbandonato. Sembrava finto nella luce accecante del giorno, e si coprì gli occhi con la mano. «Sembra un castello incantato, non trovi?»

Simon annuì. Fin da bambino quella costruzione gli aveva ricordato il castello di Biancaneve. Il nonno gli aveva raccontato che era una meta ricercata da turisti e gente del posto, ma poi il proprietario si era ammalato ed era stato costretto a chiudere.

«Al figlio non interessava proseguire l'attività» gli aveva raccontato il nonno. «Quello sfaticato preferiva andarsene in giro a tirare calci ai sassi. E così l'hotel è stato venduto al Comune. Già, e adesso è in rovina, perché non si trova un compratore. Un vero peccato.»

Da allora sembrava veramente che l'hotel fosse caduto in un sonno centenario, dimenticato dal resto del mondo. La facciata un tempo bianca era ricoperta di muschio, viti rampicanti e edera. In molti punti l'intonaco si era staccato scoprendo i mattoni che nel corso degli anni si erano sbiaditi e somigliavano a pallide cicatrici. Lungo le grondaie arrugginite gli uccelli avevano costruito i loro nidi, mentre su uno dei balconi di legno ormai marci svolazzava un ombrellone strappato accanto a una poltroncina di vimini sfondata.

Come gli era successo da bambino, Simon provò l'impulso irresistibile di avvicinarsi alla porta d'ingresso sprangata e raddrizzare la grande targa con la scritta HOTEL PANORAMICO SETTE ABETI, che pendeva sbieca da chissà quanto tempo.

Da bambino era rimasto sorpreso da quel nome, visto che lì intorno c'erano ben più di sette abeti. Si era domandato quali fossero quelli giusti.

Ma, anche senza il filo spinato e il cartello ATTENZIONE, PERICOLO DI CROLLI! VIETATO L'INGRESSO!, da piccolo Simon non sarebbe entrato per niente al mondo nell'hotel. Glielo avevano impedito le tante finestre con le serrande abbassate simili a tanti occhi addormentati. Anche oggi, nove anni dopo, provava lo stesso disagio.

Se facciamo rumore, questa vecchia costruzione si sveglierà e aprirà gli occhi, pensò.

La scritta HOTEL DELL'ORRORE scarabocchiata su una tapparella non era poi così fuori luogo, anche se l'autore di sicuro aveva voluto essere spiritoso. Gli tornò in mente un vecchio film dell'orrore che aveva visto con Mike da bambino.

A un certo punto c'era stata una scena di una porta che respirava. Simon si era nascosto dietro la poltrona per la paura e non era uscito finché non era finita.

Non mi sorprenderei se le porte di questo hotel respirassero, pensò. *Né se le anime degli ospiti di un tempo vagassero ancora per i corridoi bui.*

«Allora? Te la senti?» La voce di Caro lo strappò dai suoi pensieri.

«Vuoi entrare lì?»

«Ma certo. Vieni, il meglio è dall'altra parte, dietro il lato sud.»

Dietro il lato sud, dove i finferli crescono all'ombra del muro. Simon d'un tratto sentì la voce del nonno riecheggiargli nella testa.

«Meglio nascondere le bici» disse Caro, spingendo la propria dietro un cespuglio. «Non ho mai visto nessuno da queste parti, ma preferisco andare sul sicuro. Se ci beccano, sarebbe una scocciatura.»

Simon guardò l'hotel e la recinzione. Non era troppo convinto di quell'impresa. Ebbene sì, era un vigliacco o, come lo aveva chiamato Ronny, un *povero cacasotto*. Tuttavia si fece forza e appoggiò la bici a quella di Caro.

Stava per tornare da lei, quando sotto un cespuglio scoprì qualcosa che lo lasciò interdetto.

Caro si voltò verso di lui. «Cosa c'è?»

«Guarda, è pieno di impronte di animali qui.»

«Beh, non c'è niente di strano. Il bosco è pieno di animali. Cinghiali, caprioli, lepri...»

Lui scrollò il capo e si inginocchiò. «No, non sono impronte di ungulati e nemmeno di lepre. Le riconosco perché me le aveva fatte vedere il nonno. E sono troppo grosse per appartenere a una volpe.»

«Ma allora di chi sono?»

Simon accarezzò con un dito il terreno, che era fastidiosamente morbido e umido, all'ombra del cespuglio.

«Forse un grosso cane.»

Subito dopo aver pronunciato queste parole, improvvisamente un'immagine affiorò alla sua mente. Una grossa figura grigia con occhi lampeggianti. Era proprio in mezzo alla strada del bosco. L'immagine scomparve all'istante, ma Simon l'aveva riconosciuta.

«Un lupo» mormorò, mentre un brivido freddo gli risaliva lungo la schiena.

Era un ricordo?

«Un lupo?» Caro aggrottò la fronte e si accovacciò accanto a Simon. «È un sacco di tempo che non ci sono più lupi da queste parti.»

«È vero, ma è già capitato in passato che dei lupi si spingessero lontano dal loro territorio.»

«Forse in Baviera, ma non qui a Fahlenberg» disse Caro. «Comunque hai ragione, deve trattarsi di un cane bello grosso. Magari un cane da pastore.»

D'un tratto Simon ebbe un'idea. «Le squadre di ricerca» disse. «Ma certo! Avranno cercato anche qui la ragazza scomparsa. E di sicuro avevano dei cani.»

«Leonie.» Caro annuì seria. «Sì, è probabile.»

«La conosci?»

Caro si alzò e si scrollò la terra e gli aghi di pino dalle ginocchia. «Non proprio. Solo di vista. È una esterna. Frequenta un'altra classe.»

Simon esaminò ancora le impronte di cane davanti a lui. «Sui giornali c'è scritto che la polizia pensa che le sia capitato qualcosa. Tu che cosa credi?»

«Spero che si sbaglino» disse Caro, chinando lo sguardo sulle proprie scarpe. «Però il mondo può essere molto cattivo e bisogna stare attenti a fidarsi solo delle persone giuste.»

28

A poca distanza dal punto in cui avevano lasciato le biciclette, nella recinzione arrugginita si apriva un varco. Caro lo superò per prima. Simon la seguì, poi attraversarono insieme il prato incolto.

Superarono sculture corrose dal tempo, una scacchiera ricoperta di muschio e una fontana ormai quasi completamente inghiottita dall'edera. Da lì un viottolo lastricato pieno di erbacce conduceva sul retro dell'hotel.

Simon continuava a lanciare occhiate alle finestre. Nonostante le serrande fossero abbassate, aveva la strana sensazione che qualcuno li stesse osservando.

Caro si incamminò sicura di sé. Sembrava che non avesse paura di niente, constatò Simon con una punta d'invidia. In un certo senso gli ricordava molto Mike, come quando partivano insieme alla scoperta del mondo. Anche Michael era sempre stato un passo avanti a lui.

Giunti finalmente sul lato posteriore dell'hotel, Caro allargò le braccia e fece un giro su se stessa.

«Voilà» esclamò. «Siamo arrivati!»

Simon rimase senza parole dalla sorpresa e Caro sogghignò.

«Ti piace?»

«Eccome!»

Simon salì sull'ampia terrazza che offriva un panorama mozzafiato sulla valle di Fahlenberg. L'impressione di disagio che l'edificio gli aveva trasmesso fu spazzata via in un soffio.

Gli anni di abbandono avevano lasciato le proprie tracce anche sulla terrazza: molte mattonelle si erano sollevate e nelle fessure crescevano felci, denti di leone ed erba, ma il pavimento era ancora di un bianco così abbagliante da costringere Simon a chiudere gli occhi.

«E non è ancora tutto» annunciò Caro raggiungendo di corsa un'ampia scalinata a un'estremità della terrazza. «Guarda qui.»

Simon la seguì e si fermò di fronte alla grande piscina. Non credeva ai propri occhi. La vasca era piena fino all'orlo e luccicava blu e limpida nel sole. A parte qualche crepa sul bordo e le foglie che galleggiavano sull'acqua, sembrava che la piscina fosse appena stata usata dagli ultimi ospiti dell'albergo.

Caro si tolse la felpa, i calzoncini e le scarpe. «Tuffiamoci, dai!»

Prima che Simon avesse tempo di ribattere, Caro prese la rincorsa e si tuffò con indosso la maglietta e gli slip. Nuotò sott'acqua come un pesce e riaffiorò tra gli spruzzi all'estremità opposta.

«Dai, entra» gli gridò ridendo. «L'acqua è stupenda!»

«Ma non possiamo...»

«Io posso eccome! Non fare tante storie. È acqua piovana, pura e limpida acqua piovana.»

«Sì, certo, ma... sarà piena di batteri! Potremmo beccarci chissà quale malattia.»

Lei rise di nuovo. «Hai ragione. E potrebbe caderci in testa anche una cometa. Senti, vengo a fare il bagno qui spesso e non mi sono mai presa niente. Piantala di fare tante storie. Mi giro dall'altra parte e non ti guardo. Lo so che non entri perché ti vergogni di me. Ammettilo.»

Simon si sentì arrossire. Caro aveva indovinato. Certo, era preoccupato di prendersi chissà quale infezione in quell'acqua – *uno sfogo cutaneo*, avrebbe detto sua madre, *ti verrà uno sfogo cutaneo* – ma il motivo principale era che si vergognava. Non si era mai spogliato di fronte a una ragazza.

Chissà come lo avrebbe preso in giro Caro. Alle lezioni di

nuoto gli altri ridevano di lui, primo fra tutti Ronny, ovviamente.

«Ehi, scheletro» gli diceva. «Vieni qua, che voglio suonare il piano sulle tue costole.»

A quel punto scoppiavano tutti a ridere, anche le ragazze, ed era questa la cosa più imbarazzante. Simon avrebbe voluto sprofondare sotto terra. Da allora aveva preso a ingozzarsi con ogni genere di dolciumi e cioccolato, ma, a parte il mal di stomaco e una brutta indigestione, non ne aveva ricavato niente. Era rimasto pelle e ossa. Uno scheletro.

Caro tornò a nuoto da lui, si appoggiò con le braccia sul bordo e lo guardò.

«Sai, il tuo problema è che ti ostacoli da solo. Per questo ti perdi le cose migliori della vita. Prima o poi sarà troppo tardi e ti dirai: 'Ah, se avessi...' solo perché non hai avuto il coraggio di fare qualcosa. Non vuoi che succeda, vero?»

Simon non riusciva a guardarla negli occhi. Ormai doveva essere rosso come un peperone.

«Ma io sono un po' diverso» disse sottovoce.

Caro scosse la testa. «No, tu sei *molto* diverso. È per questo che mi piaci. Non c'è niente di più noioso delle cosiddette *persone normali.*» Pronunciò le ultime due parole con una smorfia disgustata, mimando con le dita il segno delle virgolette. «Sono una massa di stupidi omologati, che nuotano con la corrente. Per questo dovresti essere felice della tua diversità.»

«Lo credi sul serio?»

«Ma certo.» Gli fece l'occhiolino. «Allora, se chiudo gli occhi finché non ti sei tuffato, entri in piscina?»

«E va bene.»

Simon si tolse le scarpe e Caro sorrise. Quindi prese una lunga boccata d'aria e scomparve sott'acqua.

Simon fece appello a tutta la propria forza di volontà, e

alla fine si lasciò scivolare nella piscina. Il sole aveva piacevolmente scaldato l'acqua. Era morbida sulla pelle e profumava delle foglie che galleggiavano sulla superficie. Un profumo che gli ricordò ancora una volta quel soleggiato giorno d'autunno in cui erano venuti quassù a cercare funghi.

«Può darsi che la vecchia piscina là sopra abbia qualche crepa e l'acqua piovana filtri nel terreno» aveva detto il nonno. «Ai piedi del muro il terreno è sempre umido, tutto l'anno, e ci crescono un sacco di funghi. Soprattutto boleti, ma anche porcini e naturalmente finferli. Sono i miei preferiti!»

Caro lo aspettava sul bordo opposto. Si era girata di schiena e agitava le gambe.

«A volte fingo che tutto questo mi appartenga» disse, quando Simon la raggiunse. «Sono una star schifosamente ricca e questa è la mia villa.»

«Che genere di star vorresti essere?» domandò lui, appoggiandosi al bordo della vasca accanto a lei.

«Non ha importanza. Basta essere ricca. Non dovrei preoccuparmi di niente e potrei fare quello che mi pare.»

Simon gettò un'altra occhiata all'hotel. Visto dalla terrazza soleggiata, non appariva più così inquietante, anche se le finestre chiuse continuavano a sembrargli minacciose.

Occhi che si apriranno da un momento all'altro.

«Hai ragione» disse. «Sarebbe bello essere ricchi. Ci si potrebbe comprare una villa e avere un posto che ci appartiene.»

«Allora facciamo che d'ora in poi questa sarà la *nostra* villa» disse Caro, voltandosi verso di lui. «Nella fantasia tutto è possibile. Questa è la nostra casa e non dovremo mai più tornare in collegio. Faremo entrare solo i visitatori che sono diversi, come noi.»

«Sarebbe bello» sospirò Simon. «A essere sinceri, l'idea del collegio mi fa veramente schifo. E, se vuoi sapere la verità, tutta la vita mi mette una paura assurda. Perché adesso devo contare solo su me stesso. Certo, ho ancora Mike e la zia, ma hanno la loro vita e non voglio essergli di peso.»

Lei indicò con un cenno del mento le cicatrici che Simon aveva ai polsi. «È per questo che volevi toglierti la vita?»

Simon sussultò. Avrebbe voluto nascondere le mani dietro la schiena, ma non poteva farlo perché doveva reggersi al bordo della piscina.

«Scusami» si affrettò a dire Caro. «Mi spiace davvero un casino. Scusami. Non avrei dovuto chiedertelo. Non mi riguarda.»

Lui si guardò le cicatrici, che spiccavano rossastre intorno ai polsi resi più chiari dall'acqua fresca.

Caro uscì dalla piscina e si mise seduta sui gradini di pietra per asciugarsi. Simon si infilò in fretta e furia la maglietta e le si sedette accanto.

«È successo in ospedale» disse apatico. «La notte dopo l'incidente. Quando mi sono reso conto di ciò che era accaduto... Che ero l'unico sopravvissuto... Non ce l'ho più fatta. L'infermiera mi aveva dato un sonnifero, ma io l'avevo sputato di nascosto. Non volevo piombare di nuovo nel sonno e dimenticare ogni cosa. Ho preferito rimanere sveglio ore a fissare il soffitto. Quando sono andato a fare pipì e ho visto la mia immagine nello specchio sopra il lavello, è scattato qualcosa. Di colpo ho provato una rabbia mostruosa contro di me. Ho rotto lo specchio, ho preso una scheggia... Sì, insomma, hai capito.»

Fissò assorto il bianco accecante delle piastrelle. Ai loro piedi si era formata una pozzanghera, che pian piano evaporava al sole.

«L'infermiere di notte aveva sentito il rumore ed è corso subito» proseguì Simon dopo un po'. «C'erano schegge di vetro e sangue dappertutto. L'infermiere è scivolato e così ci siamo ritrovati tutti e due a terra. Era sotto choc. È stato così... penoso. Mi hanno fatto una trasfusione e l'infermiere è rimasto in camera mia per tutta la notte. Aveva paura che ci riprovassi. Il mattino dopo, appena mi sono sentito meglio, mi hanno trasferito in psichiatria. Prima nel reparto sorvegliato, poi in quello aperto.»

Al manicomio, amigo, sentì sussurrare una voce nella sua testa, che stavolta somigliava molto a quella di Lennard. *Perché sei membro del rispettabile club dei fuori di testa.*

Caro gli guardava le mani. Per un attimo Simon credette che volesse toccargli le cicatrici, ma non lo fece.

«Ti vergogni di ciò che hai fatto?» gli chiese.

Lui annuì senza avere il coraggio di guardarla. «Sì, perché sono stato un completo idiota. Un vigliacco, che ha paura di tutto. Persino della propria vita.»

«Non c'è ragione di vergognarsi per questo» osservò lei dolcemente. «Tutti abbiamo paura. Solo che certe persone sanno nasconderla meglio.»

«Credi davvero?»

Lei assentì. «Ne sono sicura. Chi sostiene di non aver paura di niente è un bugiardo.»

«E a te cosa fa paura più di tutto?»

«La solitudine, come te. E l'idea di essere dimenticata.»

«Non credo che riuscirò mai a dimenticarti.»

«Nemmeno io te, Simon. Nemmeno io.»

Si guardarono a lungo, senza dire altro. Ma parlavano lo stesso. Era un dialogo che avveniva dentro i loro cuori. Lì si dicevano cose che solo le emozioni avrebbero potuto esprimere.

Ci apparteniamo. Perché siamo diversi. Anche se gli altri non ci capiscono, noi ci comprendiamo. Finché ci saremo l'uno per l'altra, non saremo più soli.

*

Un cigolio arrugginito li riportò alla realtà e per un istante Simon ebbe l'impressione di risvegliarsi da un lungo sonno.

Dovevano essere rimasti seduti lì per un'eternità. Non si era accorto che nel frattempo si era levato un vento umido e che i suoi slip erano asciutti. Anche la pozzanghera ai loro piedi era scomparsa.

«Che cosa è stato?» chiese Caro guardandosi intorno spaventata.

Anche lei sembrava essere appena tornata da un altro luogo. E in un certo senso era così.

Udirono di nuovo quel rumore, che ben presto si trasformò nel cigolio prolungato di una cerniera.

Simon balzò in piedi e seguì il suono. Quando si ripeté, ne scoprì l'origine.

Accanto all'uscita della terrazza c'era un piccolo ingresso di servizio. Probabilmente era destinato al personale che serviva gli ospiti in piscina.

La porta, che ora cigolava mossa dal vento, un tempo doveva essere stata sprangata. Si vedevano ancora chiaramente i buchi dei chiodi nello stipite di legno marcito.

Qualcuno però aveva tolto le assi e le aveva appoggiate accanto al muro. A giudicare dal muschio e dal fogliame che le ricoprivano, doveva essere successo diverso tempo prima.

«Che ne dici?» chiese Simon raccogliendo da terra le sue cose. «Entriamo a dare un'occhiata?»

Caro, che si stava rivestendo, lo guardò con un'espressione di stupore misto a divertimento. «Me lo sta chiedendo qualcuno che poco fa si è definito un vigliacco?»

«No, te lo chiede uno che ha imparato da te» ribatté Simon infilandosi i calzoni.

La risata di Caro fu così prorompente da coprire il cigolio della porta.

29

Quando gli occhi di Simon si furono abituati alla penombra dell'interno, la prima impressione che lo assalì fu di stupore. C'era qualcosa di strano.

Non era possibile che fossero i primi ospiti indesiderati da quando l'hotel era sprofondato nel suo sonno incantato. Eppure non c'erano tracce di precedenti intrusi. Nessuna bottiglia lasciata dopo una festa proibita, nessun graffito come sulle tapparelle all'esterno, nessun indizio di altro genere. A una prima impressione, lì dentro non era mai entrato nessuno.

A Simon tornò in mente la casa maledetta con le porte che respiravano.

Forse nessuno si era mai spinto là dentro perché il posto era *davvero* maledetto? Forse la scritta HOTEL DELL'ORRORE scarabocchiata con lo spray non era affatto uno scherzo.

Non fare il bambino, lo ammonì la voce di Mike dal passato. Rivide se stesso e il fratello, seduti a casa sul divano a guardare film dell'orrore, quando i genitori non c'erano.

Sono soltanto favole, aveva detto Michael. *I fantasmi non esistono, proprio come non esiste Babbo Natale, Gesù bambino o la cicogna che porta i bambini. E non esistono nemmeno gli zombi, casomai tu dovessi chiedermelo dopo il prossimo film.*

Poi Michael si era cacciato in bocca una manciata di patatine, aveva fatto partire la cassetta successiva e si era messo bello comodo.

Mike, il suo coraggioso fratello. Chissà se ora, al posto suo, si sarebbe sentito tanto spavaldo? Lì, nella penombra, tra le pareti di mattonelle coperte di muschio e gli angoli bui. Lì, in quell'ambiente abbandonato, grande come una sala da ballo.

Era tutt'altra cosa che starsene sdraiati a casa sul divano, sgranocchiando patatine e guardando con ammirazione le trovate di un regista dell'orrore. Qui non era possibile fermare la cassetta o cambiare programma, nel caso la visione fosse troppo spaventosa.

Qui le porte potrebbero respirare davvero, pensò Simon, sentendosi venire la pelle d'oca sugli avambracci. Da qualche parte dovevano pur prendere le loro idee gli autori di storie dell'orrore. D'altronde, non si diceva forse che in ogni storia si nascondeva sempre un pizzico di verità?

«Wow» esclamò Caro. La sua voce riecheggiò dalle pareti spoglie. «Secondo me dovremmo diventare star *molto* ricche, per permetterci la ristrutturazione della cucina.»

Simon cercò con tutte le forze di scacciare dalla mente le immagini di porte che respiravano, anime inquiete e zombi insaziabili affamati di cervelli umani. Provò a osservare meglio la stanza e constatò, come aveva fatto Caro, che dovevano trovarsi in quella che un tempo era la cucina dell'hotel. Sulle piastrelle alle pareti e sul pavimento erano ancora riconoscibili i contorni di fornelli, cappe, armadietti e cassetti. Tuttavia bisognava aguzzare bene la vista, perché nella penombra gli strati di funghi e muschio alle pareti avevano inghiottito quasi tutto.

C'erano ragnatele dovunque e lunghi fili di canapa che fuoriuscivano dai fori ai quali un tempo erano allacciate le tubazioni dell'acqua. Nella penombra sembravano ciuffi di capelli. La corrente d'aria umida che entrava dalla porta li faceva ondeggiare piano insieme alle ragnatele.

Simon provò a immaginare il personale che, tanti anni prima, si aggirava indaffarato tra i fuochi e i piani da lavoro. Di sicuro era stato fatto ogni sforzo possibile per esaudire i gusti culinari degli ospiti. Gli sembrava di vedere ancora la frenetica attività quotidiana. Sentiva voci che distribuivano ordinazioni e per un attimo gli parve di riconoscere il profumo di arrosti e fritti, anche se naturalmente quegli odori erano cancellati da tempo, sostituiti dal tanfo di muffa. Ma, come aveva detto Caro in maniera così azzeccata, nel mondo della fantasia tutto era possibile.

«Naturalmente assumeremo solo i cuochi migliori» disse Caro. «Devono avere come minimo quattro stelle. O addirittura cinque, se esistono. E la cucina dovrà sempre essere pulitissima.»

«Ci basteranno un forno a microonde e un fornello elettrico» disse Simon, guadagnandosi così la risata di Caro.

«Non dirmi che ti piace la roba cucinata al microonde?» gli chiese. «Spezzatino d'anatra con riso o involtini di manzo con verdure...»

«Il piatto migliore è il polpettone con purè e cavolo rosso» disse lui.

«Su un piatto diviso in tre» aggiunse Caro ammiccando, «di quelli in cui il cibo non si mescola. Io non sopporto il purè o la verdura o il riso insieme al sugo.»

Simon rimase a bocca aperta. «Dici... dici sul serio?»

«Ma certo, perché me lo chiedi?»

«E i ravioli? I ravioli in brodo ti piacciono?»

«Da piccola li chiedevo sempre per il mio compleanno» rispose Caro. «Ma rigorosamente con brodo di dado, altrimenti sanno di cartone. Il mio papà si metteva sempre le mani nei capelli, perché diceva che non erano un cibo sano.»

Simon rabbrividì. Le somiglianze tra loro erano quasi agghiaccianti.

«Non guardarmi così adesso» disse, con uno dei tipici sorrisi sfacciati alla Caro. «Sono ancora troppo giovane per sposarmi. Che ne dici di proseguire?»

Simon si accorse di essere arrossito di nuovo.

«Buona idea» si affrettò a dire.

Caro sogghignò, questa volta chiaramente divertita dall'imbarazzo di Simon. Le piaceva stuzzicarlo così.

Oltrepassarono una porta basculante a due battenti con un oblò e si ritrovarono in quella che un tempo era la sala da pranzo. Le grandi vetrate sul lato anteriore non avevano imposte e dalle assi inchiodate filtravano i raggi di sole, nei quali danzavano universi di granelli di polvere.

Molti anni prima la sala doveva essere piena delle voci degli ospiti e del tintinnare di posate e stoviglie. Forse c'era stata anche della musica. Un accompagnamento al pianoforte per romantiche cene a lume di candela.

Adesso era rimasto solo il lieve frusciare del vento estivo che accarezzava l'hotel da fuori.

«È un tantino inquietante» disse Caro a bassa voce, in tono solenne, come se fossero entrati in una chiesa.

Simon guardò i pochi tavoli rimasti. Erano coperti di tovaglie bianche su cui si era adagiata la polvere di decenni.

E se all'improvviso una delle tovaglie si sollevasse? pensò con un brivido. *La tovaglia si solleva e sotto affiora una sagoma. Man mano che la stoffa scivola via, la figura acquista una forma più definita. Potrebbe trattarsi di uno dei vecchi ospiti dell'hotel morto da tempo...*

... oppure del cadavere carbonizzato della vittima di un incidente... oppure della creatura del bosco... il lupo!

Quel pensiero s'impossessò di lui in modo così improvviso da farlo sussultare.

«Già» disse, con un groppo in gola e la bocca asciutta. «Sembra di essere in un film dell'orrore di serie B.»

«Ehi, credevo che fossi diventato coraggioso.» Caro gli rivolse un sorriso di sfida. «Oppure le tue erano solo parole prive di sostanza?»

«Sei stata tu a cominciare» si difese lui.

«Può essere, ma a questo punto spetta a te il compito di proteggermi. Dopotutto sei il maschio, mio caro.»

«Sono un maschio emancipato.»

«Ah, emancipato, capisco» ripeté Caro, poi scoppiarono entrambi a ridere.

Simon si rilassò. La presenza di Caro aveva un effetto benefico su di lui. Gli dava forza, scacciava dal suo cuore il vuoto e la solitudine.

Noi due insieme contro il resto di questo brutto mondo, pensò. E poi: *Che cosa mi succede? È così che ci si sente quando ci si innamora?*

Non poteva saperlo, perché era la prima volta che provava simili emozioni per una ragazza. Ma preferiva non farsi troppe domande, per non rovinare la magia del momento. Ciò che provava era una sensazione meravigliosa, e questa era l'unica cosa che contava.

«Corri!» ordinò Caro lanciandosi verso la porta. Una targa d'ottone con una freccia indicava la reception. «Voglio prenotare una camera. No, una suite. La più bella di tutte!»

Simon la guardò e sorrise.

Non siamo più soli, pensò. *Nessuno dei due.*

Poi la seguì.

Non si accorse della tovaglia che si sollevava su un tavolo alle sue spalle, né della figura che strisciava fuori da lì sotto.

Proprio mentre lui usciva dalla sala da pranzo.

30

Anche nella hall le tapparelle erano abbassate. Qualche raggio di sole filtrava solo qua e là, dove il tempo aveva eroso le bacchette di legno.

Simon rimase un istante fermo per abituarsi alla penombra. Annusò l'odore asciutto e polveroso che gli ricordava una vecchia soffitta in estate.

A poco a poco riconobbe i contorni del bancone della reception.

«Che servizio deplorevole» osservò Caro con finta indignazione. «Non c'è traccia del portiere.»

Vedendola lì in piedi davanti al bancone, con il viso in ombra, per un attimo Simon ebbe l'impressione che fosse un fantasma. Come lo spettro di un antico cliente che non poteva lasciare l'hotel, forse perché qui aveva ancora qualcosa da portare a termine, come accadeva spesso nelle storie dell'orrore.

Se mai dovessi imbattermi in un autentico fantasma, dovrà essere assolutamente come Caro, pensò Simon sorridendo tra sé.

Si avvicinò e posò lo sguardo sul campanello accanto all'amica. Doveva essere d'ottone e con il tempo si era ricoperto di una patina verdastra. Simon provò a suonarlo e un trillo nitido riecheggiò per la hall.

«Hai ragione, non c'è proprio nessuno» disse nuovamente indignata. «Un servizio davvero scadente. Eppure dovevano saperlo che oggi sarebbero arrivate due star schifosamente ricche intenzionate ad acquistare l'hotel.»

Caro passò un dito sul bancone, poi si soffiò via la polvere dal polpastrello.

«Forse il portiere è andato a prendere uno straccio per spolverare. Questa stanza avrebbe proprio bisogno di una bella ripulita.» Indicò con la testa verso la scala. «In ogni caso penso che dovremo cercarci da noi la suite presidenziale. Altrimenti ci toccherà aspettare qui per almeno un secolo.»

«Così diventeremo i fantasmi dell'hotel» disse Simon sogghignando. «Te lo immagini?»

«Buh!» esclamò Caro, quindi corsero sghignazzando verso le scale.

Alle loro spalle, la porta della sala da pranzo cigolò piano mentre si socchiudeva.

Simon e Caro tuttavia non se ne accorsero. Il suono delle loro risate e lo scricchiolio della scala sovrastava ogni altro rumore.

31

Salirono uno dietro l'altra nella semioscurità. Caro, che aveva ripreso il comando, si teneva saldamente alla ringhiera come Simon.

È coraggiosa, ma non avventata, pensò lui. Nemmeno lei sembrava fidarsi troppo dei vecchi scalini di legno.

«Accidenti se è buio qua sopra» esclamò lei una volta raggiunto il primo piano. «Come faremo a trovare la nostra suite?»

«Ci penso io, aspetta un momento!»

Con un gesto solenne Simon tirò fuori il cellulare dalla tasca dei pantaloni. Attivò la funzione torcia e puntò il fascio luminoso intorno a loro.

«So che i cellulari non ti piacciono, ma a volte sono davvero utili.»

Caro parve trattenere un commento e annuì in silenzio.

Il corridoio era più lungo di quanto si aspettasse Simon.

Un'estremità era chiusa da un pesante comò. Al di sopra c'era un imponente dipinto a olio ricoperto di ragnatele. Raffigurava una coppia di mezza età a grandezza naturale. Le due figure sembravano guardare Simon e Caro negli occhi.

Il dipinto aveva qualcosa di irritante. Senza riuscire a spiegarsi il perché, Simon notò qualcosa di familiare negli occhi dell'uomo. Gli sembrava di averlo già visto da qualche parte. Naturalmente non era possibile. A giudicare dall'età della tela, tutt'al più avrebbe potuto conoscerlo il nonno di Simon, e forse suo padre e Tilia. In ogni caso Simon dubitava che la coppia ritratta fosse ancora in vita.

«Che numero di camera ti piacerebbe?»

La domanda di Caro lo strappò dai suoi pensieri.

«Vediamo.»

Alzò il cellulare e fece scorrere la luce lungo le pareti.

Sul lato sinistro del corridoio c'erano quattro porte con i numeri dispari, mentre di fronte si susseguivano altre quattro con i numeri pari.

«Be', visto che possiamo scegliere, sarebbe meglio guardare tutte le camere» propose lui.

«Ci sto» concordò Caro. «Ma ricordati che non voglio niente di meno di una suite extralusso.»

«Non preoccuparti, sei una superstar e avrai la camera migliore.»

Lei gli fece l'occhiolino. «Sono contenta che abbiamo chiarito la cosa.»

Simon diresse la luce del cellulare sulla prima porta alla loro sinistra.

«Cominciamo dalla numero 11.»

Caro aggrottò la fronte. «Strano che le camere non partano dalla numero uno.»

«Il numero uno sarebbe al pianterreno» spiegò Simon, «ma sembra che in questo hotel non ci siano camere di sotto. Al primo piano ci sono i numeri con la decina uno, al secondo con la decina due, eccetera. Partono sempre con il numero uno. Non sei mai stata in un hotel?»

«È passato un sacco di tempo» disse lei con una scrollata di spalle. «E quando ci sono andata non ho fatto caso ai numeri. I numeri sono la tua specialità.»

«Già, hai ragione.» Simon cercò di mostrarsi modesto, senza riuscirci del tutto. In fondo era contento che finalmente gli venisse riconosciuta qualche capacità.

«Vedrai anche che manca la stanza numero 13» proseguì. «In tutti gli hotel è così, perché la gente è superstiziosa. Per esempio, nei grattacieli non c'è il tredicesimo piano, il che è una sciocchezza, in quanto il numero 13 non porta sfortuna in tutte le culture...»

«Ho capito, signor maestro» lo interruppe lei con un sorriso. «Dai, entra tu per primo. Hai detto di non avere più paura.»

«Adesso sembri la mia terapeuta!»

«Forse lo sono. Di sicuro almeno un pochino. Dai, apri la porta. Cominciamo la seduta. Nel caso dovessimo scoprire uno scheletro, sono qui per proteggerti.»

«Ah-ah, molto spiritosa» borbottò lui.

In realtà non era proprio a suo agio e si domandava che cosa lo aspettasse dietro quelle porte. Forse ratti e altri animali simili. Chi poteva sapere che cosa si era annidato nel tempo in un hotel abbandonato in mezzo al bosco?

D'altro canto era troppo curioso per dare ascolto alle proprie paure. E le simpatiche punzecchiature di Caro fecero il resto.

Si avvicinò deciso alla camera numero 11. Abbassò la maniglia e, quando la porta si socchiuse cigolando, indirizzò il fascio luminoso nell'ambiente buio.

Per una frazione di secondo immaginò di vedere gli occhi

ardenti del bosco. Il mostruoso lupo del sogno pronto a saltargli addosso.

Finalmente! Ti abbiamo preso, Simon!

«È vuota» annunciò sollevato.

Caro sbirciò dentro oltre la sua spalla. «Puah!» esclamò arricciando il naso. Poi si scostò all'indietro il cappuccio della felpa con un gesto teatrale, come una diva che si getta il foulard sulle spalle. «Di sicuro sarebbe troppo piccola per una star di Hollywood.»

«Credevo che fossi Lady Gaga» la canzonò Simon e Caro si girò indignata.

«Siamo tutti un po' gaga. Quanto meno noi fantasmi dell'hotel. Buh!»

«Buh!» esclamò anche Simon, poi si girarono entrambi ridendo verso la porta successiva.

Anche questa stanza era piccola e buia come la numero 11. Neanche qui c'erano lupi spettrali o altre figure da incubo in agguato. Fu la stessa cosa anche nelle quattro camere successive.

I mobili erano stati portati via all'epoca della chiusura. Le camere erano completamente vuote, a parte la struttura del letto nella numero 14 e un vecchio tavolo con una sedia a tre gambe nella numero 15.

Sulla porta numero 17, l'uno si era staccato e pendeva al contrario come una freccia dorata. Il sette era ancora al suo posto.

«Lo sapevi che il sette è un numero molto particolare?» domandò Simon girandosi verso Caro. «In molte religioni è considerato sacro e nella mistica si dice che rappresenti il destino. Inoltre...»

«Simon!» Caro alzò gli occhi al cielo e sospirò. «Apri la porta e basta, okay?»

Lui ubbidì sbuffando e subito furono inondati dall'accecante luce del giorno.

Entrambi indietreggiarono e strizzarono gli occhi. Quell'improvviso chiarore era quasi doloroso.

La sorpresa aumentò ulteriormente quando guardarono di nuovo dentro.

«Incredibile!» esclamò Simon. «È pazzesco!»

«Evidentemente non siamo soli qui» disse Caro seguendolo all'interno della camera.

La finestra era aperta. La serranda era abbassata, ma mancavano due lamelle e dalla fessura il sole inondava la stanza.

Simon guardò fuori e riconobbe il vialetto lastricato che avevano percorso in bicicletta. Quindi si voltò verso Caro, ferma in mezzo alla stanza davanti a un grande letto matrimoniale.

Sui materassi grigio-verdi erano posate diverse coperte di lana e cuscini. Quella roba doveva essere stata tirata fuori dall'armadio a muro. Un'anta era aperta. Qualcuno l'aveva forzata e ora non si chiudeva più.

Nonostante la brezza estiva che soffiava dalla fessura nella tapparella, Simon arricciò il naso per l'odore pungente di muffa che proveniva dall'armadio e dal letto. Ma c'era anche un altro odore.

Simon annusò l'aria. Sì, c'era anche un sentore fresco, di fiori, che gli ricordava il profumo di sua madre, quando era pronta per uscire con il padre.

«È profumo» confermò Caro. «Qualcuno deve averne rovesciata una boccetta intera sul materasso. Lo avrei fatto anch'io, prima di sdraiarmici. Ammesso di volermi sdraiare qui.»

Simon esaminò le coperte con la fronte aggrottata. «Di sicuro qui dev'esserci stato qualcuno di recente.»

«Io no di certo.»

Caro si chinò verso uno dei due comodini e lo aprì. Poi lanciò un'esclamazione stupita.

Simon girò la testa, ma la schiena di lei gli copriva la vista. «Che c'è lì dentro?»

«Il minibar.» Caro si spostò e indicò ciò che aveva trovato. «Vuoi Coca e patatine? O preferisci un po' di cioccolato al latte?»

Simon si inginocchiò accanto a lei ed esaminò il contenuto del mobiletto. A giudicare dalla data di scadenza, le due bottiglie di Coca, la confezione di patatine e la tavoletta di cioccolata già iniziata risalivano a poco tempo prima. Inoltre non erano coperte nemmeno da un granello di polvere, proprio come il mobiletto. Anche la struttura del letto, date le circostanze, sembrava pulita. Chi aveva dormito lì aveva prima ripulito tutto.

«Che strano» mormorò Simon. «Forse in questa stanza si nasconde qualcuno?»

«Ne dubito» obiettò Caro. «Altrimenti avremmo trovato altro, a parte cibo e coperte. Sai cosa penso?»

«Dimmi.»

«Guarda cosa ho scoperto.»

Si chinò a recuperare qualcosa sotto il letto e lo raccolse con la punta delle dita. Simon fissò sorpreso la mutandina nera che la ragazza stringeva tra pollice e indice.

«Credo che questo qualcuno venga qui solo ogni tanto» disse. «E non da solo. Dopotutto questo è un romantico nido d'amore, non trovi anche tu?»

Lo guardò, come aspettandosi da lui una risposta, e Simon si sentì arrossire per l'ennesima volta.

«Be', sì... non saprei» disse. «Di sicuro esistono luoghi più romantici.»

«Senza dubbio» confermò Caro con un sorriso ammiccante. «Ma qui non viene mai nessuno. Per chi vuole incontrarsi di nascosto, l'hotel è l'ideale.»

Lo guardò di nuovo con quell'espressione che lo metteva in imbarazzo. Nel suo sguardo c'era forse dell'aspettativa? Simon non riusciva a interpretare l'espressione nei suoi occhi. Non sapeva cosa dire, né come comportarsi. Non gli era mai capitato di trovarsi da solo con una ragazza, men che meno in una situazione simile. Non voleva fare una figuraccia.

Caro sembrò leggergli ancora una volta nel pensiero. «L'argomento ti rende nervoso?»

«No... cioè, sì...» balbettò lui. «Insomma, forse... un pochino.»

Lei ridacchiò e lasciò cadere sul pavimento la mutandina, come se fosse un fazzoletto sporco.

«Vieni» disse balzando in piedi. «Vediamo se troviamo altre camere interessanti. Chissà che la cosa non diventi davvero esaltante!»

Uscirono in corridoio. Ora che la luce del giorno lo rischiarava, non sarebbe dovuto apparire così minaccioso, ma all'improvviso Simon provò una sensazione spiacevole. Lo stesso brivido di prima, quando si erano avvicinati all'hotel.

«Che cos'hai?» domandò Caro.

«Niente. Cioè, non so...»

Simon guardò verso le scale. La luce che usciva dalla porta non arrivava fin laggiù, e nell'oscurità il pianerottolo era invisibile.

«Che cosa non sai?» chiese Caro guardando nella stessa direzione.

«Ho come la sensazione che qualcuno ci osservi» spiegò Simon.

Caro socchiuse gli occhi, nel tentativo di vedere meglio. Ma a parte i primi gradini la scala era immersa nell'oscurità.

«Non c'è nessuno qui a parte noi» dichiarò alla fine. «Se ci fosse qualcuno che fa la guardia all'hotel, si sarebbe già fatto vedere. Avrebbe brontolato e ci avrebbe cacciato via, o magari avrebbe minacciato di denunciarci. Non credo però che ci sia un custode qui.» Indicò con il mento la stanza numero 17. «Altrimenti i piccioncini avrebbero scelto un altro posticino dove incontrarsi.»

«E se fossero proprio loro?»

«Allora dovranno rimandare il loro appuntamento per oggi. Dai, non ti preoccupare.» Strinse i pugni e sogghignò. «Credimi, è meglio che nessuno si metta sulla mia strada.»

«Questo l'avevo capito» bisbigliò Simon, senza perdere di vista la scala. «Però forse sarebbe meglio andare via.»

C'era qualcosa di strano. Non erano soli. Qualcuno li stava guardando, proprio in quel momento, ne era assolutamente sicuro.

Qualcuno appostato nel buio della scala, gli venne da pensare. *Con occhi che si accendono come tizzoni ardenti...*

«Non se ne parla nemmeno, fifone.» Caro scosse la testa con decisione. «Già che siamo qui, voglio vedere cosa c'è nelle altre camere. Tu non sei curioso?»

Simon avrebbe risposto volentieri di no, ma lei lo aveva colpito nell'orgoglio e lo aveva sfidato. L'ultimo che gli aveva dato del fifone era stato Ronny. Non voleva per nessun motivo che Caro lo disprezzasse. Era diventata troppo importante per lui, anche se si conoscevano da pochissimo.

«Non sono un fifone!» protestò. «La mia è prudenza. Ma, se vuoi proseguire, accomodati pure.»

«Così mi piaci» disse lei. Quindi si girò verso la scala in fondo al corridoio. «Ehi! C'è qualcuno?»

Simon trasalì sgomento. «Shh! Sei diventata matta?»

Caro scoppiò a ridere e chiamò un'altra volta. «Ehi, vieni

fuori e fatti vedere! Qui da noi ci si diverte di più che lì al buio.»

Simon fissava immobile la scala. Nessun movimento.

«Visto? Cosa ti avevo detto?» Caro gli sorrise soddisfatta. «Non c'è nessuno. E adesso proseguiamo. Magari troviamo qualcosa di prezioso.»

Simon fece un sospiro spazientito e scrollò il capo. «Se portassimo via qualcosa, sarebbe un furto.»

«Anche se è roba che è rimasta qui per decenni senza che nessuno la reclamasse?» Caro alzò gli occhi al cielo. «Non essere sempre così perbene. Buttati, ogni tanto! E poi adesso è il *nostro* hotel, te ne sei dimenticato?»

Senza aspettare una risposta, si avvicinò alla porta con il numero 18. Simon fece un altro sospiro, prima di seguirla.

Accese di nuovo la luce del cellulare e, quando guardarono oltre la porta, trovarono un'altra stanza vuota ad aspettarli. Un grosso ragno nero aveva tessuto la sua tela accanto alla finestra sprangata. Quando il fascio di luce lo illuminò, si affrettò a rifugiarsi in un angolo buio.

Caro si agitò. «Che schifo! Non dormirei qui nemmeno per tutto l'oro del mondo.»

«Neanch'io» confermò Simon, spostandosi sull'altro lato del corridoio davanti alla porta numero 19. Le avrebbe fatto vedere lui che non era un fifone.

«Ancora questa, poi saliamo al secondo piano» disse Caro. «Forse di sopra troveremo una suite come si deve. Come quelle dei film, con la cabina armadio, un letto gigantesco, la vasca idromassaggio e...»

Quando Simon aprì la porta, Caro ammutolì e anche Simon si scansò raccapricciato.

«Iiiih!» esclamò lei facendo un balzo indietro.

Simon girò la testa premendosi entrambe le mani sul naso e sulla bocca.

Un tanfo terribile li aveva investiti dall'oscurità, togliendogli il respiro. Fu assalito dalla nausea e per un istante temette di vomitare.

Era un puzzo che somigliava al vomito. Era dolciastro e acre, e gli ricordava la volta in cui era stato male per un'intossicazione da cozze.

Caro con un balzo richiuse la porta, poi si girò di nuovo, pallidissima.

«Cavolo, che cos'era?» ansimò.

«Preferisco non saperlo» ribatté Simon sforzandosi di trattenere un altro conato di vomito.

Caro soffiò fuori l'aria dalla bocca rumorosamente. «Per la miseria, un puzzo simile non ce l'ha nemmeno un elefante con la diarrea!»

Suo malgrado Simon sorrise. Non poté farne a meno, nonostante la nausea, nonostante lo spavento, anche perché il grido di Caro era stato sentito di sicuro a chilometri di distanza.

«Perché, hai già annusato la diarrea di un elefante?»

Caro gli lanciò un'occhiata stizzita. Anche lei doveva essere stata colta dalla nausea, ma poi sorrise.

«No, ma di sicuro non sarà peggiore di quella roba là dentro. Forse l'ultimo ospite ha avuto un attacco micidiale di cagarella e per questo sono stati costretti a chiudere l'hotel.»

Simon fece una smorfia. «Puah! Piantala, altrimenti vomito per davvero!»

«Cagarella, cagarella!» canticchiò Caro facendogli la linguaccia. Poi fece una pernacchia mettendo la bocca nell'incavo dell'ascella, proprio come aveva fatto Michael.

Scoppiarono a ridere. Simon aveva le lacrime agli occhi, mentre Caro si esibiva in un'altra pernacchia. Ma rideva troppo, e le riuscì solo una specie di schiocco, che riaccese in entrambi uno scoppio di ilarità.

D'un tratto Caro tornò seria.

«Shh!» Si portò un dito alle labbra. «Zitto!»

«Che c'è?»

Simon si strofinò gli occhi cercando di trattenere un'altra risata. Ma, alla vista dell'espressione di Caro, la voglia di ridere gli passò. La serietà sul viso dell'amica non era finta.

«C'era qualcosa!»

«Che succede?» ripeté Simon e Caro gli fece nuovamente segno di restare in silenzio.

Anche Simon si mise in ascolto. Ma, a parte un cinguettio ovattato che proveniva dalla finestra aperta della camera numero 7, non sentì nient'altro.

O forse sì?

Sussultò e inclinò la testa.

Sì, ora l'aveva sentito anche lui! Il lieve scricchiolio di un'asse di legno che subito tacque.

«Mi sa che avevi ragione tu» bisbigliò Caro, indicando la scala in fondo al corridoio. «Non siamo soli.»

Simon alzò il cellulare. Il fascio di luce non arrivava fino alla scala e lui non riusciva a vedere nessuno, ma se qualcuno li stava spiando da lontano lo avrebbe almeno accecato.

Caro strinse i pugni e fece un passo avanti. Nello stesso momento gli scalini scricchiolarono di nuovo, questa volta più forte, poi si udirono dei passi che scendevano precipitosamente.

Non è un animale, si disse Simon. Erano chiaramente i passi frettolosi di un essere umano.

«Oh, merda!» esclamò, mentre i passi risuonavano di corsa nella hall.

E poi, all'improvviso, tutto tacque.

Come se la persona si fosse nascosta al pianterreno.

No, pensò Simon. *Non si vuole nascondere. Si è appostato in attesa. È da solo e vuole tenderci un agguato.*

32

«Che facciamo adesso?» bisbigliò Simon.

Si erano spinti fino al pianerottolo. Lui illuminava in basso con il cellulare.

La hall era immersa nel silenzio.

Nessun movimento.

Era questa la cosa più inquietante.

«Secondo me sarebbe meglio filarcela» ribatté Caro sottovoce. «Di sicuro non è un custode e preferisco non sapere chi sia.»

Era la prima volta che Simon coglieva una nota di paura nella sua nuova amica. Avrebbe voluto abbracciarla, ma non ne aveva il coraggio. Non voleva darle l'impressione di voler approfittare della situazione per provarci con lei.

«Ma come facciamo, per uscire dobbiamo passare da lì sotto» mormorò. «Se proviamo a scendere dalla finestra, ci romperemo il collo.»

Lei annuì. Simon ebbe l'impressione che stesse trattenendo un singhiozzo.

«Lo so benissimo» disse la ragazza con un filo di voce. «Ma siamo in due. Ti sei già azzuffato qualche volta?»

«Sì, un paio.»

Cercò di mostrarsi sicuro di sé, e in fondo era vero. Certo, con Ronny e i suoi amici Simon aveva sempre avuto la peggio. Lui, dopo qualche patetico tentativo di difendersi, scoppiava immancabilmente a piangere. Ma era un dettaglio irrilevante, e lo tenne per sé.

«Se sarà necessario, riempiremo di botte il tizio là sotto e non se ne dimenticherà tanto presto» sussurrò Caro avvicinandosi alla scala.

«Aspetta!» sibilò Simon. «Mi è venuta un'idea.»

Tornò in tutta fretta alla camera numero 15, dove aveva visto la sedia a tre gambe.

La rovesciò e prese a calci una gamba fino a staccarla. Lo stesso fece con un'altra e tornò da Caro con i due bastoni di fortuna.

«Hai sentito qualcosa da sotto?»

Lei scosse la testa.

Strano, pensò Simon. *Dopo tutto ho fatto un bel fracasso. Di sotto dev'essersi sentito per forza.*

Certo che ha sentito, bisbigliò ridacchiando una voce maligna dentro di lui. *Ma aspetta che tu scenda. Poi te ne accorgerai!*

«Tieni» disse, porgendo a Caro una delle due gambe. «Sempre meglio di niente.»

Caro la prese e gli sorrise riconoscente. Il suo sorriso gli provocò uno sfarfallio alla bocca dello stomaco. Era riuscito a sorprenderla.

Visto? Non sono uno smidollato, si disse, mettendo a tacere l'odiosa vocetta dentro di lui.

«Vado avanti io» bisbigliò, sorpreso da quanto coraggio gli infondesse il sorriso dell'amica.

Passo dopo passo, scese la scricchiolante scala di legno, un gradino alla volta. Nella mano sinistra reggeva il cellulare come una torcia, nella destra stringeva il bastone improvvisato.

Caro lo seguiva da vicino.

La hall dell'albergo sembrava deserta come quando erano entrati. Simon muoveva la luce del cellulare qua e là.

Non si vedeva nessuno.

Ma erano certi che là sotto si nascondesse qualcuno. Entrambi lo avevano sentito poco prima.

In fondo alla scala, Simon vide alcune impronte di scarpe da ginnastica sul pavimento di legno impolverato. Partivano dalla porta della sala da pranzo per poi passare davanti al bancone della reception e raggiungere le scale.

Dovevano essere quelle che avevano lasciato lui e Caro all'andata. Ma c'era anche un'altra serie di orme.

Pur non essendo un grande esploratore, come gli indiani nei libri che divorava con passione quando aveva otto anni, era sicuro che quelle orme non fossero né sue né di Caro. Infatti non solo si allontanavano dalle altre, ma proseguivano oltre la scala.

Prima ancora di seguire la direzione delle orme con la luce del cellulare, Simon comprese dove fosse andato lo sconosciuto. Il bancone della reception era l'unico punto dove ci si poteva nascondere.

Si girò verso Caro che lo guardava con aria interrogativa. Quindi indicò il bancone con un cenno del capo e Caro assentì.

Senza perdere di vista il bancone, avanzarono cauti, cercando di fare meno rumore possibile.

Simon brandiva la gamba della sedia in alto, pronto a colpire. Dubitava che gli sarebbe stata utile, nel caso lo sconosciuto li avesse aggrediti, ma, come aveva detto a Caro poco prima, era sempre meglio di niente.

Superato il bancone, si fermò e fece segno all'amica di proseguire. Pochi metri li separavano dalla porta girevole della sala da pranzo.

Caro fece un cenno affermativo e si allontanò in quella direzione, mentre Simon continuava a tenere d'occhio il bancone.

Nessun movimento sospetto, ma a Simon sembrava di

aver colto un lieve respiro lì dietro. Anzi, ne aveva la certezza. Un respiro veloce e affannoso.

Sta aspettando che restiamo soli. Non appena Caro se ne sarà andata, balzerà fuori dal bancone e mi attaccherà.

Il cuore cominciò a battergli forte, minacciando di uscirgli dal petto, mentre dentro di lui riecheggiava il sussurro minaccioso dei suoi incubi.

Simon! Siiimon! Tra poco sarai mio!

Il cigolio della porta sui cardini lo fece trasalire. I due battenti dondolarono scricchiolando ancora qualche istante. Caro era al sicuro.

In quel momento Simon udì un fruscio dietro il bancone. Come di qualcuno che si alzava.

Ecco che viene a prendermi, pensò sgomento.

Sei miiio!

In preda al panico, si girò e corse verso la porta basculante. Ci si avventò contro con tutte le forze e si precipitò nella sala da pranzo.

Mentre correva, vide con la coda dell'occhio che una delle tovaglie era stata sollevata dal tavolo.

Era vero!

Non stava immaginando niente.

Lì c'era qualcuno.

Lì c'era *qualcosa.*

E questa cosa lo inseguiva!

Continuò a correre più veloce che poteva, oltrepassò la porta con gli oblò, attraversò la cucina e uscì sulla terrazza.

Caro lo aspettava lì.

«Finalmente!»

33

Simon ebbe la sensazione di essere al sicuro solo quando montarono in sella alle biciclette.

Raggiunsero il cancello d'ingresso e si voltarono a guardare l'hotel.

«Wow, che roba!» esclamò Caro trafelata. «Me la sono quasi fatta addosso per la paura.»

«Anch'io» ansimò Simon. «Ma chi poteva essere?»

«Non ne ho idea, ma penso sia meglio non averlo scoperto.»

«Ho sentito un respiro dietro il bancone della reception» disse Simon, colto da un nuovo brivido di freddo.

«Un respiro?» ripeté Caro guardandolo meravigliata.

«Sì, insomma... c'era qualcuno nascosto lì dietro» precisò lui.

Lei continuò a fissarlo perplessa. «Si può sapere cos'hai visto là dentro?»

«Niente.»

«Veramente?»

«Sì, niente» confermò lui. «L'immaginazione mi ha giocato un brutto scherzo, tutto qua.»

«E che cosa ti sei immaginato?»

Lui abbassò lo sguardo, a disagio. «Preferirei non parlarne.»

«Ti rendi conto che la tua risposta non fa che aumentare la mia curiosità, vero?» disse Caro, avvicinandosi alla bicicletta di Simon. «Insomma, credevo che noi due potessimo parlare di tutto.»

«Sì, certo...» Simon fece un sospiro e la guardò.

Quegli occhi, quello sguardo.

Sì, a lei poteva raccontare tutto. Se c'era una persona con

cui parlare, era lei. Caro lo capiva. Lo accettava per quello che era. Perché erano così simili.

Siamo fatti l'una per l'altro, pensò Simon. *Perché siamo diversi.*

«Ecco, vedi...» cominciò, poi si schiarì la voce. «A volte mi capita di vedere cose che non esistono. Non esistono nella realtà, ma solo nei miei sogni e nella mia fantasia. Però mi sembrano estremamente reali... sul serio. Soprattutto quando ho paura. Succedeva anche quando ero piccolo, ma credo che la cosa sia peggiorata da quando Michael è andato a vivere da solo. A volte, quando i miei genitori uscivano e io rimanevo a casa da solo, mi prendeva una fifa tremenda. Una paura assurda. Mi convincevo che ci fosse qualcosa appostato davanti alla mia camera, oppure in bagno, o in cucina. Era qualcosa che non so descrivere, non ci sono mai riuscito, ma sapevo che mi avrebbe divorato se fosse riuscito a prendermi. Sono discorsi da fuori di testa, vero?»

«Niente affatto» disse Caro dolcemente. «Sono discorsi di un ragazzino che aveva paura a rimanere da solo. Non c'è niente di assurdo.»

Simon deglutì. «Sì, credo che tu abbia ragione. Se dovessi dare un nome al mostro di allora, sarebbe certamente la paura dell'abbandono. Questo spiegherebbe perché dopo la morte dei miei genitori la situazione è peggiorata.»

«Sono d'accordo» concordò Caro.

«D'altro canto, questo non spiega tutto» proseguì lui.

«Perché no?»

«Ecco, vedi, adesso mi capita di sentirmi inseguito da qualcosa. Qualcosa di cattivo, che vuole uccidermi.»

«Ucciderti?»

Simon annuì e chinò lo sguardo a terra. Adesso sì che sembrava un pazzo furioso. Ma non poteva smettere di parlare! Non stava parlando con una persona qualsiasi, bensì con Caro.

«Vuole uccidermi perché secondo lui non merito di vivere» disse, schiarendosi ripetutamente la voce. D'un tratto si sentiva la gola secca e ruvida. «Naturalmente mi rendo conto che questa...» S'interruppe, per cercare la definizione giusta, ma non la trovò. «... Questa *cosa* non esiste davvero» disse infine. «Secondo il mio terapeuta rappresenta i miei sensi di colpa, perché sono l'unico sopravvissuto all'incidente e mi sento responsabile della morte dei miei genitori. Mi ha detto che tutto finirà prima o poi, quando riuscirò ad accettare che si è trattato di un incidente e io non ho nessuna responsabilità, né potrei averne, dato che ero seduto dietro.»

«Certo, ha ragione lui» osservò Caro con un tono molto adulto. «I sensi di colpa sono sempre relativi. Può darsi che qualcuno sia davvero responsabile del vostro incidente, ma per te cambierebbe qualcosa saperlo? Anche se lo scoprissi, tutto continuerebbe a essere come ora. Non è possibile far tornare indietro il tempo. Nessuno è in grado di farlo. Continuare a frugare nel passato alla ricerca di un colpevole non cambierà niente. L'unico modo di uscirne è guardare avanti. Chiudere con il passato e pensare al futuro. Ci vuole molto coraggio, lo so, ma tu ce l'hai.»

Simon si sentiva un groppo in gola. Con poche parole Caro gli aveva restituito ciò che lui aveva imparato durante la terapia. Tuttavia faceva fatica a tradurre in realtà quei concetti. Certe cose erano più facili a dirsi che a farsi.

La cosa più difficile per lui era credere in se stesso. Per questo si vergognava che Caro nutrisse più fiducia in lui di quanto non ci riuscisse lui stesso. Ma era molto difficile superare i propri dubbi.

«Lo pensi davvero?» domandò. «Cioè, che sono coraggioso?»

Caro annuì con decisione. «Stammi a sentire... Prima, dentro l'hotel, sei stato molto coraggioso. Non so che cosa avrei fatto senza di te. Probabilmente a quest'ora sarei ancora di sopra a tremare nel corridoio.»

Lui sorrise impacciato. «Sai, a essere proprio sincero, mi sono sentito coraggioso solo perché c'eri tu.»

Caro inclinò la testa di lato e alzò un sopracciglio. Nei suoi occhi lampeggiò una luce maliziosa. «Ecco, vedi, servo a un sacco di cose.»

«Sì, tu mi fai davvero bene.» Lui evitò di guardarla.

Ora che l'aveva detto, si sentì di nuovo arrossire.

«Anche tu a me» confermò Caro, poi si premette una mano sullo stomaco. «Però credo che in questo momento mi farebbe molto bene anche mangiare qualcosa. Sarà il caso che torni al collegio prima che chiuda la mensa. Durante le vacanze sono molto scrupolosi con gli orari dei pasti e dopo questa avventura mi è venuta fame.»

«Anche a me» confessò Simon, ma il pensiero di separarsi da lei non gli piaceva affatto. «Potresti pranzare a casa mia» suggerì. «Mia zia cucina così tanta roba che ne avanza sempre.»

Caro sorrise. «L'idea è allettante, ma sarà meglio rimandare alla prossima volta. Alla mensa si mangia uno schifo, è vero, e di sicuro il cuoco sarebbe finito sul rogo, se fossimo nel Medioevo, ma in questo momento ho bisogno di rimanere un po' da sola. Non te la prendi, vero?»

«No, figurati» rispose Simon, cercando di mascherare la delusione.

«Un'altra volta, okay?» aggiunse Caro.

«Okay.»

Si guardarono ancora negli occhi e di nuovo tra loro passò un messaggio che non aveva bisogno di parole. Era qualcosa di buono. Di profondo.

«Ci rivediamo presto?» domandò Simon alla fine.

Lei gli rivolse quel suo sorriso inimitabile. «Ma certo. Devi sempre spiegarmi la teoria di quel greco. E la prossima volta fa' in modo che io capisca. Promesso?»

Lui incrociò le dita sul petto come da bambino gli aveva insegnato a fare Mike. «Parola d'onore!»

Caro salì in bicicletta e lo guardò un'ultima volta. «Mi piaci, Simon Strode. E molto.»

Quindi partì lungo la discesa e poco dopo scomparve.

Simon era raggiante. In quel momento doveva avere l'aria di un idiota, si disse, ma non gliene importava niente. Era felice come non gli capitava da tantissimo tempo, ed era questa la cosa più importante.

Il modo in cui Caro lo aveva guardato prima di andare via...

Gli venne in mente una delle sue canzoni preferite dei Coldplay, *Always in My Head*. Per qualche motivo l'espressione negli occhi di Caro gliel'aveva ricordata. Non sapeva perché, ma era la canzone perfetta.

Si mise a canticchiare la melodia mentre pedalava lungo la vecchia strada sterrata, senza voltarsi neppure una volta a guardare l'hotel.

Se lo avesse fatto, con un po' d'attenzione forse avrebbe notato la serranda abbassata della camera 17.

E forse avrebbe anche scorto la figura che li osservava attentamente dalla fessura tra le stecche.

34

Quella sera, quando Tilia gli domandò come fosse andata la giornata, Simon non ebbe difficoltà a rispondere.

«Bene» disse mentre sistemava le posate sulla tavola. Stava apparecchiando per tre, dal momento che anche Mike avrebbe cenato con loro e questo lo rendeva molto felice.

Si rese conto di quanto fosse stata laconica la propria risposta e aggiunse: «Ho fatto un giro nei dintorni con la bicicletta di Mike».

Proprio in quel momento la porta di casa si aprì e Mike li raggiunse in cucina. Aveva ancora i capelli bagnati dalla doccia e aveva abbondato con l'acqua di colonia, per coprire l'odore di olio per motori che non lo abbandonava mai.

«Sbaglio o qualcuno ha appena fatto il mio nome?» chiese, scompigliando i capelli di Simon.

«Oggi ho preso in prestito la tua bici. Non ti dispiace, vero?»

«Figurati. Puoi tenerla, piccolo. Scommetto che in questi due giorni hai fatto più chilometri di me negli ultimi due anni.»

«Dici sul serio?»

«Ma sì. Adesso è tua, okay? Tanto io non la uso praticamente mai. Preferisco un mezzo a motore.»

Simon sorrise felicissimo al fratello maggiore. «Grazie, Mike!»

«Di niente.» Mike gli diede un pugno fraterno nel fianco. «Vedi solo di controllare che la catena sia bene ingrassata. La bici è rimasta ferma un sacco di tempo. Ricordamelo poi. Ho ancora un po' di grasso nella rimessa.»

«Agli ordini, capitano.»

«Mi fa piacere che tu abbia voglia di dare un'occhiata in giro» osservò Tilia mentre finiva di preparare il purè aggiungendo una noce di burro. Portò quindi in tavola la padella e rivolse a Simon un sorriso che forse nelle sue intenzioni avrebbe dovuto essere materno. «Dove sei andato?»

«Ho risalito la strada nel bosco.»

Simon gettò un'occhiata al purè fumante e lo stomaco gli produsse un brontolio di trepidazione. Pensò a Caro. Chissà che cosa avrebbe mangiato quella sera. Qualcosa di buono, si augurava, così il cuoco non avrebbe rischiato nuovamente di finire sul rogo.

«La strada nel bosco?»

Solo ora Simon si accorse che il sorriso di Tilia si era trasformato in un'espressione contrariata, come se Simon avesse detto qualcosa di inappropriato, o avesse confessato di aver fatto qualcosa di proibito. Forse la zia aveva intuito che si era recato sul luogo dell'incidente e ora si chiedeva se fosse il caso di parlarne con lui, e soprattutto in che modo.

Simon però non ne voleva parlare. Così evitò a Tilia di affrontare lo spinoso argomento e le offrì spontaneamente la verità, anche se con una piccola variante.

«Sì, se fossi andato a Fahlenberg sarei stato tutto il giorno sotto il sole. Ho preso il bivio nel bosco e ho girato per le zone dove andavo a cercare funghi con il nonno da bambino.»

«Sei salito fino all'hotel?» chiese Mike prendendo tre bicchieri dalla credenza.

«Sì, ma è ancora troppo presto per i finferli.»

«A te non sono mai piaciuti.» Mike si riempì il bicchiere di Coca e rise. «Ti ricordi come li chiamavi sempre?»

«Certo, schiferli» disse Simon ridendo a sua volta.

«E anche caccarerli, perché avevano un sapore orribile. Soprattutto quando la mamma li faceva cuocere troppo... e nel piatto assomigliavano già a come sarebbero stati poi...»

«Ragazzi, per favore» li ammonì Tilia fingendosi indignata, senza riuscire a trattenere una risata.

A Simon tornò in mente la diarrea dell'elefante di Caro e dovette fare uno sforzo per non scoppiare a ridere di nuovo.

Gli sarebbe piaciuto raccontare a Mike di Caro, ma preferiva aspettare quando fossero stati da soli. Non era necessario che la zia sapesse ogni cosa, si disse. Quello era un tema da affrontare tra fratelli.

«Seriamente, Simon» disse Tilia guardandolo con espressione grave. «Non trovo che sia una buona idea che tu te ne vada in giro da solo per il bosco. Soprattutto ora. Chissà, forse c'è del vero in quello che dice la gente.»

«Perché? Che cosa dice?»

«Be', insomma...» La zia fece un gesto vago con la mano. «Da quando è sparita Leonie, circolano delle voci. Si dice che nel bosco si aggiri un pazzo e che lei ne sia caduta vittima.»

«Alla gente piace sempre dire un sacco di scemenze» commentò Mike. «Finora di lei è stata ritrovata solo la borsa su nel bosco. Ma questo non significa niente. Potrebbe darsi benissimo che sia scappata di casa.»

«Dicono che ci fossero tracce del suo sangue sulla borsa» obiettò Tilia. «Può darsi che tu abbia ragione, che siano solo voci senza fondamento, ma non si può mai sapere.»

Si guardò intorno, quasi temesse che il pazzo li stesse osservando proprio in quel momento dalla finestra o stesse per balzare fuori dalla credenza. Quindi posò di nuovo lo sguardo su Simon.

«Simon, promettimi che sarai prudente, d'accordo? Se dovesse succederti qualcosa, non me lo perdonerei mai.»

«Non preoccuparti, so badare a me stesso. Non sono più un bambino.»

Ripensò all'avventura all'hotel. Alla figura che si era nascosta da lui e da Caro. Al respiro dietro il bancone.

Se quelle voci erano vere, e se nel bosco si erano imbattuti sul serio in uno squilibrato, allora erano stati davvero fortunati. Se Tilia avesse saputo che era sfuggito per un soffio a quel tizio, lo avrebbe rinchiuso finché il folle non fosse stato catturato. Nel peggiore dei casi sarebbe rimasto in casa fino alla fine delle vacanze.

«No, hai ragione, non sei più un bambino» confermò lei guardandolo seria. «Ma non lo era nemmeno Leonie. Non dimenticare che era un po' più grande di te.»

Simon notò che la zia parlava di Leonie al passato, e gli venne la pelle d'oca. Di sicuro tutti ormai pensavano che la ragazza fosse morta.

D'altronde non c'era da stupirsi: non era stato chiesto un riscatto e non erano state trovate tracce di lei. L'ipotesi di Mike, che fosse scappata di casa, non lo convinceva. In quel caso qualcuno l'avrebbe notata. Un automobilista, se avesse fatto l'autostop, oppure l'autista di un autobus, o un passeggero su un treno. Invece nessuno l'aveva vista, a parte forse il suo assassino.

«Cambiamo argomento» propose Mike. «Oggi ho lavorato come un mulo e ho una fame da lupi. E anche Simon, scommetto. Quanti piatti vuoi, piccolo?»

«Uno!» rispose Tilia al posto suo e la sua espressione seria fu rischiarata da un sorriso. «Ho una sorpresa per te, Simon. Guarda.»

Aprì la credenza e tirò fuori un piatto bianco. Era suddiviso in tre scomparti: uno più grande per la pietanza principale e due più piccoli per i contorni.

«Spero che sia della forma giusta» disse porgendolo a Simon.

«Sì, è perfetto» rispose lui. «Grazie!»

«Non c'è di che, tesoro. Ho cercato in tutti i negozi di casalinghi. Purtroppo i piatti a scomparti li fanno solo di questa plastica sottile, ma in compenso sono pacchi da cento.

Per un po' dovrebbero bastare. Puoi portarteli anche in collegio, nel caso in mensa non ne abbiano.»

Simon rimase a fissare il piatto di plastica. Era un gesto premuroso, senza dubbio. Ma insieme al commento sul collegio quegli stupidi piatti di plastica diventavano solo un regalo d'addio per uno svitato che non si sapeva come gestire.

Ricacciò in gola un commento acido, andò a tavola e si mise a sedere. *Al posto degli ospiti*, pensò. *Quello per il nipote sbalestrato con il piatto di plastica a scomparti.*

Sicuramente non erano queste le intenzioni di Tilia, ma la zia aveva fatto riaffiorare l'oscura sensazione che Simon aveva quasi dimenticato fino a pochi minuti prima.

«Servitevi, ragazzi» li esortò, come se non avesse notato la reazione di Simon. «Oggi la cena l'ha ordinata Simon. Bastoncini di pesce con purè e salsa al pomodoro.»

Simon guardò con distacco il cibo, ripensando al gatto del suo vicino di casa.

Mike doveva essersi accorto del disagio del fratello. Si sedette accanto a Simon e servì il purè a entrambi. Quindi distribuì su ciascun piatto tre bastoncini di pesce, messi in fila come piaceva a Simon, perché le cose buone erano sempre tre.

«A proposito di sorprese» disse Mike, «anch'io ho qualcosa per te. Dopo cena vorrei farti vedere una cosa.»

«Okay» rispose Simon prendendo del purè con la forchetta. «Di che si tratta?»

«Ehi, non posso dirtelo adesso, altrimenti che sorpresa sarebbe?»

Michael si sporse verso di lui ammiccando e Simon avvertì di nuovo l'odore di grasso. Era il tipico odore di Mike, che conosceva fin da quando il fratello abitava ancora con loro.

All'epoca capitava spesso che Mike portasse in camera sua il motore di uno dei suoi motorini per ripararlo. O a volte anche per truccarlo. Per questo in camera di Michael c'era sempre un angolo del pavimento coperto da uno spesso strato di cartoni. Doveva servire a proteggere la moquette dalle macchie d'olio, ma non funzionava mai del tutto.

La madre si arrabbiava molto, ma Mike non cedette. All'epoca non avevano ancora né un garage né un'officina. Solo in seguito, quando i bisticci tra Mike e la madre erano aumentati, Lars Strode si era deciso ad affittare a caro prezzo un box.

Da allora Mike aveva trafficato lì sui suoi motori, e, quando serviva, aveva anche aggiustato l'auto dei genitori.

Mike aveva un talento enorme per la meccanica e Simon era convinto che il fratello fosse in grado di riparare qualsiasi aggeggio.

Peccato solo che tu non possa costruirmi una macchina del tempo; pensò ora. *Qualcosa che mi riporti indietro. Non tanto, solo fino al giorno... Per impedirci di partire. Mi farei venire in mente qualcosa. E allora non succederebbe niente. Proprio niente. Tutto resterebbe com'era.*

Simon non poteva immaginare che Mike gli aveva preparato sul serio una specie di macchina del tempo. Non somigliava affatto a quella del vecchio film con i Morlock scapigliati che da bambino gli avevano fatto tanta paura, ma era qualcosa che lo avrebbe potuto far tornare indietro nel tempo.

Ma prima dovevano cenare e Simon ripensò a Caro. Non poteva farne a meno.

35

Quando uscirono in cortile e si incamminarono facendo scricchiolare la ghiaia del vialetto, il sole era basso sull'orizzonte e tingeva il cielo di rosso sangue. Una lieve brezza muoveva l'opprimente cappa di afa e c'era odore di pioggia, anche se non c'erano nuvole in vista.

Michael si fermò di colpo sull'angolo della fattoria prima di girare nel cortile posteriore. Si guardò indietro per accertarsi che Tilia non li avesse seguiti.

Naturale che non ci fosse, a quell'ora doveva essere seduta davanti alla tv, ma per qualche motivo Michael voleva esserne sicuro.

«Stammi bene a sentire, piccolo» disse sottovoce. «Quello che ti mostrerò adesso deve rimanere tra noi. Tilia mi taglierebbe la testa, se lo sapesse. E se quelli dell'officina lo scoprissero perderei il lavoro. Quindi devi promettermi su tutto ciò che hai di più caro che terrai la bocca chiusa. Ci stai?»

«Ma certo. Lo sai che non ti tradirei mai.»

«Devi prometterlo.»

Simon annuì e incrociò le dita sul petto, come aveva già fatto quel pomeriggio per Caro. «Parola d'onore!»

Michael sorrise. «Ehi, te lo ricordi ancora.»

«Certo. Me l'hai insegnato tu» disse Simon. «Ti ricordi? È stato quella volta che per sbaglio hai dato fuoco al cassonetto con la cicca della sigaretta.»

Michael scosse la testa. «Accidenti, non te lo sei dimenticato.»

«Be', sai, una cosa del genere non me la scordo di sicuro. Abbiamo sudato sangue temendo che ci scoprissero.»

«Invece non è successo, perché siamo rimasti uniti» disse Mike, con un'espressione malinconica sul viso.

Era come se con gli occhi della mente fosse tornato a quel pomeriggio, quando lui aveva quattordici anni e Simon otto. Si erano nascosti dietro i cassonetti del condominio, dove Mike aveva fumato la prima e probabilmente l'ultima sigaretta della sua vita.

Michael voleva somigliare a James Dean sulla locandina del cinema di quartiere. Invece era stato assalito da un violento accesso di tosse, come se da un momento all'altro stesse rischiando di soffocare.

Quando la vicina di casa era uscita per vedere cosa stesse succedendo, erano rimasti così sorpresi che Mike aveva gettato la cicca ancora accesa nella spazzatura, senza pensare alle conseguenze.

Mezz'ora dopo erano dovuti intervenire i pompieri. Era arrivata anche un'auto della polizia.

Nessuno però li aveva accusati.

«Siamo così uniti che non c'è spazio nemmeno per un foglio di carta tra noi» aveva detto allora Mike e adesso, otto anni dopo, Simon ripeté le stesse parole.

«Non è cambiato niente» aggiunse.

«È vero. In un certo senso è proprio un po' come allora.»

«Sì, come allora. Mi manca quel periodo, Mike.»

«Anche a me, piccolo. Anche a me.»

Strinse brevemente la mano del fratello e per un attimo sembrò che il mondo si fosse fermato. Erano da qualche parte tra il passato e il presente, tra ieri e oggi.

Poi Michael lo lasciò.

«La vita però va solo in una direzione: in avanti. Per questo ho qualcosa per te. Vieni.»

Si incamminò verso il cortile sul retro e Simon lo seguì. Quando vide che cosa aveva preparato Michael per lui, si bloccò allibito.

«È lo stesso modello» spiegò Mike, indicando la Ford

station wagon blu parcheggiata accanto all'ingresso del suo appartamento. Nel punto in cui la sera prima c'era lo scooter di Melina. «Stesso anno di costruzione, stesso allestimento. Un cliente l'ha portata stamattina, per cambiare i freni, e io ho subito pensato a te.»

Simon aprì la bocca per dire qualcosa, ma non riuscì a proferire parola. Di colpo aveva la testa vuota. Non poté far altro che fissare l'auto.

Era identica a quella del padre! Sempre pulita e in perfette condizioni, finché era stata distrutta nell'incidente e divorata dalle fiamme. Soltanto il supporto della targa, che reclamizzava il concessionario Ford di Fahlenberg, distingueva la vettura da quella del padre.

Mike si avvicinò a Simon e gli posò una mano sulla spalla. «Tilia mi ha raccontato che dall'incidente non riesci più a salire su una macchina. Mi ha detto degli attacchi di panico. È davvero così grave?»

Simon annuì in silenzio. Non riusciva ancora a parlare. Un nodo gli serrava la gola.

Michael gli strinse la spalla per fargli forza. «Non ti devi vergognare. Io non sono ancora riuscito ad andare sul luogo dell'incidente. E tu c'eri. Di sicuro proverei lo stesso anch'io.»

Simon lo guardò. Dalla loro avventura con il cassonetto era cresciuto molto, ma non era ancora alto come Mike.

«Succede e basta» disse con voce rotta. «Non so come farlo passare. Non appena salgo su una macchina, mi tornano in mente quelle immagini terribili. E con questa auto in particolare mi basta solo guardarla.»

«Me lo posso immaginare. Ti ho già raccontato che da piccolo avevo una paura tremenda dell'acqua?» domandò Mike.

Simon scrollò il capo stupefatto. Gli sembrava impossibile che esistesse qualcosa in grado di spaventare Mike.

«Sei sorpreso, vero?» Mike fece un risolino. «Tu non eri ancora nato, credo. Avrò avuto sei anni, forse sette. In ogni caso, se c'era una persona che incarnava alla perfezione la paura dell'acqua, ero io. Andavo fuori di testa già solo a infilarmi nella vasca. Figurati che la mamma non la riempiva nemmeno tutta, per risparmiare sull'acqua e per l'ambiente. Tuttavia, fare il bagno per me era sempre un incubo. Forse era perché avevo sentito dire che si poteva annegare anche in una pozzanghera. Da allora stavo alla larga da ogni pozza d'acqua, anche la più piccola. Per paura che potesse capitare a me.» Mike si strinse nelle spalle. «Ovviamente non è paragonabile alla tua paura, ma in un certo senso anche per me era un trauma.»

Simon continuava a sorprendersi di ciò che Mike gli stava raccontando. «Ma d'estate andavamo a fare il bagno nel lago e tu eri anche stato premiato come nuotatore a scuola.»

«È vero» confermò Mike. «Ma è successo dopo. Dopo che nostro padre mi fece passare la paura dell'acqua.»

«E come ha fatto?»

«Che tu ci creda o no, mi ha portato in piscina e mi ha buttato dentro. Poi si è tuffato e, quando sono riemerso annaspando e tossendo, mi ha fatto vedere come si nuota. È stata una cosa pazzesca, ma da allora non ho più avuto paura. Al contrario, mi piaceva un sacco e non volevo più uscire dall'acqua.» Rise di nuovo. «Già, nostro padre era proprio un tipo assurdo.»

Simon non credeva alle proprie orecchie. «Ti ha buttato in piscina così? Ma è tremendo!»

«Eh, già. Però devo aggiungere che l'acqua non era molto profonda. Non mi sarebbe successo niente. E mi ha dato solo una spintarella. Diciamo che non è stato l'approccio più piacevole, ma ha funzionato. So bene che, se lo raccontassi a Melina, direbbe che nostro padre non ha avuto un comportamento pedagogicamente corretto. Chissà cosa penserebbe di lui. Vuole studiare psicologia ed è convinta che sia sufficiente parlare dei propri problemi per superarli. Io però la vedo in maniera diversa. Non credo che sia possibile aggiustare tutto con i discorsi. I problemi vanno affrontati. E nella maggior parte dei casi si scopre che non c'è motivo di avere paura. Non sono mai andato molto d'accordo con nostro padre, ma questo l'ho imparato da lui.»

Simon gettò un'altra occhiata all'auto. Nonostante la storia di Mike, continuava a risultargli sinistra e minacciosa. Non avrebbe saputo dire da cosa dipendesse, ma gli sarebbe piaciuto tanto girarci alla larga come faceva da piccolo Mike con le pozzanghere.

«Vuoi provare?» gli suggerì Mike, come se gli avesse letto nel pensiero. «È solo una proposta, non sei obbligato. Forse però potrebbe aiutarti.»

Simon continuava a fissare la Ford. Nonostante l'afa, gli venne la pelle d'oca. Come se dall'auto provenisse un alito gelido.

Se sali morirai, gli mormorò la voce dei suoi sogni. *Pensaci, saresti dovuto morire anche tu!*

Poi sentì la voce di Caro, morbida e affettuosa. *L'unico modo per uscirne fuori è andare avanti*, gli aveva detto. *Bisogna avere molto coraggio, lo so, ma tu ne hai.*

Caro credeva in lui, proprio come Mike, per questo era giunto il momento che anche lui cominciasse ad avere fiducia in se stesso.

«E va bene.» Dovette schiarirsi la voce, per sciogliere la tensione che sentiva in gola. «Proviamo!»

«E bravo il mio fratellino!»

Michael gli rivolse un'occhiata piena di orgoglio dandogli

una pacca sulla spalla. Poi tirò fuori le chiavi della macchina dalla tasca dei pantaloni.

36

In un primo momento a Simon parve di avere i piedi incollati al terreno. Era come se radici lunghissime e profonde gli impedissero di muoversi.

«Non ti preoccupare, ce la farai» lo incoraggiò da lontano la voce di Mike. «Non può succederti niente. È soltanto un'automobile.»

Simon si sentiva la fronte imperlata di sudore. Sudava anche dalle ascelle, ne avvertiva l'odore freddo e sgradevole.

Nei momenti di stress il corpo produce più adrenalina rispetto alla norma, dando origine al cosiddetto «odore della paura». Simon lo aveva letto nei libri, ma lo sapeva soprattutto per esperienza personale. Sperava che Mike avesse ragione e che questo sarebbe stato il suo ultimo attacco di panico.

Devo solo avvicinarmi e salire, cercò di convincersi. *Poi mi renderò conto che è solo una macchina. Una macchina e basta. È come ha detto Michael: non può succedere niente.*

Fece un profondo respiro e finalmente riuscì a muoversi.

Lentamente. Con cautela. Un passo dopo l'altro.

Le ossa e i muscoli delle gambe sembravano fatti di gomma, ma riusciva a camminare.

Un passo dopo l'altro.

Un piede davanti all'altro.

Verso l'auto.

La Ford sembrava aspettare paziente. Come un ragno, in agguato, in attesa che lui finisse nella ragnatela.

La vernice blu scuro aveva assunto una sfumatura particolare nella luce del tramonto.

Sembra che bruci, pensò Simon.

Sopra il tettuccio surriscaldato dal sole l'aria vibrava leggermente. C'era anche una mosca morta a zampe all'aria, come se fosse stata incenerita dalla lamiera calda.

Incenerita, esclamò tra sé. *Ma certo!*

Era scosso dai brividi in tutto il corpo e sudava abbondantemente, come se qualcuno gli avesse versato addosso un secchio d'acqua fredda e puzzolente.

Ma continuò ad avanzare. Sapeva che, se si fosse fermato ora, avrebbe abbandonato l'impresa e sarebbe scappato via. E la sua paura non avrebbe mai avuto fine.

Forza! Vai avanti, vai avanti!

Mancavano solo sei passi all'ampio posteriore della station wagon.

Simon lesse il numero di targa. Non c'era la S di Stoccarda come sulla macchina di suo padre, bensì la sigla di Fahlenberg.

FAH SL 603

SL, come STAI LONTANO, gli sibilò la voce del sogno, ma Simon non le diede ascolto.

Solo cinque passi.

La somma delle cifre di 603 era nove. Simon cercò di concentrarsi su quel numero, per dimenticare la paura.

«Nove, che cosa significa nove?» mormorò sottovoce, per non farsi sentire da Mike. «Il nove è un numero naturale. Un quadrato. L'ultimo numero a una cifra nel sistema decimale. Il nove è il numero dei centravanti nel calcio. Nove mesi sono un terzo di anno. I bambini nascono dopo nove mesi. I gatti hanno nove vite, si dice. Nel bowling ci sono nove birilli e nel sudoku nove caselle.»

Solo quattro passi.

Ora Simon sentiva l'odore dell'auto. Sapeva di metallo surriscaldato, cera e plastica.

«In numerologia il nove è simbolo di... è simbolo di... al diavolo!»

Non riusciva a ricordarlo, la paura gli bloccava la mente. Si passò il dorso della mano sulla fronte cercando di concentrarsi con tutte le proprie forze.

Solo tre passi.

«È una Ford Mondeo» riprese. «La Mondeo viene prodotta dal 1993. Prima era costruita in Belgio e dal 2014 in Spagna. Papà ha sempre guidato delle Ford. Era un cliente fedele al marchio, come si dice nelle ricerche di mercato. La versione station wagon è pratica, diceva, perché permette di caricare più roba. C'entrava tranquillamente anche l'enorme valigia rigida della mamma, quando andavamo in vacanza. A Salò, sul lago di Garda. Faceva molto caldo quell'estate, come oggi.»

Solo due passi.

Simon resistette all'impulso di voltarsi verso Mike. Doveva affrontare da solo ciò che stava per fare. Nessuno poteva sostenerlo.

Occorre molto coraggio. Di nuovo la voce di Caro, in profondità dentro di lui. *Ma tu ne hai.*

Solo un passo.

Il più difficile.

Poi sarebbe arrivato.

«È soltanto un'auto» bisbigliò. «Non può succedere niente. Devo soltanto salire.»

Si sentiva il braccio pesante come piombo e la mano gli tremava quando la allungò verso la maniglia della portiera.

E pensare che si trattava di un gesto semplicissimo. Doveva solo stringere la maniglia, tirarla e aprire la portiera. Poteva riuscirci chiunque. Milioni di persone facevano quel gesto ogni giorno e di sicuro a migliaia lo stavano facendo in quel momento. Salivano in macchina e, una volta arrivati a destinazione, scendevano. Senza pensarci. Era qualcosa di naturale.

Per lui invece no. Per lui era come entrare all'inferno.

L'inferno!

In quel momento gli tornò in mente. In numerologia il numero nove era il diavolo in persona. L'occulto, l'oscuro, il proibito.

No, no, no! Non devo pensarci ora! Salirò e basta. Come prima, quando tutto era a posto.

Si immaginò che i genitori fossero già a bordo e lo aspettassero. Che volessero fare solo un salto al supermercato e che lui ne fosse contento.

Magari poteva comprarsi un nuovo gioco per il pc o un manuale di matematica con i soldi della paghetta. Non se ne avevano mai abbastanza. Magari ne avrebbe trovato uno che spiegava il teorema di Pitagora in modo che Caro potesse capirlo facilmente.

Sì, l'idea gli piaceva. Caro aveva ragione, nella fantasia tutto era possibile.

Di colpo il braccio gli divenne più leggero. Riuscì ad afferrare la maniglia e ad aprirla senza fatica.

Ecco fatto! Nessun problema.

Salì dietro, a destra, come sempre.

Adesso gli sembrava davvero di essere seduto in macchina con i genitori. C'era lo stesso odore, il tipico odore di automobile, plastica e tessuto, e anche i sedili avevano lo stesso rivestimento di serie.

«Ci sono, possiamo partire» disse rivolto ai due sedili vuoti davanti a lui con un risolino.

La sua risata era ancora incerta, ma sollevata. Per qualche

motivo la situazione adesso gli appariva persino divertente. Di che cosa aveva avuto paura prima?

«Sono perfettamente rilassato, vedete? Freddo come il naso di un cane. Allora, siete orgogliosi di me?»

Naturalmente non ottenne risposta, ma era convinto che i suoi genitori sarebbero stati orgogliosi di lui, se avessero potuto vederlo.

«Sono coraggioso, sapete. Non ho più paura. Vedete, adesso chiudo anche la portiera. Non c'è niente di cui aver paura. È solo una macchina.»

Non gli importava cosa poteva pensare Mike o chiunque altro vedendolo parlare con due sedili vuoti.

In quel momento Michael e tutti gli altri non contavano nulla. L'importante era non avere più paura. Era l'unica cosa che contava.

«Funziona!»

Simon lanciò un'esclamazione di giubilo e chiuse la portiera. Quindi si allacciò la cintura.

«Sono pronto per partire» disse verso i sedili. «Dove andiamo?»

Piegò il capo all'indietro fino a toccare il poggiatesta. C'era silenzio nell'auto. Un bel silenzio. Non c'era nulla di minaccioso.

Simon alzò gli occhi verso il tettuccio bianco e sospirò. Quindi cominciò a ridere, finché anche l'ultimo brandello di tensione scivolò via da lui.

Finalmente!

Era passato.

Aveva vinto le proprie paure.

Si voltò sorridendo e rivolse un cenno di saluto a Mike dal vetro posteriore.

Michael era rimasto fermo a qualche metro dall'auto.

Non voleva intromettersi, quello era il grande momento di Simon. Sorrise a sua volta, ricambiò il saluto e alzò il pollice.

Visto, non è stato difficile, diceva il suo viso. *Te l'avevo detto.*

In quel momento Simon udì un lieve fruscio dai sedili anteriori.

«Ciao, Simon.»

Si voltò di scatto. La voce proveniva dal posto del guidatore.

Ma non c'è nessuno seduto lì!

Fissò sgomento lo schienale di sinistra. Non si vedeva nessuno neppure nello specchietto.

Il sedile del guidatore avrebbe dovuto essere vuoto, e invece...

«Non siamo affatto orgogliosi di te» disse la voce. Simon la riconobbe.

«Papà?»

«Nemmeno un po'» aggiunse un'altra voce. Proveniva dal sedile del passeggero e somigliava tantissimo a quella della madre quando si arrabbiava.

Poi gli schienali si mossero scricchiolando piano. Subito dopo due figure spaventose si sporsero tra i sedili, rivolte verso di lui.

Simon sgranò gli occhi e spalancò la bocca mentre osservava le due creature che in vita erano stati i suoi genitori. I loro corpi erano carbonizzati. In alcuni punti bruciavano ancora. Un sottile filo di fumo saliva da loro e all'improvviso l'auto si riempì dell'acre puzzo di carne bruciata.

Le due creature lo fissavano con occhi fiammeggianti, disumani. Erano occhi malvagi, pieni di odio, dove si agitava una rabbia sconfinata.

«Saresti dovuto morire anche tu» gracchiò quella cosa

deforme e agghiacciante che un tempo era stata sua madre. A ogni parola, dalla sua bocca nera uscivano sbuffi di fumo.

Anche la seconda figura digrignò i denti e increspò la faccia ustionata a un sorriso maligno. In quel volto niente ricordava più il padre.

« Adesso non puoi più sfuggire! » alitò.

Simon si mise a gridare come un ossesso. Cominciò a dimenarsi in maniera incontrollata, scosso da violenti brividi di freddo.

Afferrò la cintura e cercò disperatamente di liberarsi, senza riuscirci.

I due spettri protesero le braccia verso di lui. Braccia carbonizzate fino all'osso. Le dita scheletriche e annerite si allungarono nel tentativo di ghermirlo.

« Vieni con noi, Simon. Vieni dove è il tuo posto! »

Le loro voci erano sinistre e contorte, come se uscissero da gole fuse insieme. Scoppiarono in una raccapricciante risata liquida avvicinandosi a lui sempre più minacciose.

Tra poco lo avrebbero preso e lo avrebbero trascinato con loro... *all'inferno!*

Simon continuava ad armeggiare con la fibbia della cintura, in preda al panico. Non riusciva a capire. Le dita fredde e sudate scivolavano sul metallo.

Le mani scheletriche lo avevano quasi raggiunto, quando udì uno scatto. Impiegò ancora una frazione di secondo prima di capire di avercela fatta.

Era libero!

Spalancò la portiera, senza smettere di gridare. Si precipitò fuori e cadde con violenza sulla ghiaia. Una fitta bruciante gli si propagò dal ginocchio, e poi all'improvviso tutto cominciò a girare intorno a lui.

Stiamo cappottando! pensò, e poi da qualche parte nelle vicinanze gli giunse la voce di Mike che lo chiamava per nome.

«Simon! Cazzo, piccolo, che ti succede?»

Poi tutto scomparve intorno a lui in un caos di luci e suoni e Simon non riuscì a pensare più a niente.

Il corpo era scosso dai sussulti e lo stomaco era contratto come se fosse schiacciato da una pressa d'acciaio.

Vomitò. I conati si susseguirono, finché non aveva più niente da tirare su. Ma continuarono ancora. Quando infine gli parve di soffocare, la crisi passò.

Si mise seduto ansimando sfinito. Gli girava ancora la testa. Si passò il dorso della mano sulla bocca per pulirla dalla saliva. Finalmente la nausea passò e Simon vide la chiazza di vomito che si allargava davanti a lui.

Fissò disgustato l'ammasso di purè, sugo e pesce semidigerito sparso sulla ghiaia.

A pochi centimetri vide un paio di ballerine rosse e una catenina d'oro alla caviglia sinistra con appeso un cuoricino rosso.

Lo stesso rosso delle scarpe. Ho rischiato di vomitarci sopra, pensò con il massimo distacco.

Di colpo le ballerine sembrarono riscuotersi dalla loro fissità e i piedi fecero un rapido salto all'indietro. Un po' più in alto Simon udì un grido di repulsione.

Alzò la testa confuso e si ritrovò a guardare la faccia sgomenta di Melina.

«Hm... ciao, Simon...»

Non riuscì a dire altro.

37

All'inferno!

È quello il tuo posto!

Le parole rabbiose dei fantasmi dei suoi genitori sembravano riecheggiare dalle piastrelle del piccolo bagno a casa di Mike.

Simon cercò di ignorarle. Aggrappandosi allo stendibiancheria nella vasca, raggiunse il lavandino, aprì il rubinetto e mise la testa sotto il getto d'acqua.

Ci volle un po' di tempo, ma alla fine l'acqua gelida lo aiutò a superare lo choc. Simon se la lasciò scorrere addosso fino a sentire il cuoio capelluto intorpidito e formicolante. Chiuse il rubinetto, appoggiò le mani al bordo del lavandino e si guardò allo specchio.

Aveva di fronte un volto cereo con gli occhi arrossati e circondati da occhiaie scure. Esprimeva ancora il terrore e la tristezza, la tristezza infinita, che aveva provato.

Perché era finita così?

Perché, maledizione, la sua fantasia gli giocava quei brutti scherzi?

Quando sarebbe finita una volta per tutte?

Non bastava aver perso i genitori in modo tanto crudele? Perché ora immaginava cose ancora più spaventose?

Sono i tuoi rimorsi, disse la voce del dottor Forstner nella sua testa. *Perché tu sei sopravvissuto e i tuoi genitori no.*

«Non finirà mai?» bisbigliò rivolto allo specchio.

Peccato che il ragazzo magro e pallido non avesse una risposta.

Simon guardò la mensola sotto lo specchio dove Mike teneva il rasoio. La luce si rifletteva sulla lama e per un istante Simon avvertì un pizzicore alle cicatrici ai polsi.

Non pensarci nemmeno, gli parve di sentire la voce di Caro alle sue spalle. Era come se fosse lì con lui, e avrebbe tanto voluto che fosse così.

«Forse dovrei telefonare al dottor Forstner» si chiese. «Magari prendere un appuntamento.»

Non era una cattiva idea, ma non era fattibile. Lo psichiatra era ancora in vacanza. Gliel'aveva detto lui stesso durante il loro ultimo colloquio. Simon però poteva rivolgersi al suo collega.

Ma Simon non aveva nessuna intenzione di chiamare il dottor Grünberg. Lo avrebbe ricoverato e gonfiato di farmaci. Era tutto ciò che Grünberg prescriveva ai membri del rispettabile club dei fuori di testa.

Gli sembrava già di sentire la voce dello psichiatra con il difetto di pronuncia e gli occhiali spessi: «Prendi le tue medicine, stai tranquillo e vedrai che passerà tutto». Dalla sua bocca la parola «passerà» diventava «pafferà».

Per un po' Simon gli aveva creduto, e aveva seguito la terapia, convinto che sarebbe «paffato» tutto.

Ma era servito davvero?

No.

Altrimenti adesso sarebbe guarito e sarebbe riuscito a salire su un'automobile senza che gli apparissero i cadaveri dei genitori per trascinarlo via.

All'inferno!

Fu assalito da un tremito e si sedette sul gabinetto. Poi appoggiò i gomiti sulle ginocchia e nascose il viso tra le mani.

Quanto avrebbe voluto piangere. Almeno un po', per liberarsi della pressione che gli opprimeva l'anima.

Qualcuno bussò.

«Tutto bene?» Era Mike. «Ti serve qualcosa?»

«Tutto bene» rispose Simon con voce roca e stentata. «Arrivo subito.»

«Okay. Melina ha preparato un tè. Siamo in salotto.»

I passi si allontanarono e subito dopo nel bagno tornò il silenzio assoluto. Si udiva solo il tubare di un colombo appollaiato sul tetto, da qualche parte vicino all'abbaino.

Simon aveva l'impressione che lo stesse deridendo. Era

come se il verso dell'uccello ripetesse: «Perdente! Perdente! Perdente!» Non poté fare a meno di pensare a Ronny.

Guardate questo smidollato, lo sentì. *Non riesce nemmeno a salire in macchina, è proprio pazzo. Vieni qua, che ti tolgo quelle fissazioni dalla testa con una bella ripassata!*

Simon si strofinò il viso con le mani e si schiaffeggiò piano. Sentì dolore, ma provò anche un certo sollievo. Ed era necessario, perché di sicuro Mike doveva sentirsi già abbastanza in colpa. In fondo era stata sua l'idea di far salire Simon su quella macchina. Se ora lo avesse visto così pallido, non se la sarebbe perdonata. E Simon non voleva assolutamente che accadesse.

Mike aveva voluto aiutarlo. Dopotutto con lui da bambino una cura radicale di quel genere aveva funzionato. Lo aveva liberato dalla paura dell'acqua.

Evidentemente per Simon era diverso. Affrontare le proprie paure non gli serviva a superarle, al contrario lo sconvolgeva, facendogli vedere cose ancora più spaventose. Era proprio fuori di testa.

Quando a Simon parve che le sue guance avessero ritrovato un po' di colorito, si alzò. Si appoggiò al bordo della vasca, rischiando di rovesciare lo stendibiancheria. Lo afferrò all'ultimo istante e lo rimise a posto. Quindi raccolse due calzini di Michael e uno slip di Melina che erano caduti dentro la vasca e li riappese.

Si bloccò di scatto esaminando meglio le mutandine.

Strano, pensò, *ne ho già vista una simile di recente.*

Impiegò qualche istante, sicuramente per i postumi dello choc, ma poi ripensò allo slip che Caro aveva raccolto sotto il letto dell'hotel. Un paio di semplici mutandine nere, identiche a quelle che teneva in mano ora.

La ispezionò con cura, fino a trovare l'etichetta con il marchio H&M.

Niente di speciale, era un capo normalissimo. Chiunque aveva certa biancheria da poco nell'armadio, non solo Melina. Anche alcune mutande di Simon erano di H&M. Sua madre andava spesso a fare acquisti lì. Per le mutande si poteva risparmiare, soprattutto sui ragazzi, diceva sempre. Meglio pensare a ciò che si indossava sopra.

Il fatto che Melina indossasse lo stesso tipo di slip che Caro aveva trovato all'hotel abbandonato non significava proprio niente.

E anche in caso contrario non era affar suo.

In quel momento aveva ben altre preoccupazioni.

38

Tanti anni prima, il giorno dell'incendio al cassonetto, nel tardo pomeriggio tre poliziotti avevano suonato alla porta degli Strode. Due indossavano l'uniforme e il terzo, un tipo muscoloso con un taglio di capelli militare, portava jeans e giubbotto di pelle.

Si era presentato come commissario capo Webber e aveva mostrato a Mike il distintivo.

«Dov'è il suo trench?» aveva chiesto Simon. «I commissari portano sempre il trench.»

Webber gli aveva sorriso. «Non dovresti credere a tutto ciò che vedi nei telefilm, ragazzo.» Poi era tornato serio e si era rivolto a Mike. «I vostri genitori sono in casa?»

«No, e non so nemmeno quando torneranno» aveva risposto Mike, pur sapendo benissimo che la madre sarebbe rientrata di lì a poco dalla spesa e il padre sarebbe rincasato dal lavoro un'ora dopo. «Di cosa si tratta?»

«Vorremmo sapere che cosa ci facevate voi due accanto ai cassonetti. Vi hanno visto lì.»

Simon ricordava ancora perfettamente l'espressione seria con cui il commissario li aveva scrutati. Di sicuro si aspettava di leggere la colpevolezza sui loro visi, e con Simon c'era quasi riuscito. Ma poi Mike aveva fatto un passo avanti.

«L'avete trovata?» aveva domandato, provocando un'occhiata stupita da parte di Webber.

«Trovata? Che cosa avremmo dovuto trovare?»

«La mia macchina. Una Porsche Carrera 911 tipo 997. L'avevo costruita io stesso.»

«Mi vuoi prendere in giro, ragazzo?»

Simon aveva capito all'istante le intenzioni del fratello ed era corso in suo aiuto. «No, dice sul serio. Si riferisce al suo modellino. Era sparito e siamo usciti a cercarlo. Posso farvi vedere il telecomando, se volete.»

«No, non importa» aveva risposto Webber, tornando a fissarli con quel suo sguardo intenso. «Avete fumato là fuori?»

Michael aveva scrollato il capo con enfasi. «Fumare, noi? Nemmeno per sogno!»

«Papà dice che il fumo fa venire il cancro e che si muore soffocati con grandi sofferenze» aveva aggiunto Simon, questa volta dicendo la verità. Il padre non aveva mai tollerato il fumo.

«Quindi significa che se ora perquisissimo l'appartamento non troveremmo nemmeno una sigaretta?» aveva insistito Webber. Simon aveva scosso la testa.

«Tanto per cominciare qui non fuma nessuno» aveva dichiarato. Non era del tutto vero, perché la madre di tanto in tanto usciva sul balcone a fumarsi una sigaretta, soprattutto quando era arrabbiata. «In secondo luogo non potete perquisire l'appartamento così. Dovete avere un mandato, ma sono certo che non ce l'avete, giusto?»

Webber era scoppiato in una sonora risata. «Ti consiglio di studiare legge da grande» aveva detto a Simon. «Saresti un perfetto avvocato.»

«No, non studierò legge» aveva risposto serio Simon. «La matematica è molto più esaltante.»

«Ah, be', se lo dici tu. In ogni caso sareste entrambi due pessimi giocatori di poker. In futuro state più attenti a giocare col fuoco, intesi? Potreste farvi male.»

Loro glielo avevano promesso continuando a fissarlo con espressione innocente.

Poi Webber aveva augurato loro buona fortuna nella ricerca della Porsche di Michael e se n'era andato. Gli altri due poliziotti lo avevano seguito. Non avevano pronunciato nemmeno una parola, ma uno di loro li aveva fissati con espressione di avvertimento.

Di nuovo soli, Mike aveva guardato il fratello e si era scusato con lui.

«Non volevo coinvolgerti, piccolo. Scusa, se hai dovuto mentire per me. So quanta fatica deve esserti costato.»

«Non c'è problema» aveva risposto Simon. «Dobbiamo restare uniti.»

«E così sarà. Staremo insieme per sempre.» Michael gli aveva offerto la mano per battere il cinque.

«Insieme per sempre» aveva ripetuto allegramente Simon, quindi i due fratelli si erano stretti la mano per suggellare il giuramento.

39

Quando Simon uscì dal bagno, Mike era seduto sul vecchio divano sfondato in salotto e lo guardava con l'espressione colpevole di tanti anni prima.

Ne erano passati otto, per la precisione. Mike era diventato un uomo, gli era cresciuta anche la barba. Tuttavia in quel momento era identico al quattordicenne per il quale Simon aveva mentito per un cassonetto incendiato.

«Ti sei ripreso?»

Simon si sedette nella poltrona accanto al fratello e abbozzò un cenno d'assenso. «Più o meno.»

«Mi spiace» disse Mike. «Mi spiace un casino. La mia è stata un'idea del cavolo.»

«È tutto a posto.» Simon si guardava le mani, che gli tremavano ancora. «Non è stata colpa tua. Se non altro ci abbiamo provato.»

«Comunque è stato stupido da parte mia, e vorrei che sapessi che mi dispiace sul serio.» Mike gli prese la mano e gliela strinse con forza. «Ho sottovalutato il problema. È stato idiota credere che potesse funzionare.»

Melina uscì dalla cucina e posò una tazza fumante davanti a Simon. Era gialla e aveva la forma di un Minion con gli occhi sporgenti rivolti verso l'alto. Il braccio, ripiegato a formare il manico, indicava il bordo della tazza, e all'interno c'era scritto a lettere maiuscole CATTIVISSIMO ME.

Anche Simon si sentiva cattivo, incorreggibile. *Non c'è niente da cambiare in me*, pensò. *Tutto è destinato a restare così com'è.*

«Bevi» gli disse sedendosi accanto a Mike. «Tuo fratello aveva solo della camomilla, ma fa bene per calmare lo stomaco.»

«Grazie.» Simon afferrò la tazza con entrambe le mani,

per non rovesciare il contenuto. La tisana aveva il profumo familiare di quando gliela preparava sua madre. Di solito succedeva quando era malato. In quelle occasioni era presente, si era presa cura di lui.

Anche adesso si sentiva debole e malato, ma era tutto diverso.

«Io sono Melina, ma forse lo sai già.»

Simon notò di nuovo che Melina era in tutto e per tutto il tipo di ragazza che piaceva a Mike. Bionda e dai vivaci occhi azzurri.

Simon soffiò sulla camomilla fumante e annuì. «Sì, Mike mi ha raccontato di te. Scusa per prima. Ti ho quasi vomitato sulle scarpe.»

Lei fece un gesto sbrigativo e sorrise. «Niente di grave. Se ti va, posso portarti anche una Coca e dei cracker. Con il caldo che fa non sarebbe una cattiva idea. Inoltre sale e zucchero ti farebbero bene.»

«No, grazie.» Simon sorseggiò l'infuso. Era bollente e molto forte. Melina aveva lasciato la bustina nell'acqua molto più a lungo di quanto faceva sua madre.

«Preferisci dei pistacchi?» domandò lei, muovendosi come per alzarsi. «Posso andare a prenderteli. Oppure delle patatine? Devono esserne rimaste da ieri.»

Simon scrollò il capo. «Grazie. La camomilla va benissimo.»

Mike lo osservò preoccupato. «Va tutto bene, piccolo? Non mi sembri a posto.»

D'un tratto Simon avvertì un bruciore agli occhi. Avrebbe voluto piangere. Non gli sarebbe importato che Mike e Melina lo vedessero.

Ma non ce la faceva. Non riusciva a piangere. Nemmeno una lacrima.

Posò con cautela la tazza sul tavolino e guardò il fratello maggiore.

«Mike, da solo non ce la faccio.» La sua voce era incerta, quasi rotta dal pianto. «Ci ho provato, ma l'hai visto anche tu cosa è successo. Ho bisogno di te. Promettimi che non mi lascerai solo. Rimarremo sempre insieme, come una volta, vero?»

Un'espressione bizzarra comparve sul viso di Mike. Anche lui iniziò a impallidire.

Melina si sporse in avanti sul divano e si voltò verso di lui. Sembrava sorpresa.

«Non gliel'hai ancora detto?»

Mike strinse i pugni e se li batté sulle cosce. «E quando, per la miseria!» esclamò. «Non ne ho avuto l'occasione!»

Melina scosse la testa contrariata, poi fece un cenno verso Simon. «Accomodati, ora è l'occasione giusta. Diglielo, una volta per tutte.»

Simon guardava Mike, poi Melina, senza capire. In realtà una parte di lui *intuiva* che cosa ci fosse in ballo: qualcosa che preferiva non sapere.

L'altra parte di lui, quella più razionale, lo voleva sapere. Perché riguardava *lui*. Almeno di questo era sicuro. Lo leggeva negli occhi di Mike.

«Che cosa sta dicendo, Mike? Che cosa mi devi dire?»

Mike si passò una mano tra i capelli, sospirò e si sporse in avanti a sua volta, fino a trovarsi seduto sul ciglio del divano.

«Ecco, vedi, il fatto è che...» Si leccò le labbra, alla ricerca delle parole giuste. «Insomma, noi... Melina e io... noi vogliamo... sì...»

«Mike si trasferirà con me a Heidelberg» lo interruppe Melina senza smettere di guardare Simon. «Abbiamo trovato un appartamento lì.»

Quelle parole colpirono Simon con una violenza inaudita.

Era come se Melina gli avesse gettato in faccia la camomilla bollente, o gli avesse dato un pugno nello stomaco, come aveva fatto spesso Ronny.

«Che cosa?» esclamò, balzando in piedi. «Andrete a...»

«Heidelberg» ripeté lei con calma. «Ecco, adesso lo sai.»

«Simon, per favore, siediti» disse Mike con un gesto accomodante. Poi scoccò un'occhiata piena di collera a Melina. «Ma brava, bravissima! Hai avuto proprio un gran tatto. E vorresti studiare psicologia, tu! Be', sappi che hai ancora molto da imparare.»

«Non capisco perché te la prendi tanto, adesso» ribatté la ragazza. «Simon ha il diritto di saperlo. La tua reticenza non lo aiuta. Al contrario, gli ha reso le cose ancora più difficili. Guarda com'è sconvolto. Prima o poi era giusto che lo sapesse. Volevi aspettare a dirglielo il giorno del trasloco?»

Simon osservava entrambi, allibito. Aveva sempre creduto che la sua situazione non potesse peggiorare. E invece stava accadendo il contrario.

«Mike» disse con voce distaccata. «Ti prego, Mike. Non puoi farmi questo. Non puoi... vuoi davvero abbandonarmi così? Non ho nessuno a parte te!»

«Senti, piccolo» ribatté Mike alzandosi a sua volta. «Hai sempre zia Tilia. Lei...»

«Non è la stessa cosa!» gli urlò Simon. «Smettila di chiamarmi piccolo, capito? Non sono più il tuo piccolo, perché tu non sei più come prima. Nemmeno un po'! Altro che 'non c'è spazio nemmeno per un foglio di carta tra di noi'! Solo un mucchio di parole vuote. Ho mentito per te, quando ne avevi bisogno. Sono sempre stato dalla tua parte. Forse non tanto quanto tu per me, ma ho sempre fatto del mio meglio. E adesso mi lasci qui da solo, brutto... brutto stronzo!»

Michael sussultò, come se Simon gli avesse dato uno schiaffo. Forse lo avrebbe addirittura preferito.

«Simon! Per favore, ascoltami! Io...»

«No!» gridò Simon.

Intorno a lui tutto diventò rosso scuro, rosso come il tramonto che era sceso sulla Ford blu. Un rosso allarmante, malvagio.

«Lasciami stare, Mike! Non voglio più sapere niente di te. Mai più! Per me è come se voi due non esisteste!»

Poi uscì di corsa dall'appartamento.

Michael lo chiamò, ma Simon si tappò le orecchie con le mani.

40

A volte qualcosa ci spezza. Non sentiamo alcun rumore, neppure ce ne accorgiamo. Eppure fa malissimo. È un dolore così violento che ci sembra non passerà mai. Nemmeno tra mille anni.

Era quello che provava Simon, in piedi nella cantina di Tilia a frugare a casaccio negli scatoloni del trasloco dove erano custoditi i resti della sua vita precedente. Giocattoli con cui aveva giocato di nascosto, a volte fino a tarda notte. Libri che aveva letto con passione e sulle cui copertine posava gli occhi la sera prima di addormentarsi. Cd di racconti e musica, che aveva ascoltato decine di volte.

In quegli scatoloni c'erano tantissime cose che gli ricordavano un'epoca felice, spensierata. Una casa che lo aveva protetto dal grande e vasto mondo, caotico e spesso minaccioso. Un luogo al quale apparteneva e dove si era sentito al sicuro.

Ora quelle tracce erano abbandonate in un angolo di una cantina fresca e umida che sapeva di frutta troppo matura.

Trovò un libro di fiabe illustrato che la mamma gli leggeva quando era molto piccolo. Troppo piccolo per leggere da solo.

Sfogliò le pagine guardando le figure. Ognuna era legata a ricordi bellissimi.

I musicanti di Brema, per esempio. Una fiaba che aveva amato molto, tanto che i genitori alla fine lo avevano portato in gita in quella città, per ammirare la scultura con l'asino, il cane, il gatto e il gallo collocata davanti al municipio.

Oppure *Il gatto con gli stivali*, che li aveva fatti ridere di gusto entrambi, quando la mamma imitava la voce dell'astuto protagonista.

E naturalmente *Madama Holle*, dove Simon si era sempre chiesto quanto dovesse essere freddo il letto se i cuscini erano pieni di neve.

Chiuse il libro e se lo strinse al petto. Poi si mise seduto sul pavimento impolverato davanti agli scatoloni a fissare la parete di fronte, dove una lunga mensola conservava l'eredità dei nonni. Una vecchia lampada a stelo, diversi vasi di fiori, un televisore antiquato, numerose scatole di addobbi natalizi, libri e dischi, e tantissimi attrezzi del nonno.

Tutto era coperto da uno strato di polvere e questo gli fece pensare all'hotel abbandonato nel bosco. Anche questo era un luogo in cui i ricordi del passato sbiadivano per svanire lentamente del tutto.

Aveva chiesto a Caro quale fosse la sua paura più grande.

La solitudine, come per te, gli aveva risposto. *E il fatto di essere dimenticata.*

«Anch'io sarò dimenticato» bisbigliò nel silenzio tombale della cantina. «Perché nella loro vita non c'è posto per me.»

E poi la stanza si offuscò mentre gli occhi gli si riempivano di lacrime calde che gli sgorgarono sulle guance.

Finalmente, pensò, *finalmente riesco a piangere!*

Pianse a lungo. Lasciò che tutto uscisse da lui, gli faceva bene.

Intanto stringeva al petto il libro di fiabe.

41

«Ecco dove ti eri cacciato.»

Spaventato, Simon alzò gli occhi verso il fratello. Non lo aveva sentito scendere le scale.

Mike tirò fuori un grosso vaso panciuto da sotto il banco da lavoro del nonno, lo rovesciò e ci si sedette.

«Possiamo parlare?»

Simon si strinse nelle spalle, senza lasciare il libro che teneva tra le braccia. Gli dava sostegno e un po' di sicurezza.

«Ascoltami, Simon» disse Michael schiarendosi la voce. «Mi dispiace per quello che è successo prima. Non sarebbe dovuta andare così. Volevo parlarti del trasloco. Sul serio. Fin dall'inizio. Ma per qualche motivo non c'è mai stata l'occasione giusta e non volevo renderti le cose ancora più difficili, capisci? Ne abbiamo passate tante, tu ancora più di me. Volevo che prima ti ambientassi almeno un po'. Perché mi rendo conto che per te non sarà facile.»

«Non importa.» Simon chinò lo sguardo sul pavimento, dove un batuffolo di polvere danzava nella corrente d'aria creata dalla porta aperta. «Tu hai una vita da vivere, l'ho sempre saputo. Non posso aspettarmi che tu sia sempre a mia disposizione. Le cose cambiano.»

«No, Simon. Per noi non è cambiato niente. Io ci sarò sempre per te, lo sai. Fahlenberg non è in capo al mondo, puoi venirci a trovare tutte le volte che vuoi. E ovviamente anch'io verrò qui spesso.»

«Sì, certo» disse Simon senza guardarlo. Non sopportava lo sguardo di Mike. Un addio a rate era l'ultima cosa che avrebbe potuto affrontare adesso. «Ci telefoneremo e ci vedremo. Va bene.»

Michael sospirò e si massaggiò le tempie. «Prima o poi anche tu conoscerai qualcuna che sarà più importante di tutto il resto» disse. «A me è successo con Melina. È una cosa seria. Andiamo d'accordo, anzi, io la amo. Non mi sarà facile andarmene da qui, puoi credermi, ma vorrei stare insieme a lei.»

Simon pensò a Caro e annuì. Valutò brevemente se fosse il momento giusto di parlarne con Mike, ma poi preferì non farlo. Caro non c'entrava niente con quello che stava accadendo tra lui e Mike.

«Ti capisco, non immagini quanto» disse. «Ma perché dovete trasferirvi proprio a Heidelberg? Potreste anche rimanere qui.»

«Non è possibile.»

«E perché?»

«Perché qui non c'è l'università per Melina» rispose Mike tracciando con la punta del piede un motivo a zigzag sul pavimento. «Per lei è importante laurearsi e la voglio sostenere in ogni modo possibile. Ha dovuto impegnarsi molto per ottenere la borsa di studio ed ero così orgoglioso, quando gliel'hanno data. Allora abbiamo subito cercato un appartamento che costasse poco. Cavolo, è stato difficile. Non sai quanto sono stato contento quando poi ho trovato anche un lavoro per me. Mi pagano persino meglio che qui a Fahlenberg, e inoltre ho la possibilità di frequentare un tirocinio.»

«Che bello per voi» disse Simon. «Sono proprio contento. Sul serio.»

«A sentirti non si direbbe» replicò Mike.

Simon scrollò le spalle. «Che cosa ti aspetti? Che faccia le capriole dalla gioia?»

«No, però potresti mostrarti un po' più comprensivo.»

Simon si strinse ancora più forte il libro al petto. «E chi si mostra comprensivo con me? Dici di sapere quello che ho passato, ma non credo che tu te ne renda conto nemmeno lontanamente. Altrimenti non mi lasceresti qui da solo.»

«Ma Tilia...»

«Sì, Tilia è qui per me» lo interruppe Simon. «Finché non mi spedirà in collegio. Fino ad allora si occuperà di me e di sicuro non morirò di fame. Ma lei non fa parte della famiglia di cui ho bisogno. Quello sei tu, Mike. Sei l'unico che mi conosce davvero adesso. E proprio per questo dovresti sapere quanto sia difficile per me. Se te ne andrai, rimarrò completamente solo. E qualche visita e un paio di telefonate non cambieranno certo le cose.»

Michael chinò lo sguardo sulle mattonelle coperte di polvere. «Tu non puoi ancora capire adesso, picc...» Si interruppe, si passò una mano sul viso e riprese. «Simon, tu non sei l'unico ad avere bisogno di me. Anche Melina ne ha altrettanto. Per lei non è stato facile. Diversamente da noi, non ha mai conosciuto sua madre. È morta quando lei era appena nata. E suo padre era un alcolizzato che le ha creato solo problemi. A questo si aggiunge il suo ex, che era e rimane uno stronzo. Per Melina Heidelberg rappresenta un nuovo inizio. E anche per me è importante. L'incidente mi ha scombussolato profondamente. Ci sono tante cose che devo rimettere in ordine. Sai bene che non ho mai avuto un buon rapporto con papà e mamma. Mi hanno buttato fuori di casa e, se non fosse stato per Tilia, la mia vita avrebbe preso un'altra strada.»

«Perché sei sempre stato così ribelle?» chiese Simon.

«Papà e mamma ti volevano bene. Quando te ne sei andato, abbiamo sentito tutti la tua mancanza.»

«Secondo me l'hai sentita soprattutto tu» disse Michael con una sfumatura triste nella voce. «Proprio come tu sei mancato a me. Insieme siamo stati davvero bene.»

Simon lo guardò e gli occhi gli si riempirono di nuovo di lacrime. Sembrava che dovesse piangere tutte le lacrime mai versate fino ad allora.

«Possiamo tornare a stare insieme come prima» disse.

«Ah, fratellino» sospirò Mike. «C'è ancora molto che devi imparare. Non si può riportare in vita il passato. Non sarebbe la stessa cosa, capisci?»

«Però potremmo provarci, Mike. Tu e io, la coppia invincibile. Dicevi sempre così, ricordi?»

Mike sorrise. «Già, e lo eravamo. La coppia invincibile. Per certi versi lo siamo ancora, ma in maniera diversa, più adulta. Non siamo più bambini, Simon. E tu non sei più il piccolo, l'ho capito stasera. Per questo non possiamo far tornare in vita i vecchi tempi. Sarebbe come riutilizzare due volte la stessa capsula di caffè. Come quella volta, per la festa della mamma, quando volevamo preparare la colazione, ma era finito il caffè. Te lo ricordi?»

Simon annuì in silenzio. Ovvio che se lo ricordava.

«E ti ricordi che cosa disse la mamma al primo sorso di caffè? Che sapore aveva il nostro caffè?»

Simon sorrise suo malgrado. «Disse che sapeva di calzini vecchi.»

«Bravo» confermò Mike con un cenno del capo. «Calzini vecchi. Non possiamo fingere che tutto sia come prima. Perché non è così. La vita va avanti, fratello mio. Sempre più avanti, senza fermarsi mai. Perciò cerchiamo di seguirla. Tu, io e Melina. Di entrare in un nuovo futuro.»

Simon esaminò il libro che teneva tra le braccia, riflettendo sulle parole di Mike.

«Non voglio perderti» disse alla fine. «E non voglio neppure che un giorno ti dimentichi di me, perché la tua nuova vita è diventata più importante.»

«Non succederà» dichiarò Michael prendendogli la mano. «Te lo prometto.»

Si guardarono a lungo, senza parlare. Le parole non erano necessarie: Simon sapeva che anche stavolta la promessa di Michael non sarebbe durata, non poteva durare. Quel genere di promessa valeva solo finché le circostanze della vita non mutavano. Ora lo aveva capito.

Quando si erano giurati di restare insieme per sempre, erano ancora due ragazzini. Adesso erano due giovani e un giorno sarebbero stati due adulti. E tutte le volte la vita sarebbe cambiata per loro, insieme alle cose e alle persone importanti.

Michael non poteva promettergli niente, non poteva offrirgli nessuna garanzia. Poteva consolarlo, ma per poco tempo. Gli unici che si sentono traditi sono coloro che si aspettano stabilità e sicurezza. Faceva male, ma era la verità.

Dopo essere rimasti seduti in silenzio per quella che sembrò un'eternità, Mike lasciò la mano di Simon e si alzò.

«Bene, sarà meglio che riporti la macchina in officina, prima che qualcuno si accorga che è sparita» disse rimettendo a posto il vaso sotto il banco da lavoro. «Poi andrò a vedere come sta Melina. Prima abbiamo litigato di brutto. A volte è un po' brusca, ma non devi prendertela con lei, capito? È fatta così. Melina preferisce affrontare le cose di petto. Non è sempre la strategia migliore, secondo me, ma se non altro con lei sai sempre cosa aspettarti.»

Simon annuì. «Assomiglia un po' alla mamma, non trovi?»

«Spero proprio di no» ribatté Mike facendogli l'occhiolino. «Altrimenti mi toccherebbe di nuovo rimanere chiuso in casa con il divieto di guardare la televisione.»

«E dovresti anche rimettere in ordine l'appartamento» aggiunse Simon.

Michael finse di spaventarsi a morte e agitò la mano con enfasi esagerata.

«Puah! Pulizie! Riordinare! Il mio incubo!»

In altre circostanze Simon avrebbe riso delle doti istrioniche di Mike. Ma ora riuscì ad abbozzare solo un sorriso.

Il suo incubo, pensò. *Che cosa ne sai tu di incubi, fratellone?*

«In ogni caso vorrei che tu rimanessi qui» disse una volta che Mike fu tornato di sopra.

Quel desiderio rimase da solo con lui in cantina.

42

La notte fu ancora più afosa e soffocante. Nell'angusta stanzetta degli ospiti l'aria sembrava essersi trasformata in un pesante liquido viscoso. Simon era sdraiato sul letto in mutande da più di tre ore, sudava e non riusciva a addormentarsi.

Gli avvenimenti della giornata precedente gli affollavano la mente in una spirale di pensieri. Caro, l'hotel, la Ford blu, gli spettri dei genitori (o meglio l'allucinazione che lo aveva assalito in auto), Mike, Melina, Heidelberg... Si sentiva trascinato nelle rapide di un fiume impetuoso e tutti i rami a cui cercava di aggrapparsi si spezzavano irrimediabilmente.

Ormai doveva essere quasi mezzanotte. Tra poco avrebbe sentito di nuovo i rintocchi del campanile di Kössingen. Stavolta dodici colpi nell'oscurità.

Il calore lo opprimeva come una coperta di piombo sul petto. Di dormire neanche a parlarne.

Era andato in bagno già quattro volte a spruzzarsi dell'acqua fredda sul viso, a sciacquarsi braccia e gambe. Il refrigerio durava pochissimo, poi era di nuovo in un bagno di sudore.

A questo si aggiungevano le voci di Michael e Melina che gli arrivavano dalla finestra aperta. Stavano litigando.

Avevano cominciato appena Michael era tornato dall'officina dopo aver riportato la Ford. Simon distingueva chiaramente il proprio nome. Non capiva cosa si stessero dicendo, ma di sicuro la discussione riguardava anche lui.

Era orribile. Simon odiava i litigi e non sopportava quando le persone si urlavano addosso. Oggi lo aveva fatto anche lui e se n'era pentito. Era molto dispiaciuto. Non era sua abitudine.

Se solo avessero smesso. I litigi non risolvevano mai i problemi. Al contrario, bisticciare creava soltanto altre difficoltà.

Non voleva più sentirli. No, basta!

Rimase sdraiato premendosi le mani sulle orecchie. Funzionava, ma, appena si appisolava e le mani gli scivolavano sul cuscino, veniva svegliato dalle voci di Mike e Melina.

Fissò il soffitto con gli occhi pieni di lacrime. I rami del ciliegio davanti alla finestra gettavano lunghe ombre al chiarore della luna. Si muovevano sopra di lui in una danza spettrale agitati dalla brezza della notte.

Gli tornarono in mente le notti in clinica. Anche lì aveva osservato la danza delle ombre. Notte dopo notte.

Ma in clinica se non altro non era solo. C'era Lennard che russava nel suo angolo, oppure parlava con i morti. A volte anche con Simon, quando si accorgeva che erano entrambi svegli.

Sentì bussare alla porta e si mise seduto.

«Che c'è, Tilia?»

Dal corridoio sentì una voce sussurrare il suo nome. «Simon.»

«Entra pure.»

Ci fu un attimo di silenzio. Poi la maniglia si abbassò lentamente e la porta si aprì con altrettanta lentezza.

Il corridoio era buio e Simon scorse soltanto un'ombra che si infilava in camera sua. La sagoma non somigliava affatto alla zia. Era qualcun altro.

«Chi c'è?»

L'ombra chiuse piano la porta dietro di sé e rimase immobile in mezzo alla stanza. Chiunque fosse, non parlò.

Simon cercò di riconoscere il visitatore, ma era troppo buio.

«Che significa tutto questo? Chi sei?»

Nessuna risposta.

«Senti, non è divertente! Di' qualcosa!»

Pensò freneticamente a chi potesse essere. Tutte le sere prima di andare a letto, Tilia chiudeva a chiave la porta di casa. Da quando circolava la storia del pazzo del bosco, la zia controllava persino più volte di aver girato per bene la chiave. Nessuno poteva salire lassù senza una chiave. Ma questa donna – Simon era convinto che si trattasse di una donna – era proprio lì.

«Sei tu, Melina?»

Melina era l'unica persona a cui riuscisse a pensare oltre alla zia. Probabilmente aveva usato la chiave di Mike. Nell'appartamento accanto era calato il silenzio, non stavano più litigando. Lei quindi poteva essere uscita.

Ma che cosa voleva Melina da lui? E perché non parlava?

Di fronte all'ostinato silenzio dell'ombra, Simon cominciò a spaventarsi sul serio.

Senza perderla di vista, tastò il comodino per accendere la

luce. Era una lampada antiquata, con l'interruttore sul cavo, e Simon impiegò parecchi secondi prima di individuarlo.

Lo schiacciò, ma la lampada non si accese. Provò un'altra volta, ma con lo stesso risultato.

«No, non farlo» gli sussurrò l'ombra.

Quella non gli era familiare, ma non era né quella di Tilia né quella di Melina. Quando finalmente riconobbe a chi apparteneva, provò un tuffo al cuore.

La temperatura nella stanza scese bruscamente e Simon cominciò a tremare di paura e di freddo.

«Non accendere la luce, Simon. Non voglio che tu mi veda di nuovo così.»

Non è possibile, esclamò dentro di sé. *Non è possibile! Un'altra allucinazione.*

Ma quando scorse il bagliore che rischiarava l'ombra dall'interno, come la luce di un tizzone ardente, quando avvertì l'odore di bruciato, non ebbe più alcun dubbio.

«Mamma, sei tu?»

«Devo mostrarti una cosa» bisbigliò con voce quasi impercettibile. «È importante che tu capisca. Solo in questo modo troveremo tutti la pace.»

Simon si rannicchiò nell'angolo più lontano del letto, madido di sudore e scosso dai brividi. Se fosse stato possibile, si sarebbe infilato dentro la parete.

«È solo un sogno, vero? Che cosa sta succedendo? Non può essere vero. Non sono impazzito!»

«No» mormorò l'ombra. «Non sei pazzo.»

Simon si strofinò gli occhi nella speranza che l'ombra sparisse.

Quando tornò a guardare, era ancora lì.

«Allora perché posso parlare con te?»

«Perché noi continuiamo a vivere in te, tuo padre e io. Ed è ora che tu capisca.»

«Allora sono proprio pazzo. Come Lennard. Anche lui parla con i morti.»

L'ombra mosse lentamente la testa da una parte all'altra.

«No, tesoro mio. In realtà noi non parliamo. Sei solo tu a farlo.»

«Che cosa vuoi da me? Perché continuo a vedere quelle immagini spaventose?»

La sagoma si mosse di nuovo e indicò verso di lui. I suoi gesti erano lenti come in una moviola.

«Vieni con me. Così capirai.»

L'ombra si girò e tornò verso la porta. La aprì in silenzio e uscì nel corridoio buio.

Per un attimo si girò verso Simon e i suoi occhi si accesero. Quindi si richiuse la porta alle spalle e Simon sentì i suoi passi lievi che si allontanavano.

«Mamma, no! Aspettami!»

Si alzò di scatto, corse verso la porta e afferrò la maniglia, che poi lasciò immediatamente con un grido. Il metallo era rovente.

Sentì la madre che lo chiamava dal corridoio. La sua voce era lontana, come se fosse già in fondo alle scale.

«Vieni, Simon. Siiimon...»

Ancora un istante e sarebbe uscita di casa, e allora sarebbe stato troppo tardi. Per qualche motivo Simon era certo che sarebbe sparita e con lei le risposte alle sue domande. Sapeva anche che in quel caso la situazione sarebbe precipitata.

«Aspetta! Mamma, per favore, aspetta!»

Afferrò di nuovo la maniglia. Il palmo della mano gli bruciava in maniera quasi insopportabile, ma Simon non mollò la presa.

Dominò il dolore e abbassò la maniglia con tutta la forza che aveva. Gli sembrava che dall'altra parte qualcuno cercasse di impedirgli di aprire la porta. Alla fine riuscì a spalancarla.

Si strofinò il palmo della mano, convinto di vederlo ustionato e coperto di vesciche. Invece non c'era niente.

Non sentiva più nemmeno dolore.

Una corrente d'aria fresca lo accolse e, quando guardò oltre la porta, lanciò un'esclamazione sorpresa.

Si rese conto allora di essere in un altro sogno. Un sogno molto realistico, che si era inserito senza cesure nella realtà, ma pur sempre un sogno.

Questo pensiero gli fece provare quasi sollievo. Doveva essersi addormentato. Sì, doveva essere così. Questa era un'altra creazione del suo subconscio. Il dottor Forstner sarebbe stato fiero di lui, per la sua capacità di essere cosciente anche all'interno di un sogno.

Il corridoio era sparito. Al suo posto c'era la strada nel bosco.

Sono dall'altra parte! Stavolta vengo dall'altra parte.

Simon fece un passo avanti. Non seppe resistere, era un impulso irrefrenabile. Varcò la soglia e seguì il fantasma di sua madre.

«Mamma? Sei ancora lì? Mamma?»

In lontananza vedeva il fumo dell'auto in fiamme. La densa colonna nera saliva tra gli alberi oscurando il cielo.

Simon si guardò intorno. Non c'era più traccia di sua madre.

Poi fu assalito da un pensiero sconcertante. Forse tra poco avrebbe visto se stesso avanzare carponi sull'asfalto. Ferito, graffiato dalle schegge del lunotto posteriore dal quale era uscito dalla carcassa in fiamme. Nel sogno avanzava direttamente verso la porta della salvezza.

Ma la strada nel bosco era deserta. Si sentiva un fruscio nel sottobosco, come se qualcuno si aggirasse lì vicino.

«Mamma? Mi avevi detto di seguirti. Per favore, sono qui. Che cosa vuoi farmi vedere?»

Uno schianto improvviso lo fece sussultare. Era un rumore metallico di qualcosa che si chiudeva con forza. Forse la portiera di un'automobile.

E poi, in controluce, vide qualcosa. Qualcosa di grande. Era strisciato fuori dai rottami e andava verso di lui.

No, non era esatto. Non strisciava, scivolava. Contratto, pronto a saltare.

Dapprima non era molto visibile, perché era nero come il fumo degli pneumatici in fiamme. Ma poi, quando fu più vicino a Simon, i suoi contorni si fecero più nitidi.

Era un lupo.

Un enorme lupo da incubo, uscito direttamente dall'inferno.

I suoi occhi malvagi ardevano come braci e dalle sue fauci gocciolava un liquido rovente, simile a lava. La pelliccia ispida era ricoperta di fuliggine. Al di sotto il corpo possente ardeva come gli spettri dei genitori di Simon.

Il mostro sprigionava un calore insopportabile e l'aria tremolava intorno al corpo massiccio.

Simon avrebbe voluto scappare, ma la porta alle sue spalle si era richiusa. Per quanto tirasse e spingesse, non riusciva ad aprirla.

Si guardò intorno in preda al panico, poi fissò gli occhi di brace del lupo che ora era proprio di fronte a lui. Dalla bocca infernale, con le zanne affilate come rasoi, usciva un alito di zolfo e un ringhio sordo simile al rombo di un tuono.

Simon fissava le fauci gigantesche dell'animale, sempre più vicine.

«No! Vattene! VATTENE!»

La bestia spalancò le mandibole ringhiando così forte da far tremare la terra. Quindi le richiuse di scatto.

43

Tilia Strode sbatté le palpebre nell'oscurità della sua camera.

Aveva sentito qualcuno gridare?

Assonnata, gettò uno sguardo alla finestra aperta, dove la tenda si gonfiava come una vela nella brezza della notte. In lontananza riconobbe i bagliori diffusi dei lampi.

Era in arrivo un temporale.

Finalmente un po' di refrigerio, pensò. *Se lo avessi saputo, non avrei preso il sonnifero.*

A tentoni recuperò il copriletto che nel sonno aveva gettato via e se lo tirò fin sotto il mento.

Quindi si girò dall'altra parte e si riaddormentò subito.

44

Simon si svegliò dall'incubo gridando, e in pochi minuti si ritrovò di fronte a casa di Tilia, tremante, sconvolto e in preda al panico.

Nella sua mente regnava il caos assoluto. Non riusciva a ricordare come fosse arrivato fin lì. Era successo tutto così in fretta.

Si era alzato di scatto, si era infilato in tutta fretta jeans, maglietta e scarpe. In quei pochi secondi gli era parso che la camera degli ospiti si rimpicciolisse. Le pareti e il soffitto si erano fatti sempre più vicini per stritolarlo e lui era scappato appena in tempo. Nella sua testa un unico pensiero: *Via da qui!*

Ora che era all'aperto, respirava a pieni polmoni l'aria della notte, dentro e fuori, dentro e fuori, dentro e fuori...

Dopo un po' la pressione al petto diminuì, il cuore riprese

il suo battito normale e l'attacco di panico cessò. I pensieri nella sua testa, che fino a un istante prima turbinavano come la neve in una sfera di cristallo, si depositarono a poco a poco, ritrovando ordine e chiarezza.

Solo ora si rendeva conto di un dolore alla mandibola. Nel sonno aveva digrignato i denti come gli capitava spesso quando aveva un incubo.

Se fosse andato avanti così, prima o poi si sarebbe spezzato un dente.

Roba da psicopatici, avrebbe detto sicuramente Lennard. Ed era vero: ritrovarsi sdentati era lo stadio finale della partecipazione al rispettabile club dei fuori di testa. Almeno per quanto riguardava lui.

Alzò gli occhi verso il cielo, dove dense nubi nere nascondevano le stelle. Strinse i pugni, con tanta forza da conficcarsi le unghie nei palmi delle mani, mentre una rabbia impotente si impossessava di lui. Una collera ancora più nera del cielo che lo sovrastava.

Perché?

Maledizione, perché?

Perché non smetteva una volta per tutte?

Aveva voglia di gridare quella domanda, di lanciarla nella notte solitaria. Ma all'ultimo istante, anche se con grande fatica, riuscì a trattenere l'impulso.

Era impensabile dover spiegare a Tilia o Mike perché fosse lì fuori nel cuore della notte.

Provò di nuovo la voglia di distruggere qualcosa, di sfogarsi su qualcosa. Di abbattere la rabbia, la paura, la disperazione. E di gridare, urlare, strillare. Buttar fuori tutto...

Quanto gli sarebbe piaciuto essere nella stanza da terapia con il sacco di sabbia. Quell'avversario contro cui scatenare le frustrazioni represse, un avversario che non poteva dire niente, ma che almeno gli avrebbe offerto un po' di sollievo.

Quando non riuscì più a resistere, corse alla rimessa e tirò fuori la mountain bike di Mike, che ora era sua.

Perché il mio fratellone crede di potersi scaricare la coscienza facendomi dei regali, pensò carico di risentimento.

Pedalò freneticamente, senza una meta e senza prestare la minima attenzione.

Nonostante lo stato di alterazione, nella sua mente si affacciò un barlume di ragionevolezza: in terapia questo sarebbe stato definito un «comportamento irrazionale», *un comportamento il cui unico senso è il comportamento stesso. Il sollievo che reca con sé.*

Andare in bicicletta lo aveva già aiutato, e sperava che avrebbe funzionato anche questa volta.

Era notte fonda. Nessuno lo avrebbe visto. Nessuno si sarebbe chiesto perché a quell'ora un sedicenne pedalasse come un forsennato per le strade del paese.

Ma anche se qualcuno lo avesse visto non gli importava.

In quel momento non gli importava niente di niente.

Non si accorse neppure che il vento umido si era rinforzato e che le nubi nere erano sul punto di scatenare un violento temporale estivo.

45

Il vento soffiava sempre più forte. Gonfiava la maglietta di Simon, gli agitava i capelli sul viso e lo sospingeva all'indietro. Ma era proprio ciò che voleva.

Contrasse i muscoli e spinse sui pedali con più energia. Era uno scontro di forze con la natura, l'avversario ideale per dare sfogo a tutte le emozioni represse. Più doveva lottare contro il vento, meglio si sentiva.

Dopo essersi lasciato alle spalle il cartello stradale di Kössingen, davanti a lui nell'oscurità si allungò il rettilineo della pista ciclabile per Fahlenberg. Allora gridò tutta la propria rabbia.

«Perché? PERCHÉ?»

Perché continuiamo a vivere in te, tuo padre e io, gli aveva detto in sogno la madre.

Ma quella non poteva essere la risposta. Dopotutto, da vivi i genitori non erano due mostri. Non erano due figure spettrali che volevano spaventarlo e perseguitarlo dopo la loro morte. Gli avevano voluto bene!

Saresti dovuto morire anche tu!

No, non gli avrebbero mai detto niente del genere. Gli erano sempre stati vicini, avevano sempre desiderato solo il meglio per lui.

Ma allora perché lo tormentavano in modo così spaventoso?

Perché non riusciva a ricordarli come succedeva con i nonni? Anche loro erano morti, ma non gli erano mai apparsi come esseri da incubo, né lo avevano minacciato in sogno.

Nei sogni e nei ricordi i nonni erano sempre figure dolci e rasserenanti.

Le passeggiate nel bosco con il nonno. Le caldarroste che la nonna gli comperava al mercatino di Natale. I picnic estivi in riva al lago di Fahlenberg con l'insalata di patate della nonna e il gelato al cioccolato. Il robot giocattolo che Simon aveva chiesto per Natale e la sorpresa di trovarlo nel pacchetto dei nonni. E molto altro ancora.

Tutti bei ricordi.

Perché non poteva sognare i genitori nello stesso modo?

Certo, quando pensava a loro da sveglio, ricordava i bei momenti.

Ma in sogno... in quei maledetti sogni...

Un lampo accecante squarciò la notte. Per una frazione di secondo diventò giorno.

Simon vide le betulle che risalivano un'altura e fiancheggiavano la pista ciclabile separandola dalla statale. Le chiome si agitavano pigre nel vento. Da qualche parte dietro la collina, a qualche chilometro di distanza, dormiva la città di Fahlenberg.

Un istante dopo il buio calò di nuovo, accompagnato dal rombo di un tuono lontano.

Intanto il vento contrario era così forte che Simon stentava a procedere in salita. Spinse sui pedali con tutta la forza che aveva, i muscoli delle gambe gli dolevano, e a ogni pedalata pensava: *Perché? Perché? Perché?*

Le prime gocce di pioggia lo colpirono in faccia, mescolandosi alle lacrime.

Gli sembrò nuovamente di udire la voce di sua madre. La voce di una creatura sinistra.

«Perché è ora che tu capisca.»

Che cosa?

Per la miseria, che cosa?

Cosa doveva capire una volta per tutte?

Un altro lampo squarciò la coltre di nubi, seguito da un tuono fragoroso come un terremoto. La pioggia aumentò mentre il vento gli ululava nelle orecchie.

È pazzesco, pensò Simon. *Quello che sto facendo è pazzesco. Pazzesco e pericoloso.*

Ma gli serviva e in questo momento era l'unica cosa importante che contava. Più si stancava, più si sentiva libero.

Ancora un tratto di strada, si disse, poi sarebbe tornato a casa.

Quando tuttavia raggiunse la cima della collina, fu travolto da un'improvvisa sensazione di trionfo.

Ce l'aveva fatta. Non aveva rinunciato e aveva battuto il vento!

Invece di tornare indietro, si abbandonò a un impulso irrefrenabile e staccò i piedi dai pedali. Allargò le gambe e si lasciò rotolare giù per la discesa.

Sempre più veloce, sempre di più.

Era inebriante.

Il vento gli urlava in faccia e lo scuoteva, rischiando di fargli perdere l'equilibrio. Ma teneva il manubrio ben dritto e sfrecciava nella notte.

Scendeva velocissimo e niente poteva fermarlo.

La pioggia lo sferzava e sopra di lui si era scatenata un'esplosione di lampi, come se il cielo notturno si fosse trasformato in un gigantesco stroboscopio.

Simon lanciò un grido di trionfo. In quel momento c'era soltanto lui. Era libero, libero da tutto.

Gli venne in mente il *Titanic*, quel melenso film d'amore che piaceva tanto a sua madre. Pensò a Leonardo DiCaprio, che gridava, con le braccia spalancate: «Sono il re del mondo!»

E io sono il re di questa notte, si disse lanciando un'altra esclamazione di trionfo.

All'improvviso un fulmine illuminò la pista ciclabile e Simon vide i rami a terra davanti a lui. Il vento doveva averli strappati dalle betulle. Nella luce lampeggiante del temporale somigliavano a un mare di serpenti lucidi che si muovevano sull'asfalto.

Simon gridò e cercò di frenare, ma era troppo tardi. Prima di riuscire a schivarli, ci finì in mezzo.

La ruota anteriore urtò un grosso ramo, il manubrio si piegò bruscamente e Simon perse l'equilibrio. La ruota scivolò di lato e lui si ritrovò catapultato in aria.

Per un secondo fu convinto che fosse la fine. Si sarebbe spezzato il collo e sarebbe morto.

Poi cadde nel fossato fangoso, rotolò di qualche metro in mezzo all'erba bagnata e si fermò.

46

Intontimento.

Pioggia sulla faccia.

Voleva aprire gli occhi.

Non ci riusciva.

Nero.

Un ricordo.

Era seduto nel grande atelier del reparto pediatrico. Era un mercoledì pomeriggio di marzo.

Fuori imperversava un temporale primaverile, il primo della stagione. Le raffiche di vento sospingevano la pioggia contro le grandi vetrate, mentre il mondo fuori dalla clinica si era trasformato in un diluvio di lacrime.

Durante l'ora di arteterapia, il dottor Grünberg li aveva invitati a disegnare le loro paure, a «dare loro un viso», aveva spiegato, anche se naturalmente pronunciata da lui la parola «viso» diventava «vifo».

Oltre a Simon c'erano il taciturno Yannik, il sempre sorridente Nicklas, l'inavvicinabile Pia e Jessica.

Jessica era seduta di fronte a Simon. China sul tavolo, scarabocchiava con gesti rabbiosi, nascondendo il foglio con il braccio in modo che nessuno vedesse cosa stava disegnando.

Simon era immobile davanti al foglio bianco. Mordicchiava l'estremità della matita, domandandosi che cosa dovesse disegnare.

Che faccia aveva la paura?

Era possibile disegnarla?

E, se sì, che *vifo* aveva la sua paura?

Forse dovrei lasciare il foglio bianco, pensò. Sarebbe stato il modo migliore per descrivere la sua paura del vuoto, dell'abbandono, della solitudine.

Ma di certo il dottor Grünberg non ne sarebbe stato contento. Un foglio bianco non può essere interpretato. Ed era questo in fin dei conti lo scopo di un terapeuta. Riconoscere nell'immagine del paziente qualcosa di cui parlare per «rischiarare l'oscurità dell'anima», un'altra delle definizioni usate dal dottore. O, meglio, *rifchiarare l'ofcurità*.

La pioggia batteva sempre più forte contro il vetro. Jessica alzò la testa e guardò verso la finestra. Sussultò per un tuono e Simon si accorse che aveva il viso rigato di lacrime.

Stava piangendo in silenzio.

«Ehi» le bisbigliò. «Va tutto bene?»

Che domanda stupida. Nel rispettabile club dei fuori di testa nulla andava bene. Per nessuno. Ma lui non sapeva in che altro modo formulare la domanda.

Lei lo guardò di lato, senza girare il capo, diffidente come sempre, e si asciugò le lacrime con la manica del pullover. «A te che importa?»

Simon si strinse nelle spalle. «Niente.»

«Allora perché me lo chiedi?»

«Be', perché stai piangendo.»

Lei guardò brevemente verso il dottor Grünberg che era andato a sedersi accanto a Yannik e parlava con lui. Pia e Nicklas erano girati verso di loro. Yannik aveva scelto gli acquerelli, ma il disegno non gli riusciva come desiderava. Nonostante i numerosi tentativi, il *vifo* della sua paura si confondeva sempre e Yannik era sul punto di piangere.

Jessica si voltò nuovamente verso Simon. «Odio i temporali» gli rivelò con voce apatica. «Mi fanno paura.»

«Guarda che non devi avere paura» cercò di consolarla Simon. «Qui dentro siamo al sicuro. Da un punto di vista statistico i temporali non sono così pericolosi. Puoi credermi, l'ho letto in un libro. In Germania ogni anno vengono colpite da un fulmine da tre a sette persone, e solo un terzo di loro muore. Ciò significa che su una popolazione di 82 milioni di persone la probabilità di rimanere uccisi da un fulmine è una su 18 milioni. Quindi, se non ti piazzi in cima a una collina durante un temporale o non ti reggi a un parafulmine, non ti può succedere niente.»

«Non mi riferivo a questo» bisbigliò Jessica, guardando il disegno che teneva ancora nascosto sotto il braccio. «Non ho paura di lampi e tuoni. Ho paura del *rumore* che fa un temporale.»

Guardò di nuovo la vetrata inondata di pioggia, simile al retro di una cascata. Si morse il labbro mentre le lacrime le scorrevano di nuovo sulle guance.

Simon era convinto che non avrebbe detto altro. Stava per tornare al proprio foglio bianco quando Jessica lo guardò con gli occhi arrossati, specchio di tutta la sua disperazione.

«Quando sono tornata a casa quel giorno...» cominciò a raccontare, poi fu costretta a deglutire «e quel tizio mi ha aggredito sulle scale, ecco... pioveva. Ero... ero così contenta di essere riuscita ad arrivare a casa prima del temporale... e poi... ho sentito la pioggia. E i tuoni. Quei tuoni continui.»

Tornò a fissare il disegno, piangendo in silenzio. Le spalle erano scosse dai singulti e, nonostante si passasse più volte la manica sul viso, le lacrime non smettevano di scorrere.

«Vuoi sapere che aspetto aveva?» disse in un sussurro.

Simon guardò impacciato il braccio tremante con cui nascondeva il disegno. Non era sicuro di volerlo sapere, ma per farla contenta annuì.

«Ecco» disse, senza alzare gli occhi dal foglio. «Ecco com'era.»

Si morse di nuovo il labbro. Dopo un istante di esitazione, spostò il braccio, girò il foglio e lo sospinse verso Simon.

Simon si ritrovò a fissare il profilo del muso di un lupo. Era stato abbozzato con frenetici tratti a carboncino nero.

Il muso informe e le orecchie troppo piccole davano al disegno un aspetto terribilmente infantile, come se Jessica avesse sei o sette anni e non quasi sedici.

Il lupo aveva una bocca enorme con lunghi denti affilati, da cui gocciolava sangue colorato a pennarello rosso. La belva sogghignava soddisfatta, come se avesse appena divorato la sua preda.

La cosa peggiore però era l'occhio, che lo fissava di lato. Jessica aveva disegnato un semplice ovale e l'occhio era solo una spirale disordinata di linee, eppure... l'espressione era raccapricciante. Sembrava l'incarnazione della follia.

«È dappertutto» bisbigliò Jessica. «Vuole venirci a prendere. Tutti. Anche te. Prima o poi. Quindi fai attenzione!»

47

Quando rinvenne, la pioggia fresca e una strana sensazione lo riportarono alla realtà.

Qualcosa gli stava scivolando sul petto. Somigliava a una zolla di fango.

Simon si tastò intontito e afferrò quella cosa. Qualunque cosa fosse, era più solida del fango. Aveva una consistenza fredda e scivolosa.

E si muoveva!

Simon spalancò gli occhi di scatto. In quello stesso momento un lampo rischiarò la notte e Simon si accorse di tenere in mano un rospo. Il corpo luccicava sotto la pioggia a meno di dieci centimetri dal suo viso. Lo fissava meravigliato mentre agitava lento le tozze zampette, quasi volesse liberarsi nuotando dalla sua stretta.

Simon lanciò un grido disgustato e lo lanciò lontano.

Si sollevò barcollando, tormentato dalla nausea e da un terribile mal di testa. Si sentiva come se qualcuno lo avesse preso a martellate.

Si afferrò il capo gemendo e tastò un grosso bernoccolo dietro l'orecchio destro. Dapprima credette di sentire del sangue, ma il lampo successivo gli dimostrò che le mani erano sporche solo di fango.

Si alzò piano. Per un istante tutto intorno a lui sembrò girare, il fosso, la pista ciclabile, il cielo da cui scrosciava la pioggia.

Rischiò di scivolare nel fango e di cadere nuovamente, ma all'ultimo istante si aggrappò al bordo erboso del fosso.

Fece qualche respiro profondo, aspettando che le vertigini passassero. Quindi si arrampicò faticosamente sulla pista ciclabile.

Gli doleva dappertutto, ma miracolosamente sembrava

non essersi rotto niente. L'erba e il terreno fangoso avevano attutito la caduta.

«Sei davvero nato con la camicia» sentì dire dalla voce del padre. «Sei sempre stato fortunato.»

Simon non ricordava più quando il padre gli avesse detto quelle parole, ma contenevano un briciolo di verità. Almeno per quanto riguardava gli incidenti.

Cercò di togliersi il fango dalla maglietta e dai calzoni, poi scrutò nel buio per individuare la bicicletta. Grazie al bagliore di un altro lampo la vide a un paio di metri da lui. La ruota anteriore era piegata.

«Cazzo!»

Un'altra ondata di rabbia s'impossessò di lui, ma stavolta era contro se stesso. Contro la propria stupidità.

Come aveva potuto essere così pazzo? Sfrecciare a tutta velocità nel cuore della notte su una pista ciclabile... a nessuna persona normale sarebbe venuta in mente un'idea del genere!

Forse non a una persona normale, disse una voce dentro di lui. *Ma a un pazzo di sicuro.*

Zoppicò fino alla bicicletta ammaccata, la sollevò e constatò con sollievo che riusciva a spingerla. Se non altro non avrebbe dovuto portarla di peso fino a casa.

Che ragazzo fortunato, si disse sarcastico.

Stava per tornare sui propri passi sotto la pioggia battente, quando nel frastuono del temporale udì delle voci.

All'inizio pensò di essersi sbagliato e che fosse solo un'altra allucinazione. Erano le voci di un uomo e di una donna. Ma, quando si guardò intorno e in cielo esplose un'altra serie di lampi, scorse qualcuno in piedi accanto a una macchina.

Subito dopo tornò buio pesto. Solamente le luci dell'auto rischiaravano la notte. Sentì la voce di una donna. O era una ragazza? Non avrebbe saputo dirlo con certezza, né tantomeno cosa stesse dicendo, perché il vento e i tuoni erano assordanti. Inoltre era troppo lontano.

Nel chiarore di un altro lampo notò un motorino accostato lungo la pista ciclabile e poco distante un pesante ramo che bloccava la strada.

La ragazza era stata sorpresa come lui dal temporale e dai rami spezzati. Ma era stata più fortunata di Simon, senza dubbio perché guidava con più prudenza. Non era caduta e adesso c'era anche un'auto ferma accanto a lei.

Per un istante la luce all'interno della macchina si accese, poi la portiera si richiuse e il motore rombò.

Simon avrebbe voluto correre in quella direzione e chiedere un passaggio. Ma non era possibile.

Perché i membri del rispettabile club dei fuori di testa si fanno venire gli attacchi di panico quando devono salire su un'auto, spiegò ironica la voce di Lennard nella sua testa. *Lascia perdere.*

Un'altra ondata di collera, una collera smisurata verso se stesso.

Si voltò e si avviò verso casa. Zoppicante, tutto infangato e con un bernoccolo che gli pulsava sulla testa, doveva sembrare uno zombi.

Altro che re di questa notte! Il re degli imbecilli.

Nonostante la rabbia, si sentiva anche sollevato. In fondo gli era andata bene, il bernoccolo e i graffi sarebbero guariti. E la disperazione che lo aveva assalito quella sera rischiando di farlo impazzire era svanita.

Se non altro quell'avventura era servita a qualcosa.

48

Arrivò in vista della casa della zia dopo quella che gli parve un'eternità. Era sfinito e fradicio di pioggia. Il fango gli sgocciolava di dosso come se fosse appena uscito da una tomba.

Portò la bicicletta nella rimessa e nascose la ruota anteriore piegata con un bidone della spazzatura. Si vergognava troppo del suo comportamento. Se Mike o Tilia avessero scoperto cos'era accaduto quella notte, come minimo lo avrebbero rimandato in ospedale.

Prima di entrare, si tolse jeans e maglietta per non lasciare impronte di fango in casa. Poi, in mutande, salì di soppiatto le scale fino in camera sua.

Si lasciò cadere sul letto, distrutto, e si addormentò all'istante.

Dormì un sonno profondo, senza sogni. Solo una volta gli parve di sentire qualcuno che lo chiamava per nome.

«Simon? Siiimon.»

Era una voce di donna, lontana. Avrebbe voluto aprire gli occhi, ma aveva le palpebre troppo pesanti.

Piombò di nuovo nell'oscurità.

49

Simon si svegliò in tarda mattinata. La luce del sole lo colpiva in faccia e il cielo azzurro e limpido fuori dalla finestra preannunciava un'altra calda giornata estiva.

Si strofinò gli occhi assonnato. Per qualche secondo il giro in bicicletta sotto il temporale, la caduta e il ritorno a piedi sembrarono solo uno dei suoi incubi. Ma, quando si alzò, i dolori e il grosso livido bluastro sulla spalla lo convinsero del contrario.

Il braccio destro e le costole gli facevano male, proprio come quando Ronny lo picchiava. Le gambe erano indolenzite, come dopo un intenso sforzo fisico.

Ma la cosa peggiore era il bernoccolo. Gli pulsava ancora, causandogli un forte mal di testa. Sua madre doveva sentirsi così quando aveva una delle sue terribili emicranie.

«Non fare tante storie, vedrai che passa» gli avrebbe detto Mike, e sua madre avrebbe aggiunto: «Ti saresti potuto rompere il collo, stupido che non sei altro!»

Avrebbero avuto ragione entrambi. Ciò che aveva fatto era stato davvero molto stupido.

Indossò una maglia extralarge e degli ampi calzoncini che non gli premevano sui graffi, e scese di sotto.

Anche quel mattino fu accolto dal silenzio. In corridoio si sentiva solo il lieve ronzio del frigorifero.

Stavolta la zia non gli aveva lasciato messaggi. Nessun *torno presto*, nessun *ti porterò qualcosa di buono da mangiare*, e nemmeno uno smiley.

Meglio così. Gli sforzi della zia di essere premurosa avevano un che di offensivo, anche se di certo non era nelle sue intenzioni.

Accanto alla macchina del caffè c'era la sua tazza con il pupazzo Michelin e il logo del concessionario. Era ancora mezza piena. Tilia doveva essere uscita di fretta.

Simon non aveva voglia di fare colazione e si limitò a bere un bicchiere di latte freddo. Poi decise di approfittare di essere solo per fare il bucato.

I vestiti che indossava la notte prima erano incrostati di fango secco. Li avrebbe lavati lui, per non dover spiegare alla zia il motivo di quel disastro. Sua madre gli aveva insegnato a usare la lavatrice. E anche che il bucato molto sporco andava pretrattato nel lavandino.

Un'ora più tardi stese i panni puliti in cortile, soddisfatto.

Poi decise di andare in città a cercare una ruota anteriore nuova per la mountain bike. Mike aveva ragione: in quella landa desolata un'auto o un motorino erano davvero necessari.

Inoltre Simon voleva essere pronto, nel caso in cui Caro gli avesse proposto un'altra gita. Ci contava.

Di sicuro ieri notte non avrei avuto bisogno di un giro in bicicletta sotto il temporale, se Caro fosse stata con me, gli venne da pensare. Probabilmente non avrebbe nemmeno pensato di comportarsi in modo tanto folle. Sarebbe bastata la sua presenza a tranquillizzarlo. Perché Caro lo capiva, lo accettava per quello che era. Perché anche lei era *diversa*.

Avvertì di nuovo quel senso di benessere interiore. Una sensazione che aveva provato per la prima volta quando aveva conosciuto Caro.

Gli venne in mente una frase che aveva letto da qualche parte. *L'amore è la luce che scaccia le tenebre.*

«Mi sa che sono proprio cotto» mormorò alla propria immagine riflessa nello specchio del guardaroba e sorrise.

50

La fermata dell'autobus era poco distante da casa, ma quando Simon arrivò era fradicio di sudore. La temperatura doveva essere già salita oltre i trenta gradi.

L'autista aveva acceso il condizionatore al massimo e, quando la porta del mezzo si richiuse con un sibilo idraulico,

Simon ebbe l'impressione di trovarsi su un frigorifero ambulante.

Reggendosi a uno dei sostegni, guardò il paesaggio che gli scorreva davanti, scosso dai brividi di freddo. Di giorno la pista ciclabile che costeggiava la superstrada per Fahlenberg aveva un aspetto decisamente più invitante. Le tracce del temporale notturno, tuttavia, erano ancora visibili.

Sulla striscia d'erba accanto al viale di betulle erano parcheggiati diversi mezzi arancione dei servizi stradali e un'auto della polizia. Gli addetti con i caschi protettivi e i giubbotti catarifrangenti erano impegnati a ripristinare i danni provocati dal temporale. Sul pianale di un furgoncino erano accatastati i rami che il vento aveva strappato dagli alberi.

In quel momento Simon si rese conto di quanto fosse rischioso ciò che aveva fatto la notte prima. Era stato molto fortunato, e quella bravata da ridicolo re-della-notte gli sarebbe potuta davvero costare l'osso del collo.

Poco dopo l'autobus si fermò davanti al centro commerciale di Fahlenberg, proprio all'ingresso della città. Era un edificio gigantesco sormontato da tre grandi lettere rosse simili a una bizzarra opera d'arte, che a Simon ricordarono la scritta sulla collina di Hollywood.

Quando la porta dell'autobus si aprì, fu investito dall'aria torrida. La cappa di afa racchiudeva il complesso commerciale come una campana.

C'era parecchio movimento per essere un giorno feriale. Il grande parcheggio era quasi completamente pieno e tra le auto si aggiravano molte persone.

Dal chiosco accanto all'ingresso principale proveniva odore di fritto e arrosto. Lì accanto il venditore di una bancarella di dolciumi cercava disperatamente di scacciare un esercito di mosche affamate di zucchero. Sembrava impegnato in una danza bizzarra, ed era seguito da un gruppetto di bambini divertiti.

Simon si incamminò deciso verso l'entrata, accanto alla quale un cartellone alto quanto una persona prometteva PREZZI IMBATTIBILI!

Si augurava che fosse davvero così. Altrimenti sarebbe dovuto andare in centro alla ricerca di un ciclista, e con quel caldo non ne aveva alcuna voglia.

«Ehi!»

Qualcuno da dietro lo tirò per una manica. Simon si girò e il cuore gli balzò in gola per la felicità.

Era Caro.

«Ciao!» la salutò sorpreso con un sorriso raggiante. «Che ci fai qui?»

«Mi salvo la vita.» Indicò il chiosco della rosticceria alle proprie spalle. «Piuttosto che morire di fame con bollito misto, cavolo e patate lesse, preferisco investire gli ultimi spiccioli in würstel, patatine fritte e una bella Coca.»

«Bollito misto e cavolo.» Simon rabbrividì. «Mi basta il pensiero per farmi venire la nausea.»

«Vedrai, quando sarai ospite della mensa scolastica. Stufato di lenticchie e polpette di spinaci.»

Simon fece una smorfia. Caro aveva nominato proprio i piatti che detestava di più.

«E io che pensavo che non esistesse un posto dove si mangiasse peggio della Waldklinik» mormorò deluso.

«Eccome se esiste, te l'assicuro! Soprattutto perché con il nostro cuoco ogni piatto sembra già masticato. Lo spezzatino è identico alle crocchette per cani.» Arricciò il naso e gli strizzò l'occhio. «Anzi, forse è fatto proprio con le crocchette per cani.»

Simon alzò le mani in un gesto di disgusto che Michael

avrebbe sicuramente apprezzato. «Basta, smettila, mi fai venire il vomito.»

Il movimento brusco gli provocò una fitta di dolore alla spalla che lo fece trasalire. Sperava che Caro non se ne fosse accorta, ma naturalmente a lei non sfuggiva niente.

«Ehi» fece seria. «Ti senti male?»

«No, ho solo avuto una nottataccia.»

Lei lo scrutò attentamente. «Di nuovo i tuoi incubi?»

«Sì.»

«Che cos'hai sognato?»

«Non vale la pena parlarne» rispose, sperando di sembrare convincente. «Sono solo stupidi sogni.»

Caro non sembrava per niente convinta. «Be', per come sei conciato oggi, non mi sembrano solo stupidi sogni. Dai, dimmi cos'hai sognato.»

Lui seguì con lo sguardo le persone che passavano loro accanto. L'argomento lo metteva a disagio, ma, per quel poco che conosceva Caro, sapeva di non avere scampo. Dopotutto erano amici, forse qualcosa di più.

«Ecco, ho sognato di nuovo l'incidente» raccontò sottovoce. «E ho visto mia madre morta. E poi c'era anche un lupo che mi ha attaccato. Veramente somigliava più a un mostro. Però aveva l'aspetto di un lupo.»

«Interessante.» Caro aggrottò la fronte pensierosa.

«Che ci trovi di interessante?»

«Mio papà diceva sempre una cosa» spiegò. «La notte appartiene ai lupi. Secondo lui erano il simbolo del lato oscuro, bestiale della vita. Per questo l'ora del lupo è anche la più pericolosa.»

«L'ora del lupo?»

«Sì, non ne hai mai sentito parlare?» Caro lo guardò con un'espressione misteriosa e abbassò la voce. «È quella che viene subito dopo l'ora degli spettri, e bisogna prestare la massima attenzione. I fantasmi vogliono solo spaventarti, ma, se ti prendono i lupi, sei perduto per sempre.»

Nonostante il caldo, a Simon venne la pelle d'oca sotto la maglietta bianca. «Cavolo, è davvero inquietante!»

«Infatti» confermò lei, poi tornò a sorridere come sempre. «Per questo la sveglia è la mia migliore amica. Anche se il suo suono mi infastidisce da morire, mi salva dai brutti sogni. Forse dovresti provare a metterla anche tu? Una senza il tasto di spegnimento, con una suoneria davvero fastidiosa.»

Simon rise. «Potrebbe essere un'idea. Ma prima devo investire per un cerchione nuovo.»

«Come mai? Cos'hai combinato alla bici?»

Simon si sentì avvampare. Si era tradito. «Niente di che, non ho visto un tombino» mentì, «sono finito sulla griglia e mi si sono piegati i raggi.»

Si pentì subito. Non voleva mentire a Caro, ma non voleva nemmeno raccontarle la sua prodezza notturna. Sarebbe stato ancora più imbarazzante che parlare dei propri incubi davanti all'ingresso del centro commerciale.

«Senti, ti va di venire a fare un giro dentro con me?»

Lei scrollò il capo. «Devo assolutamente mangiare qualcosa, altrimenti svengo dalla fame. Ma possiamo trovarci dopo all'uscita. Ci stai?»

«D'accordo.»

Lei sorrise di nuovo. «Sai una cosa? Ho sempre sognato di avere un appuntamento davanti al centro commerciale.»

Per me è il primo appuntamento in assoluto, pensò Simon, mentre la guardava avvicinarsi al chiosco di WILLY – IL ROSTICCIAIO.

Sua madre avrebbe scosso la testa di fronte a quel nome storpiato. Era una redattrice freelance, ed era sempre molto attenta a tutto ciò che riguardava la lingua.

«Non capisco proprio perché la gente debba essere sempre così fantasiosa e non possa rispettare le regole della lingua» avrebbe detto.

Un altro ricordo, ma stavolta pensava a sua madre com'era veramente: forse un po' troppo puntigliosa, ma affidabile, e sicuramente non un essere spettrale.

Una coppia corpulenta carica di sacchetti della spesa passò davanti a Simon e l'uomo lo urtò involontariamente.

«Sbrigati» disse alla moglie. «Ho una fame da lupi.»

Poi scomparvero insieme oltre le porte a vetri e le parole dell'uomo continuarono a risuonare nella testa di Simon.

Da lupi.

51

Il centro commerciale di Fahlenberg mantenne la promessa. Sembrava esserci proprio tutto. Simon trovò subito il reparto tempo libero, con un vasto assortimento di ricambi.

Scelse il cerchione meno caro e una camera d'aria, poi si diresse rapido verso la cassa. Non voleva far aspettare più del necessario il suo «primo appuntamento».

Prese una scorciatoia passando dal reparto giardinaggio, dove si fece largo tra la gente assiepata davanti agli scaffali. Sopra di lui un cartellone con un girasole annunciava ESTATE – TEMPO DI GIARDINO. Evidentemente tutta Fahlenberg si sentiva coinvolta.

A Simon sembrava di affrontare uno slalom. Schivò un bancale di concime per prati, superò una coppia di pensionati che bisticciava sull'acquisto di una cesoia e infine si scontrò con un uomo che esaminava le offerte degli irrigatori.

«Stai attento!» ringhiò l'uomo, e subito dopo Simon udì un'altra voce maschile alle proprie spalle.

«Simon?»

Si girò e scorse Richard Henning, che lo aveva seguito. Era quasi irriconoscibile. Con i bermuda di jeans sfrangiati e la camicia da lavoro a maniche corte non sembrava più un fotomodello né un vicepreside, ma un uomo qualunque. Aveva appena acquistato una vanga della Gartenprofi. L'etichetta appesa al manico indicava che il prezzo era scontato.

«Oh, salve, signor Henning.»

L'insegnante sembrava piuttosto sorpreso di vederlo. «Ciao, Simon. Come mai sei qui?»

Che domanda bizzarra. Henning non lo aveva mica sorpreso in un night-club o in un altro posto inappropriato.

«Mi serviva questo per la bici» rispose, mostrando il cerchione.

Henning annuì lentamente, continuando a fissarlo con un'espressione che a Simon non piaceva affatto. Gli ricordava quella di certi infermieri del reparto di psichiatria quando i pazienti deliravano, raccontando per esempio di ascoltare messaggi dell'aldilà dallo scarico della doccia. O di sentirsi osservati da telecamere nascoste. O ancora che il dessert era stato avvelenato dai terroristi.

«Come ti senti?» chiese Henning.

«Bene» rispose Simon meravigliato. «Perché me lo chiede?»

«Be', in una giornata come questa non mi sarei mai aspettato di trovarti qui.» Di nuovo quello sguardo indecifrabile. «In tutta sincerità, pensavo che saresti rimasto a casa, o magari saresti andato all'ospedale.»

Ora Simon non ci capiva più niente. «All'ospedale? E perché?»

L'espressione singolare di Henning lasciò il posto allo sgomento. Sembrava che all'improvviso si fosse ricordato di qualcosa. Qualcosa di importante.

«Santo cielo» esclamò. «Allora non sai niente? Tua zia non ti ha detto niente?»

«Stamattina non l'ho ancora vista.»

«Oh.» In quella sillaba c'era qualcosa che fece rabbrividire Simon. Di colpo avvertì una corrente d'aria fredda sul collo, come se si trovasse di nuovo sull'autobus con il condizionatore al massimo.

Ripensò alla tazza di caffè ancora mezza piena e a come avesse pensato che la zia dovesse essere uscita in tutta fretta.

«Insomma, mi dica cos'è successo!»

Henning si scostò i capelli biondi dalla fronte. Un gesto imbarazzato, che non prometteva niente di buono.

«Simon, mi rincresce tantissimo che tu debba saperlo proprio da me e in questo modo» disse con uno sguardo carico di compassione che fece spaventare Simon. «Sicuramente sarà uno choc per te.»

«Parli!» lo incalzò Simon impaziente. Nel frattempo si chiedeva se volesse saperlo sul serio. Ne aveva abbastanza di brutte notizie.

Tuttavia, se era successo qualcosa che Tilia non aveva potuto raccontargli quel mattino, doveva riguardare Mike. E doveva saperlo, a qualunque costo.

«D'accordo» disse Henning schiarendosi la voce. «L'ho saputo stamattina dal notiziario locale. Ieri notte è stata aggredita una ragazza. Un conoscente che ho incontrato qui mi ha detto che si tratta di Melina.»

«Melina?»

Henning annuì. «Già, purtroppo. Non so niente di più preciso, solo quello che si dice oggi in giro. Pare che sia stato quel tizio. Quello che tutti credono abbia rapito Leonie. Se è così, deve aver aspettato Melina sulla pista ciclabile.»

Simon si sentì mancare il terreno sotto i piedi. Gli sembrava di essere a bordo di una nave in balia del mare in tempesta.

Immagini della notte precedente affiorarono confuse alla sua mente.

L'auto sul ciglio della strada.

La donna che parlava con l'automobilista e poi era salita in macchina.

Lo scooter.

Lo scooter rosso di Melina.

Poi gli tornò in mente la macchina della polizia che aveva visto dall'autobus accanto alla pista ciclabile. Perché non aveva capito subito che i poliziotti non potevano essere lì per togliere i rami caduti?

Stava per chiedere se Melina fosse morta, ma poi ricordò che Henning aveva parlato di *ospedale*.

«Da quanto ho saputo, è stata ferita gravemente ed è ricoverata all'ospedale di Fahlenberg» disse Henning, come se gli avesse letto nel pensiero. Quindi passò la vanga nella mano sinistra e con la destra strinse la spalla di Simon.

Se non altro non mi sta stringendo il livido, pensò distrattamente Simon, mentre la sua mente era occupata a digerire la notizia.

«Sono molto addolorato» riprese Henning, «vorrei...»

«Richy?»

Una donna con in braccio una bambina si spinse davanti a Simon. Aveva l'aria sfinita e irritata e trascinava dietro di sé un bambino che faceva le bizze e cercava di allontanarsi nella direzione opposta, verso l'uscita.

«Mammaaaa, voglio andare a casa!»

«Oh, ciao, tesoro» la salutò Henning, che poi indicò Simon, rimasto paralizzato di fronte allo scaffale degli irrigatori. «Ti presento Simon, un mio futuro studente. Simon, lei è mia moglie Barbara.»

«Ciao.» Barbara Henning rivolse un breve sorriso forzato a Simon, quindi si girò verso il marito. «Hai preso tutto? I bambini hanno fame e vogliono tornare a casa.»

«Sì, solo un attimo» ribatté Henning sbrigativo, voltandosi verso Simon. «Simon, se vuoi ti accompagniamo a casa.»

«No, grazie» ribatté lui impacciato. «Preferisco prendere l'autobus.»

«Non mi sembra una buona idea.» Henning sembrava seriamente preoccupato. «Non dovresti rimanere solo in un momento simile. Puoi telefonare a tua zia? O a qualcuno che venga a prenderti? Ti tengo compagnia volentieri.»

«Richy, non è possibile» protestò la moglie di Henning.

«Barbara, per favore» la rimproverò Henning. «Simon ha appena saputo...»

«Non importa» lo interruppe Simon. «Non si preoccupi per me. Non sono qui da solo.»

Henning si guardò intorno, come per assicurarsi che Simon stesse dicendo la verità.

«Mi aspetta fuori» spiegò Simon indicando l'uscita.

«Se vuoi ti accompagno da tua zia» si offrì il vicepreside. Evidentemente credeva che lo stesse aspettando Tilia, ed era meglio così. Non c'era alcun bisogno che venisse a sapere dell'amicizia tra lui e Caro.

«È gentile da parte sua, ma me la cavo da solo» replicò Simon.

Henning gli rivolse di nuovo quello sguardo strano. «Ne sei proprio sicuro?»

«Sì, non si preoccupi.»

Il figlio di Henning piagnucolò di nuovo, e la sorella si unì alle sue proteste.

«D'accordo, allora» disse Henning lanciando un'occhiata di sottecchi alla moglie. «Se hai bisogno telefonami, capito?»

Simon si limitò ad annuire, ma Henning si accontentò di quella risposta. Gli strinse un'ultima volta la spalla e si incamminò verso l'uscita con la moglie e i due figli.

Per un po' Simon rimase lì dov'era, reggendosi al ripiano. Non era sicuro che le gambe lo avrebbero retto se avesse tentato di incamminarsi verso l'uscita.

Circondato dai clienti del centro commerciale, gli parve di essere una barca senza timone, sballottata qua e là dalla corrente umana. Continuava a pensare a Melina, che aveva visto in piedi sotto la pioggia a parlare con l'automobilista. Rivedeva la sua sagoma illuminata dai lampi. E i fari posteriori dell'auto che ardevano come gli occhi del mostruoso lupo dei suoi sogni.

«Simon!»

Caro gli andò incontro di corsa.

«Eccoti qua. Accidenti, che brutta faccia! Che cos'è successo?»

Lui avrebbe voluto rispondere, ma gli mancò la voce.

La notte appartiene ai lupi, pensò. *Se ti prendono, sei perduto per sempre.*

52

«Non ci posso credere» disse Caro quando Simon le raccontò dell'incontro con Henning. Era sconvolta e pallidissima. «Maledetto psicopatico! Spero che il diavolo se lo porti via.»

Uscirono dalla confusione del centro commerciale e furono investiti dall'ondata di calore del parcheggio inondato di sole.

«Devo sedermi un attimo» disse Simon, guardandosi intorno alla ricerca di una panchina.

Aveva le gambe molli. Gli sembrava di essere appena uscito da un brutto sogno ma la realtà, purtroppo, si era trasformata in un incubo.

Raggiunsero uno dei tavoli di plastica della rosticceria. L'afa estiva era immobile sotto l'ombrellone e c'era puzza di grasso bruciato, ma sedersi gli fece bene.

«Va già meglio» disse. «Prima non ti ho detto tutta la verità. Stanotte non è stato solo l'incubo a ridurmi così.»

«Cos'è successo?»

«Ho preso la bicicletta e sono uscito... e ho visto Melina salire su un'auto.»

Caro lo guardò incredula. «Tu eri lì?»

«Non proprio, ma abbastanza vicino» rispose Simon mentre un'ombra si proiettava su di lui. Un uomo grosso quanto un armadio era in piedi davanti a loro con le mani sui fianchi. Portava un grembiule bianco impiastricciato di ketchup e grasso e la faccia tonda come una luna piena era sormontata da un berretto bianco con la scritta: HAI FAME: CHIEDI A WILLY.

«Allora? Cosa prendi?» chiese grattandosi l'addome sporgente.

«Vorremmo solo stare seduti un pochino» rispose Simon.

Willy scosse la testa. «Niente da fare, giovanotto, questa non è una panchina pubblica. Se vuoi sederti qui, devi ordinare qualcosa.»

«Ma non ti ricordi di me?» intervenne Caro. «Ho appena preso una Coca e un würstel con patatine fritte da te, te lo sei già dimenticato? E poi i tavoli sono tutti liberi. Quindi non fare tante storie!»

L'uomo rimase del tutto indifferente di fronte alla protesta della ragazza. Sembrava una statua e fissava Simon grattandosi la pancia.

«D'accordo» cedette Simon. «Prendo una limonata.»

«E da mangiare?»

«Prendo una limonata» ripeté Simon. «Ho ordinato qualcosa e posso rimanere seduto qui.»

Willy schioccò la lingua contrariato, poi tornò al chiosco borbottando qualcosa come «moccioso pidocchioso».

«Che stronzo» commentò Caro, parlando sottovoce in modo che Willy non la sentisse.

«Non prendertela» disse Simon, posando sul tavolo i soldi contati. «Se non altro non ha insistito che tu prendessi ancora qualcosa.»

Aspettarono che Willy tornasse con la limonata e poi li lasciasse soli. Solo allora Simon raccontò la sua avventura notturna.

Caro lo ascoltò attentamente, mentre lui cercava di spiegarle che cosa lo avesse spinto a prendere la bicicletta di notte nel bel mezzo di un temporale.

«Ehi, non c'è bisogno che ti giustifichi» lo interruppe lei. «Non so quale stupidaggine avrei fatto io al posto tuo. Tuo fratello si comporta esattamente come i miei genitori. Questo ritornello del 'sei abbastanza grande per cavartela da solo' fa maledettamente male e loro non se ne accorgono nemmeno. Io di sicuro avrei sfasciato qualcosa per la rabbia.»

«Avrei dovuto farlo anch'io.» Simon sospirò, fissando la bottiglia di limonata. «Adesso infatti mi sento in colpa per non essermi avvicinato alla macchina. Avrei potuto farmi notare. Forse Melina non sarebbe salita.»

«Chi ti dice che le cose sarebbero andate diversamente?» obiettò Caro. «Magari il tizio si sarebbe allontanato e l'avrebbe aspettata da un'altra parte. Vai avanti a raccontare. Che cos'è successo dopo? Hai riconosciuto l'auto?»

«No, era troppo buio, e diluviava.» Simon le raccontò il ritorno sotto la pioggia, la stanchezza e i dolori e di come poi avesse dormito come un sasso.

«Se vuoi sapere la mia opinione» disse Caro quando Simon ebbe terminato il racconto, «non hai assolutamente niente da rimproverarti. Chi poteva immaginare che sarebbe salita proprio sulla macchina di quel pazzo? Avrebbe potuto essere chiunque, magari qualcuno che conosceva. Inoltre non sei nemmeno sicuro che fosse proprio Melina.»

Simon bevve un sorso di limonata. Era fredda e dolce e gli fece bene. La offrì a Caro.

«Ne vuoi un po'?»

Lei scosse la testa.

«Forse dovrei andare alla polizia» disse Simon. «Anche se non ho visto molto, sono comunque un testimone.»

Caro si chinò verso di lui e si guardò intorno con aria circospetta.

«Non credo sia una buona idea» disse sottovoce. «Come pensi di giustificare la tua presenza di notte sulla pista ciclabile? Per di più sotto un temporale. Non crederebbero a una parola di quello che dici. E, anche se fosse, potrebbero sospettare di te. In fondo avevi un'ottima ragione per avercela con Melina.»

«Ma c'era la macchina...»

«Che hai visto solo tu» lo interruppe lei. «E che non sei in grado di descrivere, per non parlare della targa. Come pensi che qualcuno potrebbe credere a una storia del genere?»

Per di più raccontata da un membro del rispettabile club dei fuori di testa, pensò Simon. Probabilmente Caro stava pensando la stessa cosa, ma fu abbastanza sensibile da non dirlo a voce alta.

«Forse non ci crederei nemmeno io» disse lui abbattuto.

«Appunto. Se fossi in te, aspetterei di vedere che cosa scoprono. Tanto con la tua testimonianza non potresti aiutarli. Dopotutto non è detto che tu abbia visto qualcosa.»

Simon bevve un sorso di limonata e si voltò verso Willy. L'uomo stava servendo una porzione maxi di patatine fritte a due ragazzini e guardava lui e Caro con espressione truce, come a dire: «Decidetevi a sparire una buona volta».

Simon tirò fuori il cellulare dalla tasca e compose il numero di Mike. Dopo tre squilli sentì la voce del fratello.

«Ciao, questa è la segreteria di Mike. Sai che cosa devi fare. Quindi fallo, magari ti richiamo.»

Era quello il Michael che conosceva. Ironico e insolente. Chissà come stava suo fratello e dove si trovava in quel momento. Di sicuro era con Melina.

«Sarà meglio che torni a casa» disse alzandosi. «Michael ha bisogno di me.»

«Hai ragione.»

Caro lo seguì in silenzio fino alla fermata dell'autobus. Simon si accorse che non lo aveva perso di vista nemmeno per un attimo. Sembrava volesse dirgli qualcosa.

«Che c'è?» le chiese quando giunsero sotto la pensilina. «Perché continui a fissarmi così?»

Lei continuò a guardarlo assorta, poi scrollò le spalle. «No, niente.»

«Niente? Non ti credo. Avanti, dimmi a cosa stavi pensando.»

Lei distolse gli occhi e si guardò le scarpe con il motivo dei teschi.

«Be', sei stato molto fortunato. Ti saresti potuto fare male con quella caduta. Mi stavo domandando se avrei provato qualcosa...»

Lasciò la frase in sospeso e con la punta della scarpa spinse giù dal marciapiede una cicca di sigaretta. Era chiaro che parlare le costava fatica.

«E penso che ci avrei sofferto molto» disse alla fine. «Promettimi che in futuro sarai più prudente, okay?»

«Lo farò» rispose Simon incrociando le dita davanti al petto. «Parola d'onore...»

«Guarda che dico sul serio!» lo interruppe lei con impeto e, quando alzò gli occhi per guardarlo, lui intuì la sua paura. «Devi essere prudente e fidarti delle persone giuste, e devi stare attento a chi racconti quello che è accaduto stanotte. Sono sicura che il tizio è di queste parti. Se venisse a sapere cos'hai visto, saresti in pericolo!»

TERZA PARTE
Travestimento

«Presta attenzione che di notte
certi lupi escono a frotte.»

Neil Jordan, Angela Carter
In compagnia dei lupi

53

Lungo il tragitto verso casa sull'autobus gelido, Simon aveva cercato altre due volte di chiamare Mike, ma gli aveva risposto sempre la segreteria.

Sai che cosa devi fare, quindi fallo.

Quando arrivò a casa di Tilia, provò invano una terza volta. Decise di fare quello che andava fatto e lasciò un messaggio. Aveva saputo di Melina ed era preoccupato.

Poi inviò al fratello anche un sms. Voleva che Mike sapesse che lui gli era vicino. Sempre.

Magari richiamo pure.

Nemmeno Tilia era tornata a casa e Simon rimase in attesa di notizie.

Stare da solo era logorante. Gli sembrava di affogare nella solitudine. Avrebbe dato qualunque cosa per avere Caro accanto a sé. Le aveva chiesto di accompagnarlo, ma lei aveva risposto di no.

«Quando tuo fratello e tua zia torneranno a casa, sicuramente vorrete rimanere da soli» gli aveva detto. «Di sicuro io al posto loro non vorrei estranei per casa.»

In questo aveva ragione, ma in quel momento Simon avrebbe preferito averla vicino.

Si aggirava nervoso per la casa deserta, ansioso di sapere cos'era successo e come stava Melina.

Valutò l'ipotesi di andare all'ospedale e verificare se Michael e Tilia erano ancora con lei, ma poi ci ripensò. Se lo avessero voluto con loro, glielo avrebbero fatto sapere. Avevano il suo numero di cellulare e forse nel frattempo Mike aveva anche visto le sue chiamate.

Ma in quel momento Mike aveva bisogno di stare solo. Se fosse successo a Caro, anche Simon avrebbe preferito stare per conto suo, almeno all'inizio.

Ripensò a cosa gli aveva detto Caro quando si erano salutati.

Mi stavo domandando se avrei provato qualcosa e penso che avrei sofferto molto.

Doveva essere quello che provava Mike ora. Se non peggio.

Simon riprese lo smartphone e controllò le notifiche. Niente. Mike non gli aveva risposto né per messaggio né su WhatsApp.

Provò ad aprire il sito del giornale locale di Fahlenberg.

Il segnale in casa era pessimo, perciò uscì in cortile. In un angolo accanto alla rimessa c'era più campo e finalmente riuscì a caricare la pagina.

Si mise a sedere per terra e fece scorrere i titoli. Il sole splendeva implacabile e si sarebbe preso un'insolazione se fosse rimasto lì troppo tempo. Quanto meno era ciò che avrebbe temuto sua madre se lo avesse visto, ma aveva bisogno di sapere se c'erano novità.

Se avevano trovato il tizio sulla macchina scura.

Dopo un po' trovò quello che cercava.

AGGRESSIONE AI DANNI DI UNA DICIANNOVENNE, recitava il titolo.

L'articolo non riportava molti dettagli. Melina era stata colpita da un oggetto smussato. Poi lo sconosciuto l'aveva abbandonata sul prato accanto alla pista ciclabile. Un passante l'aveva trovata intorno alle sei del mattino.

Simon si rese conto con raccapriccio che Melina era rimasta là fuori gravemente ferita per quattro o cinque ore, da sola, in mezzo a terribili sofferenze, sotto il temporale.

Un'ondata di compassione e di rabbia lo assalì. Come aveva detto Caro? *Questo maledetto psicopatico! Spero che se lo porti via il diavolo.* Oh, sì, era quello che sperava anche lui.

Continuando a leggere Simon apprese che Melina era stata ricoverata all'ospedale di Fahlenberg. L'autore dell'articolo non citava mai il suo nome: la definiva sempre *la ragazza priva di sensi*, e questo rendeva tutto ancora più spaventoso.

Il medico del pronto soccorso aveva definito *critiche* le condizioni di Melina. Non si sapeva ancora se sarebbe sopravvissuta.

Avresti potuto impedirlo, lo rimproverò la voce della sua coscienza. *Se ti fossi avvicinato, invece di startene lì come uno stupido a guardare, non sarebbe successo niente.*

Gli occhi gli si riempirono di lacrime e lesse a fatica l'ultimo paragrafo, che riportava le dichiarazioni dell'ufficiale di polizia incaricato delle indagini:

«*'Le indagini sono già in corso. A causa delle condizioni atmosferiche, le impronte sulla scena del crimine sono difficili da raccogliere' ha riferito l'ispettore capo della polizia criminale Stark. 'Nonostante le supposizioni della popolazione, attualmente non possiamo stabilire nessun collegamento concreto tra l'aggressione alla giovane donna e la sparizione della sedicenne Leonie'.*»

Simon lasciò ricadere la mano che teneva lo smartphone e rimase a fissare il vuoto.

Pensò a Mike. Al dolore terribile che si provava quando si stava per perdere una persona cara. Alla speranza che la situazione cambiasse e tutto finisse per il meglio.

Nel caso di Melina Mike poteva ancora sperare, anche se secondo l'articolo le condizioni della ragazza erano *critiche*.

Avrei potuto impedirlo, pensò di nuovo. *Almeno avrei potuto provarci. Perché sono stato così idiota da non avvicinarmi? Perché?*

Perché sei un vigliacco, disse la voce di Ronny nella sua testa. *Perché sei un patetico smidollato, che preferisce scappare invece di affrontare la situazione.*

Sebbene non fosse veramente Ronny a parlare, bensì la sua coscienza, Simon doveva dargli ragione. A questo proposito Ronny aveva sempre detto la verità: lui era un maledetto vigliacco.

Posò lo sguardo sul cellulare, che non annunciava ancora nessuna notizia da parte di Mike. Stava per spegnerlo, quando la sua attenzione fu catturata da un altro titolo.

In fondo all'articolo su Melina, nella rubrica «Ti potrebbe interessare» c'era scritto: DECRETATA LA DEMOLIZIONE DEL WALDHOTEL.

Quel nome gli risultava familiare. Lo aveva già visto, poco prima che Caro lo portasse nella loro piscina privata.

«La nostra villa» mormorò.

Aprì l'articolo e vide una foto dell'hotel. Mostrava l'ingresso con l'insegna penzolante HOTEL PANORAMICO SETTE ABETI.

Il breve articolo informava che l'hotel ormai abbandonato da più di un decennio sarebbe stato demolito in autunno. Dopo lunghe trattative, il Comune di Fahlenberg aveva trovato un acquirente per il terreno, dove sarebbe sorta una casa di riposo di lusso.

L'articolo tracciava brevemente la storia dell'hotel. Quando Simon lesse il nome del proprietario originario, non credette ai propri occhi. All'inizio pensò di aver letto male a causa del riflesso del sole sullo schermo. Ma, quando allargò l'immagine, non ebbe più dubbi.

Gli tornò in mente cosa gli aveva raccontato il nonno a proposito del figlio del proprietario. Che era un fannullone, «che preferiva spassarsela e rincorrere tutte le gonnelle del paese».

Era davvero così, o era solo una coincidenza? Forse era un cognome molto diffuso a Fahlenberg?

Simon voleva verificare consultando l'elenco telefonico, ma proprio in quel momento la Fiesta di Tilia entrò in cortile. Quando la zia scese, Simon si rese subito conto che aveva pianto e fu assalito da un pensiero agghiacciante.

Melina non ce l'ha fatta!

54

«È un incubo» singhiozzò Tilia. Appoggiò i gomiti sul tavolo della cucina e si nascose il viso tra le mani. Simon le portò un pacchetto di fazzoletti e un bicchiere d'acqua, quindi si mise seduto accanto a lei.

«Grazie» disse lei con voce rotta dal pianto, prendendo un fazzoletto.

«Melina... Melina è...» balbettò Simon, senza riuscire a terminare la frase.

Morta.

Cinque misere lettere, due sillabe, ma cariche di tanta sofferenza e disperazione.

«No, è viva» rispose Tilia con un sorriso incerto. «Grazie al cielo è viva. La stanno operando. Il dottore dice che è molto grave, ma che non dobbiamo abbandonare le speranze.»

Già, la speranza è l'ultima a morire, pensò Simon guardando la zia bere un lungo sorso d'acqua.

Poi si informò su Mike e Tilia fu scossa da un altro singulto di pianto.

«Il tuo povero fratello» singhiozzò «è ancora sotto choc. È devastato. E, come se non bastasse, la polizia stamattina l'ha prelevato in officina. Mike ancora non sapeva nemmeno cosa fosse successo. Sospettano di lui, che possa essere stato lui. E pensare che sono così affiatati...»

Le lacrime le impedirono di nuovo di proseguire. Simon la guardava incredulo. «Credono che possa essere stato Mike? Ma è pazzesco! Mike non farebbe mai una cosa del genere!»

«Siamo stati quasi tre ore al commissariato» riprese Tilia con la voce rotta dal pianto. «Poi lo hanno rilasciato, perché non ci sono prove a suo carico. Adesso è con Melina. Mi fa... tanta pena.»

Nascose di nuovo il viso tra le mani e pianse senza trattenersi.

Simon accanto a lei si sentiva stordito. Fissava lo strofinaccio con il disegno dei mulini a vento e cercava di dare un senso a tutta quella storia.

Il fatto che sospettassero di Mike era mostruoso. Non avrebbe mai fatto niente del genere, men che meno a Melina!

Ma era ovvio che la polizia non lo conosceva bene come lui. Non potevano sapere che animo sensibile e generoso si nascondesse dietro la facciata ribelle di Mike. Quella era solo una maschera, per proteggere la propria vulnerabilità. Una volta lo aveva detto anche il padre. Persino la madre era d'accordo, sebbene fosse convinta che un giorno o l'altro Mike sarebbe finito nei guai a causa del suo atteggiamento.

Adesso era accaduto. Quel commissario, o chiunque avesse parlato con Mike, avrebbe dato un'occhiata alla sua fedina penale e si sarebbe fatto una prima opinione su di lui. Era quello che facevano sempre i poliziotti nei telefilm. Simon li aveva visti spesso. Anni prima Mike era stato denunciato per lesioni personali. Non c'era da sorprendersi se ora gli investigatori pensavano che avesse litigato con Melina e avesse perso il controllo.

Ma era sbagliato, terribilmente sbagliato. Mike non aveva fatto niente del genere! Era impossibile! Quella che Simon aveva visto non era la sua auto. Di questo almeno era sicuro. Simon avrebbe riconosciuto subito una vecchia Mercedes come la sua. Inoltre l'auto di Mike era marrone e non blu scuro o nera.

Sospettavano della persona sbagliata, Simon ne era assolutamente convinto, e non solo perché conosceva suo fratello.

«Non è stato Mike» disse tra sé.

«Certo che no» confermò Tilia soffiandosi rumorosamente il naso. Poi lanciò un'occhiata piena di compassione a Simon. «Sono distrutta, Simon. Anche tu devi essere sconvolto. Stamattina volevo svegliarti e dirtelo con delicatezza, ma dormivi cosí profondamente.»

A Simon tornò in mente la voce femminile che aveva sentito in sogno e annuì.

«Non importa» disse.

Ero con i lupi, non saresti potuta venire a prendermi.

55

Il dottor Sikandar Mehra si lavò le mani e si sciacquò la faccia con l'acqua fredda. Aveva combattuto diverse ore per salvare la vita alla ragazza ed era sfinito.

Era stata una dura battaglia, che aveva impegnato tutte le sue conoscenze mediche. Per questo era ancora più sconvolto per l'esito dell'intervento.

Dopo una lunga carriera come chirurgo d'urgenza avrebbe dovuto essere abituato al fatto che non sempre le cose vanno come ci si immagina. Ma in fondo era pur sempre un uomo. Un uomo che aveva scelto liberamente di giocare a poker ogni giorno con la morte. Nella sua professione, oltre alle competenze specifiche, era necessaria una bella dose di fortuna. A volte riceveva carte buone, a volte no.

Come in quel caso.

Si asciugò le mani e bevve un sorso del caffè freddo e amaro che era sulla sua scrivania fin dal mattino.

Stava per uscire e occuparsi del caso successivo, quando bussarono alla porta e l'infermiera Petra entrò con aria tesa e stanca.

È una giornata calda e difficile per tutti, pensò Mehra.

«Mi scusi, dottore, ma fuori c'è ancora l'amico di Melina Palandt che l'aspetta. Gli ho già detto che non possiamo dargli ulteriori informazioni sulle condizioni della paziente, ma non vuole andarsene finché non avrà parlato con lei.»

«Non si preoccupi, andrò da lui dopo. Lei però deve assolutamente bere. Con questo caldo abbiamo bisogno di liquidi.» Indicò la caffettiera ancora mezza piena. «Le sconsiglio il caffè. Ormai è freddo.»

L'infermiera sorrise e Mehra uscì in corridoio, dove Michael Strode camminava nervoso su e giù. Teneva le mani nelle tasche della tuta da meccanico e sembrava immerso nei suoi pensieri.

Vedendolo, il medico pensò subito a una tigre in gabbia in cerca di una via d'uscita.

Mehra si domandò se anche Michael Strode stesse cercando una via d'uscita. Se stesse pensando a come fuggire da quella situazione disperata.

Soprattutto, però, si chiedeva se fosse quello l'aspetto di un giovane che aveva picchiato e quasi ucciso la sua ragazza. A prima vista sembrava un tipo impulsivo, certo, ma era davvero capace di un gesto simile? La polizia ne sembrava convinta.

«Mi voleva parlare?»

Michael Strode si fermò di scatto e si girò verso di lui.

«Finalmente!» esclamò. «Come sta, dottore? La prego, deve dirmelo!»

«Abbiamo fatto tutto il possibile» rispose Mehra. «La sua amica ha subito lesioni molto gravi e ha diverse fratture, ma non credo che le rimarranno danni permanenti. Quello che mi preoccupa tuttavia è la ferita alla testa.»

Michael Strode sgranò gli occhi come un bambino spaventato. Sembrava quasi che dovessero uscirgli dalle orbite. *Forse è proprio così*, pensò il dottore, *forse è solo un bambino spaventato.*

«Morirà? La prego, mi dica che non morirà!»

«Mi rincresce, ma non posso farlo. Lei sa cos'è un trauma cranico?»

«Una specie di commozione cerebrale, giusto?»

«In un certo senso» confermò Mehra con un cenno del capo. «La sua ragazza ha ricevuto un violento colpo alla testa che ha provocato un edema cerebrale, che a sua volta ha aumentato la pressione intracranica. È un po' come se volesse gonfiare un palloncino in una scatola. C'è la possibilità che una parte del cervello abbia subito danni, ma per il momento non è ancora possibile stabilirlo.»

Il giovane fissava le labbra del dottor Mehra quasi volesse risucchiarne ogni parola per non perdere neppure il minimo dettaglio. «Significa che...»

«Per il momento non significa ancora niente» lo interruppe gentilmente il medico. «Non è detto che ci saranno danni permanenti. Ma voglio essere sincero con lei: le prossime quarantott'ore saranno decisive. Abbiamo indotto uno stato di coma artificiale alla signorina Palandt. Per stabilire se o quale tipo di danni ha riportato, dovremo aspettare che si risvegli. Ma non voglio darle illusioni. Potrebbe anche non superare questo intervallo di tempo.»

Il giovane lo guardò impietrito. Poi le sue labbra cominciarono a fremere e le lacrime gli sgorgarono dagli occhi.

«Mi spiace non poterle dare notizie diverse» disse Mehra con dolcezza. «Tuttavia non deve ancora abbandonare le speranze. Come le ho detto, tutto è ancora possibile.»

«Noi... ci volevamo trasferire a Heidelberg» balbettò Michael Strode con un filo di voce.

«Chissà, magari lo farete» lo incoraggiò il dottore.

«Posso vederla?»

Mehra scosse la testa. «Mi spiace, ma non è possibile. Non ancora. Torni a casa e vada a riposare. Qui non può fare niente per lei.»

«Ma non posso... non posso abbandonarla così.»

Mehra gli garantì che non l'avrebbe abbandonata se fosse andato a casa. Al contrario, sarebbe stato un bene per Melina se si fosse riposato qualche ora per riprendersi dal trauma.

Non fu facile convincerlo, ma alla fine il giovane si rese conto che lì non poteva fare niente per Melina.

Prima di andarsene, Michael Strode si fece promettere da

Mehra che lo avrebbe informato subito di ogni minima novità. Mehra lo accontentò e poi lo guardò uscire dal reparto.

«È stato molto convincente» disse l'infermiera Petra, che aveva seguito il dialogo con discrezione da una certa distanza. «Che ne pensa, dottore? Secondo lei è stato lui a picchiarla così?»

«Non saprei» rispose Mehra. «Sembra sinceramente sconvolto. Ma potrebbe anche dipendere dal rimorso. Forse il suo è stato un gesto impulsivo. È difficile a dirsi.»

«Ne è davvero convinto?»

Mehra si limitò a scrollare le spalle. «Non sarebbe il primo caso di questo genere che vedo. Le persone che si sentono in colpa per qualcosa sono capaci di compiere i gesti più straordinari. Forse siamo ingiusti a sospettare di lui, ma se fosse colpevole spero per Melina Palandt che non si trasformi nel suo assassino.»

56

Sembrava passato almeno un secolo dall'ultima volta che aveva riparato una bicicletta. Lo aveva imparato da suo padre.

Simon ricordava ancora quando erano andati insieme in cantina e avevano cambiato la ruota anteriore della bicicletta pieghevole dopo che il padre era finito nella griglia di un tombino.

«Potevo decidere se rovinare la bici o investire una tizia che non guardava dove andava» gli aveva raccontato il padre, mentre mettevano il copertone sul cerchione anteriore nuovo. «E così ho scelto il tombino. Non sarei sopravvissuto a uno scontro con quella donna. Era mostruosamente grassa.»

A questo punto il padre aveva spalancato le braccia per mostrare la circonferenza della donna in questione, gonfiando le guance e spalancando gli occhi.

Simon rideva così tanto che per poco non aveva fatto cadere la ruota. Aveva riso fino a farsi venire mal di pancia e le lacrime agli occhi. Il padre era bravissimo a fare le smorfie.

Ora, mentre montava il cerchione nuovo sulla mountain bike, ricordava quella scena. Era come se il padre fosse lì con lui. Questa volta in maniera piacevole, e non come mostro deforme.

Fai attenzione, gli stava dicendo la voce del padre nella testa. *I pattini dei freni devono avere la stessa distanza dal cerchione e la gomma deve avere la pressione giusta.*

«Non ti preoccupare» mormorò Simon con un sorriso.

Era bello avere qualcosa da riparare. Era come ricreare l'ordine familiare. Quando ci si dedicava a un compito con la dovuta concentrazione, anche i pensieri si rimettevano in ordine.

Certi lavori erano come la meditazione. Anche questo gliel'aveva insegnato il padre e Simon aveva capito istintivamente.

Osservò soddisfatto la mountain bike. Sarebbe stato bello poter rimediare con altrettanta facilità in altre circostanze della vita.

Simon fece un giro di prova in cortile, controllò i freni e stava per rimettere a posto la bicicletta nella rimessa, quando vide un fuoristrada fermarsi davanti alla casa.

Ne scese Richard Henning, con indosso gli stessi bermuda di jeans sfrangiati e la camicia da lavoro di quella mattina. Aveva un'aria trasandata, e questa impressione fu rafforzata quando Henning si incamminò verso di lui. Solitamente baldanzoso e sicuro di sé, ora pareva incerto.

«Ciao, Simon. Come va?»

Di nuovo quella domanda che Simon non sopportava. Soprattutto se a fargliela era Henning. L'ultima persona a cui Simon avrebbe detto come si sentiva.

«Tutto okay» rispose.

Okay era un'espressione fantastica, che diceva tutto e niente.

Henning annuì, come se avesse compreso ciò che Simon voleva comunicargli con il suo *okay*. Poi si grattò la nuca impacciato e disse: «Vedi, volevo ancora scusarmi per il mio comportamento di stamattina. È stato assolutamente imperdonabile. Devo averti spaventato».

«Non si preoccupi. Non poteva sapere che non ero ancora al corrente.»

«In ogni caso sono stato indelicato» ribatté Henning. «Ci sono novità su Melina?»

Simon scosse la testa. «So solo che l'hanno operata. Adesso c'è Mike con lei.»

Henning sospirò turbato. «Che brutta cosa. Davvero brutta. Come se non ne aveste passate già abbastanza. Mi riferisco a te e a tuo fratello. Non riesco proprio a capire come qualcuno possa arrivare a fare certe cose.»

Calò un silenzio imbarazzato che nessuno dei due sapeva come superare.

Simon conosceva fin troppo bene quei momenti. Parlare con gli estranei era sempre stato estremamente difficile per lui. Soprattutto quando l'estraneo lo infastidiva o non sapeva cosa volesse da lui.

Henning si era scusato, Simon aveva accettato le scuse. Tra loro non c'era altro da dire. Ma il vicepreside indugiava ancora.

«Vedo che hai rimesso a posto la bici» osservò infine. «Stavi per andare a fare un giro?»

«Magari più tardi.»

«Ti piace andare in bici?»

Simon rispose con un cenno del capo.

«Lo sport fa sempre bene» commentò Henning. «Il movimento fisico serve a tenere sgombra la testa. Già, a proposito di sport, domani mi arriverà una nuova canoa per il circolo. Che ne diresti di provarla? Domani pomeriggio sarò di nuovo al circolo canottieri. Intorno alle tre.»

«Okay, ci penserò.»

«Non voglio sembrare insistente, ma credo che dovresti provare. Sono sicuro che ti divertiresti e inoltre ti...»

Il resto della frase fu sovrastata dal fragore di un motore diesel che si avvicinava. Subito dopo Mike inchiodò nel cortile, sollevando ghiaia dappertutto. Scese dalla sua vecchia Mercedes e Simon si spaventò vedendolo.

Il fratello era bianco come un lenzuolo. Dall'ultima volta che si erano visti, il giorno prima, sembrava dimagrito e aveva gli occhi arrossati, come se avesse pianto per ore.

Ma la cosa più spaventosa era l'espressione sul suo viso. Era un misto di sofferenza, disperazione e rabbia sconfinata.

Si avvicinò a Henning e si fermò proprio davanti a lui. «Che ci fai qui, Richy?»

«Ciao, Mike. Ero venuto a vedere come stava Simon e a chiedere notizie di Melina. Mi dispiace molto per quello che è successo.»

Michael fece una smorfia carica di un odio che Simon non aveva mai visto in nessun altro prima d'ora. Per un istante si domandò se l'uomo magro con la tuta da meccanico fosse davvero il suo fratello maggiore, o un suo sosia.

«Non è vero, Richy» disse Mike con una voce minacciosamente tranquilla, «non ti dispiace per niente. Nemmeno un po'.»

Henning fece un passo indietro. «Che cosa vorresti dire, Mike? Io...»

«Adesso sarai contento... avevi proprio ragione» disse Mike facendo un passo in avanti e costringendo Henning a indietreggiare ulteriormente. «Non hai mai accettato che Melina stesse con uno come me. È così, vero? L'avevi messa in guardia che per lei sarebbe finita male. Ecco, ora puoi gioire del tuo trionfo, brutto stronzo.»

«Mi spiace che tu la veda così» replicò Henning, usando a sua volta un tono calmo e minaccioso. «So che non mi sopporti, ma adesso mi sembra che tu stia esagerando, non credi? Comunque per me non ci sono problemi. Capisco che in questo momento tu sia sconvolto.»

Michael si fece improvvisamente serio e una rabbia infinita affiorò nei suoi occhi.

«Ascoltami bene, Richy: Melina e io stiamo insieme. E così sarà, qualunque cosa accada e qualunque cosa pensino gli altri. Se sopravvivrà e guarirà, andremo a Heidelberg. Capito?»

Per un attimo si fronteggiarono senza parlare. A Simon sembrava di guardare due cani da combattimento pronti ad avventarsi l'uno contro l'altro.

Poi Henning si girò verso Simon. «Sarà meglio che vada. Se decidessi di provare, chiamami. Mi farebbe molto piacere.»

Mike perse improvvisamente il controllo. «Sparisci, per la miseria!» urlò a Henning, dando una manata sul cofano della Mercedes che risuonò come uno sparo. Henning sussultò.

«D'accordo, me ne vado» disse, alzando le mani in segno di resa.

«E lascia in pace mio fratello!» gli gridò ancora Mike.

Henning si voltò un'ultima volta verso di loro, poi salì in macchina e si allontanò.

Mike lo seguì con lo sguardo. Aveva il corpo teso e teneva i pugni stretti lungo i fianchi.

Simon si avvicinò a lui e gli sfiorò cauto una spalla. «Mike?»

La tensione scivolò via dal fratello. Mike si mise a tremare e, quando si voltò verso Simon, i suoi occhi erano lucidi di lacrime.

«Scusami, piccolo. Ho perso il controllo.»

«Che cos'è successo tra te e Henning? Perché ce l'hai tanto con lui?»

Mike si asciugò gli occhi con il dorso della mano e scosse la testa. «Non ora, okay?»

«D'accordo.»

Detto questo Mike lasciò Simon e si diresse verso il suo appartamento. Dopo qualche passo si fermò e si voltò ancora una volta verso Simon.

«Stai attento a chi frequenti, piccolo. Fidati solo di quelli che si meritano la tua fiducia.»

La porta di casa si spalancò e Tilia uscì di corsa. Indossava solo l'accappatoio e aveva la testa ricoperta dalla schiuma di uno shampoo verdognolo che luccicava come un diadema sotto il sole.

«Accidenti, ragazzi! Che succede? Cosa sono queste urla?»

«È tutto a posto» dissero in coro Simon e Mike. Per una frazione di secondo il tempo parve tornare indietro. Per un attimo erano tornati i due ragazzini che combinavano pasticci e cercavano di far credere agli adulti che fosse tutto a posto.

Poi Mike tornò quello di prima. Un giovane magro, segnato dal dolore, con un'espressione di infinita tristezza sul viso.

«Tilia, promettimi che ti prenderai cura di lui» disse. «Il piccolo è troppo tenero per questo mondo.»

Tilia annuì senza capire. Insieme a Simon guardò Mike che entrava a testa bassa nel suo appartamento.

57

Sebbene Richard Henning non gli stesse particolarmente simpatico, e suo fratello Mike sembrasse odiarlo, su un punto Simon doveva dargli ragione: fare movimento era utile per sgombrare la mente.

Mike si era chiuso nel suo appartamento ed era meglio lasciarlo tranquillo per un po'.

Tilia aveva terminato di fare la doccia, quindi si era piazzata davanti alla televisione con un bicchiere di tè ghiacciato e alcuni tramezzini. Così si sarebbe calmata, aveva detto. Era stata una mattinata difficile.

Seduta in poltrona, fissava lo schermo con espressione rapita, addentando di tanto in tanto un panino al salame e lasciando che l'aria di un ventilatore da tavolo la rinfrescasse.

Simon capiva entrambi, ciascuno affrontava lo stress a modo suo. Per quanto lo riguardava, non avrebbe resistito chiuso in casa. Doveva fare qualcosa. Qualcosa per aiutare Melina e Mike. Soprattutto Mike, ingiustamente sospettato.

Prese la bicicletta appena riparata e ripercorse il tragitto della notte precedente. Forse gli sarebbe tornato in mente qualcosa di utile.

Il sole splendeva rovente e la pista ciclabile asfaltata rifletteva il calore. Simon sudava copiosamente. Avanzava con fatica e, quando arrivò alla salita, fu costretto a scendere e spingere la bici a mano.

Raggiunto finalmente il punto più alto, si fermò ansimando e aspettò di riprendere fiato. Boccheggiava e il sudore gli bruciava gli occhi.

Avrebbe dovuto affrontare l'impresa verso sera, quando la temperatura si sarebbe abbassata. Quel giorno il tasso di ozono era così alto che la radio aveva consigliato di astenersi dall'attività fisica all'aperto. Tuttavia, starsene in casa con le mani in mano gli sarebbe risultato più insopportabile di quel tour de force.

Quando il battito tornò normale, montò in sella e si lasciò scivolare per la discesa, stavolta con la massima attenzione, i piedi ben saldi sui pedali e i freni leggermente tirati.

Aveva promesso a Caro che non avrebbe più corso rischi.

Cercò di orientarsi. Fin dove era arrivato la notte prima? Di giorno la pista ciclabile appariva completamente diversa e ora era molto più lento.

Gli sembrò tuttavia di riconoscere una delle betulle piantate sulla striscia d'erba tra la pista e la strada. Aveva il tronco biforcuto e con un po' di fantasia somigliava a una donna vestita di bianco con lunghi capelli ricci che tendeva le braccia verso il cielo.

Simon si fermò e scese dalla bicicletta. Quello doveva essere il punto in cui era caduto.

Si avvicinò al fosso sulla destra della pista e ancora una volta si rese conto dell'enorme fortuna che aveva avuto.

Il fosso era molto largo e ricoperto su entrambi i lati di morbida erba. Doveva essere profondo all'incirca mezzo metro. Sul fondo uno spesso strato di fango stava seccando al sole, creando un bizzarro disegno di linee spezzate sulla superficie. Senza il fango e l'erba, la caduta avrebbe avuto conseguenze assai più gravi.

Istintivamente Simon si portò una mano alla spalla che aveva sbattuto e pensò a suo padre.

Sei proprio nato con la camicia.

Rivolse lo sguardo verso il punto in cui aveva visto Melina e richiamò alla mente la scena. Melina era in piedi accanto all'auto scura e parlava con la persona al volante. Lo scooter era appoggiato sulla destra, accanto al fosso.

Portava il casco? Simon non ne era sicuro. Probabilmente sì. Ma forse se l'era tolto per parlare con l'automobilista.

Bene, cosa aveva visto esattamente? La sua chioma bionda o un casco?

I capelli. No, il casco... Oppure erano i capelli? Pioveva e di sicuro le si erano appiccicati alla testa. Ma forse non si era tolta il casco proprio perché pioveva... Cazzo!

Avrebbe dato qualunque cosa per ricordare meglio. L'immagine nella sua testa era vaga e quasi irriconoscibile. Era come se cercasse di ricordare la scena di un sogno. La caduta doveva averlo stordito più di quanto credesse. Il dolore alla testa e la pioggia dovevano averlo confuso, e in più era buio pesto.

Il caldo torrido non gli permetteva di concentrarsi. Avvertiva fitte pulsanti alle tempie e la pista ciclabile davanti a lui tremolava come un miraggio.

Si asciugò il sudore dal viso. Aveva la pelle secca e salata. Sulla strada accanto a lui il traffico del pomeriggio scorreva lento rilasciando scie di smog nell'aria.

La macchina, pensò. *Com'era quella maledetta auto?*

Si concentrò più che poteva sull'immagine nella propria testa. Vide l'auto davanti a sé. Una sagoma confusa sotto la pioggia, rischiarata a tratti dai lampi.

Era nera, forse blu scuro. Grossa. Di certo non era una vecchia Mercedes.

Almeno di questo era sicuro.

Nel suo ricordo l'auto aveva la freccia accesa. Ma Simon non avrebbe potuto giurare che fosse proprio così.

Che cosa ricordava ancora?

I fanalini di coda. Al buio somigliavano a occhi malvagi. Sottili e sinistri.

Non bastava. Doveva ricordare di più. Molto di più!

Invece non c'era niente.

Osservò i veicoli che passavano sulla strada e si accorse che c'erano diverse auto scure. Ma, se un'auto uguale a quella del colpevole gli fosse passata davanti in quel momento, non l'avrebbe riconosciuta con sicurezza.

La conversazione. Cosa aveva detto Melina all'automobilista?

Simon cercò di concentrarsi ancora di più. Aveva la sensazione che la testa stesse per scoppiargli. Ma non gli venne in mente niente. Non ricordava la voce di Melina. Era troppo lontano e aveva sentito solo che stava parlando, ma non cosa stesse dicendo.

Melina conosceva l'automobilista?

Era possibile. Nel cuore della notte non si sale sulla macchina di uno sconosciuto. Certo, era un'emergenza. Pioveva forte e Melina non poteva proseguire con il motorino. Ma sicuramente avrebbe accettato un passaggio soltanto da qualcuno di cui si fidava.

Chi poteva essere?

Ricordava di aver visto accendersi la luce dentro l'abitacolo per un istante, quando Melina aveva aperto la portiera. Ma, per quanto si sforzasse, non riusciva a ricordare se avesse visto il volto del guidatore oppure no. O almeno il suo profilo.

C'era da impazzire.

Mi sarei dovuto avvicinare, pensò con rabbia. *Il solito maledetto vigliacco. Sarei dovuto andare da lei, e allora non sarebbe successo niente! Sarei...*

All'improvviso la pista ciclabile sembrò alzarsi, come

un'onda che si muoveva verso di lui. Come se l'asfalto fosse un tappeto e qualcuno l'avesse sollevato.

Fu assalito da una fitta lancinante alle tempie e da una violenta nausea.

«Ti prenderai un'insolazione» sentì dire dalla voce di sua madre. Già, aveva ragione. Era sul punto di svenire per il caldo.

Non aveva più bevuto niente dalla mattina, e di colpo si accorse che la lingua gli si era trasformata in un grumo spesso e ruvido. Doveva bere qualcosa e soprattutto doveva ripararsi dal sole.

Il più in fretta possibile!

Si appoggiò goffamente al manubrio della bicicletta per mantenere l'equilibrio. Non sarebbe riuscito a rifare tutta la strada fino a Kössingen in quelle condizioni. Fahlenberg era molto più vicina.

Devi metterti all'ombra, ragazzo!

Era stato suo padre a pronunciare quelle parole con voce preoccupata.

Alla fine gli venne in mente un posto dove poteva andare. Si mise in cammino con le ultime forze che gli restavano.

58

I parcheggi lungo il giardino pubblico erano tutti occupati. Auto e moto erano in coda come in un ingorgo. Chi poteva cercava refrigerio e ombra al laghetto di Fahlenberg. La superficie dell'acqua luccicava come un enorme specchio in mezzo al parco.

Simon appoggiò la bicicletta a un albero. La legò in fretta e si diresse verso il chiosco. Stava morendo di sete, gli sembrava di aver attraversato un deserto e di aver trovato la salvezza in un'oasi.

Il vecchio chiosco di legno, dove i suoi nonni tanti anni prima gli compravano gelati, bibite e a volte anche patatine fritte, non esisteva più. Al suo posto c'era un camioncino bianco con un'insegna colorata: MR SOFTEE – GELATI E BIBITE FRESCHE.

La mamma avrebbe avuto da ridire anche stavolta, pensò Simon. Non sopportava tutti quegli anglicismi.

Il venditore rimase a bocca aperta quando Simon ordinò due bottiglie d'acqua minerale, posò gli spiccioli contati nella ciotola sul bancone, stappò una bottiglia e la bevve d'un fiato.

«Dovevi avere proprio sete» disse con un sorriso quando Simon gli restituì la bottiglia vuota.

Simon rispose con un cenno del capo. Aveva trangugiato così in fretta l'acqua frizzante che lo stomaco sembrava stesse per scoppiargli. Sorrise imbarazzato e poi fece un rutto tremendo. Due bambini in costume che erano in fila dietro di lui si unirono alla risata del gelataio.

Simon si vergognava, ma non era riuscito a trattenersi. Si strinse nelle spalle per scusarsi e si diresse a passi veloci verso il laghetto per sfuggire agli sguardi divertiti dei presenti.

«Alla salute!» gli gridò dietro il gelataio. «Come minimo era di intensità 10 sulla scala Richter.»

Poi la sua risata e quella dei bambini si persero nel brusio della conversazione.

Le rive del laghetto erano affollatissime. Asciugamani e materassini gonfiabili erano distesi ovunque, mentre l'aria era pervasa dall'odore di crema solare.

Simon fu costretto a percorrere quasi metà della sponda per trovare un posto libero, un po' appartato su una collinetta da cui si godeva un'ottima vista. Proprio quello che gli serviva.

Si lasciò cadere sull'erba e stappò la seconda bottiglia. Mentre beveva, stavolta a piccoli sorsi, osservava il vivace brulicare dei bagnanti sotto di lui.

Tutto somigliava a quando veniva lì con i genitori e i nonni. C'erano soprattutto coppie giovani e famiglie. Di adolescenti se ne vedevano ben pochi.

Lentamente Simon cominciò a sentirsi meglio. Il senso di nausea e il mal di testa diminuirono. Finì anche la seconda bottiglia guardando i bambini nell'acqua. Giocavano spensierati, si lanciavano la palla, si spruzzavano e si tuffavano. Proprio come facevano lui e Mike tanto tempo prima.

Probabilmente all'epoca Mike non aveva più paura dell'acqua, pensò Simon. La paura di cui lui fino a poco tempo prima non sapeva nulla. Mike invece gli aveva raccontato che molti anni prima una ragazza era annegata nel laghetto. In pieno inverno. Il ghiaccio si era rotto e quando l'avevano tratta in salvo il suo corpo era congelato. All'epoca Mike si era divertito a mettergli paura. «È una cosa che ti segna per la vita, piccolo» aveva detto.

Adesso, però, Simon considerava l'episodio con altri occhi. Forse Mike all'epoca aveva solo cercato di scacciare le proprie paure. E il fratellino, che tra l'altro era diverso da tutti gli altri bambini della sua età, era la vittima perfetta. Quando ci si misura con i più deboli, ci si sente più forti. Simon lo aveva imparato anche grazie a Ronny.

In ogni caso il racconto di Mike era bastato per togliere a Simon la voglia di fare il bagno nel laghetto di Fahlenberg. Da quel momento era sempre rimasto sulla riva a leggere o a guardare gli altri bambini giocare nell'acqua.

Era sempre stato d'ostacolo a se stesso, come aveva detto Caro, e solo per colpa di una stupida storia di paura raccontata da suo fratello. D'altro canto non poteva nemmeno rimproverare Mike di niente, era stato il suo modo di aiutarlo a smettere di essere «troppo tenero per questo mondo».

Nonostante il ricordo delle paure infantili, Simon provò il desiderio improvviso di tornare al passato, a quando il suo mondo era ancora spensierato. Quando ancora niente lo preoccupava sul serio e quando la sua famiglia era ancora unita. Padre, madre e due fratelli.

Guardò malinconico i bambini. Un ragazzino si stava facendo spiegare dal padre come usare il telecomando di una barca a motore. Una bambina si stava lasciando spalmare la crema solare dalla madre. Un'altra era in piedi insieme al fratello davanti a un frigo portatile, l'aria trepidante, mentre il padre trafficava con qualcosa lì dentro. Tutti quei bambini non potevano ancora sapere cosa sarebbe stato loro tolto in futuro.

La morte è invadente e subdola, pensò Simon. *Una volta entrata nella tua vita, non te ne liberi più.*

All'improvviso notò un volto familiare sulla riva opposta. Richard Henning si stava facendo largo tra la folla. Teneva sottobraccio un ombrellone chiuso e una coperta da picnic, ed era alla ricerca di un posto libero.

La moglie lo seguiva tenendo in braccio la bambina e con una borsa frigo a fiori sulla spalla sinistra. A chiudere la fila c'era il figlio di Henning. Anche lui aveva un plaid sottobraccio. Probabilmente voleva stenderlo lontano dai genitori, come faceva sempre Mike da bambino.

Dopo una breve ricerca, gli Henning trovarono un posto e si sistemarono fra altre due famiglie.

Henning scrutò il cielo, quindi aprì l'ombrellone e lo conficcò nel terreno, mentre la moglie si metteva a parlare con la bambina.

Barbara Henning era una donna attraente. Alta, magra,

con lunghe gambe e capelli biondi. Da lontano somigliava un po' a Melina, con la differenza che aveva i capelli più corti e naturalmente era più vecchia. Doveva essere intorno ai quarant'anni.

«Eh, sì, non è forse un perfetto quadretto familiare?»

Simon si girò di scatto, sorpreso. Caro gli fece un cenno di saluto e si sedette sull'erba accanto a lui.

«Papà, mamma e due teneri figlioletti» disse in tono sarcastico, indicando gli Henning con il cono gelato. «Sembrano una pubblicità. Manca solo il cameraman.»

«Che ci fai tu qui? Credevo che non ti piacesse il sole, e ancor meno la folla.»

«Potrei dire lo stesso di te» ribatté lei leccando il gelato. «Ti ho già detto che da queste parti non c'è molto da fare durante le vacanze. E non avevo voglia di tornare all'hotel da sola. Non dopo la nostra esperienza. E poi qui fanno il gelato migliore di tutta la città. E costa poco. Vuoi assaggiare?»

Gli porse il cono.

«No, grazie. Ho appena bevuto dell'acqua e non vorrei che mi venisse mal di stomaco.»

«Un'altra delle perle di saggezza di tua madre?»

«No, brutte esperienze personali» rispose lui tornando a guardare Henning che si stava dirigendo verso il camioncino dei gelati tenendo per mano il figlio. «A proposito dell'hotel. Sapevi che una volta apparteneva al padre di Henning?»

Caro, che aveva addentato un bel morso al cono, scosse la testa. Aveva l'espressione stupita.

«L'ho letto per caso su un articolo» disse Simon. «Henning mi ha raccontato che i suoi genitori sono morti a poco tempo di distanza l'uno dall'altro. Poi l'hotel è stato venduto al Comune. Ora lo hanno comprato altri e verrà demolito.»

Caro annuì in silenzio e guardò il cono mordicchiato che teneva in mano, come se di colpo le fosse passato l'appetito.

Posò gli occhi su Simon e lui notò di nuovo quella strana espressione.

«C'è qualcosa di cui dobbiamo parlare» annunciò seria. «Ma non qui.»

«Di che si tratta?»

«Te lo dirò quando saremo da soli.»

Il cellulare di Simon suonò. Lo estrasse dalla tasca dei calzoni, sorpreso, e lesse il nome di Tilia sullo schermo. Rispose con un brutto presentimento.

«Simon, dove sei?» gli chiese la zia. Dalla voce si capiva che stava per piangere. Prima che Simon potesse rispondere, lei proseguì: «Potresti tornare subito a casa, per favore?»

Simon capì subito che doveva essere successo qualcosa. Non avrebbe saputo descriverlo a parole, ma intuiva che si trattava di qualcosa di brutto.

«È accaduto qualcosa a Mike?» domandò accorgendosi che gli tremava la voce.

«Per favore, puoi venire subito?»

Simon le promise di raggiungerla all'istante e si alzò di scatto.

Caro lo guardò spaventata. «Che c'è?»

«Mi spiace, devo andare. È Mike. Parliamo un'altra volta, okay?»

«Ma certo» rispose Caro.

Simon tornò il più in fretta possibile alla bicicletta. Sperava di non arrivare troppo tardi. Qualunque cosa fosse accaduta.

59

Simon pedalava come se avesse il diavolo alle calcagna. Nonostante il sudore che gli colava copioso dal viso, neppure avvertiva il caldo. Era mosso solo dall'ansia per Mike.

Tilia lo stava aspettando sulla porta. Teneva le braccia strette al corpo, quasi a sorreggersi. Dalla mano destra saliva il fumo di una sigaretta. A Simon pareva di ricordare che in passato la zia fumasse, ma che avesse smesso da tempo. Era così pallida che sotto il sole il suo viso sembrava una maschera di gesso.

«Finalmente!» esclamò correndo verso di lui prima che Simon si fermasse e scendesse dalla bici.

«Cosa... è successo?» ansimò Simon asciugandosi il sudore dagli occhi con un lembo della maglia.

«Tuo fratello è uscito di testa.» Tilia indicò verso l'appartamento di Mike. «Continua a urlare, ma non vuole aprirmi. Dice che devo lasciarlo in pace. Ma non posso...»

Gettò la sigaretta a terra e la schiacciò con nervosismo, come se volesse sfogare così tutta la sua collera. Quando alzò gli occhi verso Simon, aveva un'espressione disperata.

«Ti prego, Simon, va' da lui. Forse Michael ti darà retta. Sono molto preoccupata e non voglio chiamare la polizia.»

Simon si limitò ad annuire, scese dalla bici e si avvicinò alla porta di Mike. L'appartamento era immerso nel silenzio.

Suonò il campanello. Una volta, un'altra e infine una terza.

Niente.

Simon schiacciò di nuovo il pulsante finché non udì dei passi dietro la porta.

«Maledizione, Tilia!» sentì gridare il fratello. «Ti ho detto di lasciarmi in pace!»

La sua voce era diversa, aggressiva, e Simon sentì un brivido corrergli lungo la schiena. Raccolse tutto il proprio coraggio e bussò con forza alla porta.

«Mike! Sono io. Ti prego, apri!»

«Vattene, piccolo! Non voglio vedere nessuno.»

La voce del fratello vibrava di rabbia repressa e Simon si sentì stringere il cuore. Sapeva esattamente cosa stava provando Mike. La consapevolezza che gli fosse stato strappato via tutto senza che lui potesse farci niente. Era una sofferenza che lui stesso aveva provato fin troppe volte.

«Mike, parla con me! Mike! Ti prego!»

«Sparisci!»

«No!» Simon prese di nuovo a pugni la porta. «Non lo farò. Noi due. Per sempre. Lo hai dimenticato?»

Non ottenne risposta, ma si rese conto che Mike non si era allontanato, e questo era già un buon segno.

«Hai detto che ci saresti sempre stato per me» proseguì Simon. «Ora lascia che io faccia lo stesso per te. Dai, sfogati. Non me ne andrò finché non avrai parlato con me.»

Per un po' ci fu silenzio, poi Mike girò la chiave e la porta si socchiuse.

Con il cuore in gola Simon spinse l'uscio e vide Mike allontanarsi verso il salotto. Barcollava e, anche senza il tanfo di alcol che proveniva dall'ingresso, Simon avrebbe capito comunque che il fratello era ubriaco.

Fece un profondo respiro, quindi entrò e si chiuse la porta alle spalle.

60

Simon dovette scavalcare le scarpe sparse per tutto l'ingresso, insieme alle assi della scarpiera che Michael aveva fatto a pezzi.

Dopo aver schivato anche i cocci di una bottiglia di vodka, che Mike aveva lanciato contro il muro, Simon entrò in salotto.

Anche qui sembrava che fosse passato un tornado. Libri e riviste erano stati scaraventati giù dagli scaffali. Il televisore era finito sul tappeto. Il poster di *The Rocky Horror Picture Show* con l'autografo di Tim Curry era sempre stato un cimelio preziosissimo per Mike. Lo aveva comprato a caro prezzo su Internet. Ora la cornice era appoggiata di traverso sul tavolo da pranzo con una crepa nel mezzo. Sotto c'erano i resti della scodella che Melina aveva riempito di patatine per Simon.

Michael era seduto sul divano in mezzo a quel caos. Era curvo su se stesso e teneva in grembo una giacca di Melina. La accarezzava distrattamente con una mano, mentre con l'altra rigirava piano una bottiglia di birra sul tavolo, come se volesse avvitarla nel legno.

«Non mi va di parlare, piccolo» disse con la lingua impastata. «Vuoi una birra? È in frigorifero.»

Simon si sedette sulla poltrona che aveva occupato anche la sera prima. «No, l'alcol non mi piace.»

«Nemmeno a me» biascicò Mike. «Ma oggi ne ho bisogno.»

Simon osservò il fratello. Gli faceva pena. Portava ancora la tuta con cui era stato prelevato dalla polizia quella mattina in officina. I capelli scuri erano spettinati, non si era fatto la barba e puzzava di sudore, olio e alcol.

Simon lo aveva già visto ubriaco. Quando abitava ancora

a casa con loro, gli era successo spesso di «inciampare», come lui stesso definiva quelle bravate.

I genitori erano molto preoccupati. Mike frequentava brutte compagnie, avrebbe finito per distruggersi se non avesse cambiato vita, gli ripeteva spesso il padre.

Nel gennaio di due anni prima, i timori dei genitori si erano avverati. Mike aveva soffiato la ragazza a un collega. I due avevano litigato, e nella zuffa che ne era seguita Mike aveva fratturato il naso al rivale con una chiave inglese.

Era stato denunciato per lesioni personali e per detenzione di stupefacenti: al momento dell'arresto la polizia gli aveva trovato in tasca diversi spinelli. Era stato licenziato in tronco.

A casa Strode era scoppiato l'inferno. Michael e suo padre avevano discusso con violenza e la madre si era rifugiata in lacrime nello studio.

Alla fine lo avevano buttato fuori di casa. Michael era maggiorenne, gli aveva urlato il padre, ed era giunto il momento che si assumesse le proprie responsabilità.

«Non voglio più stare a guardare mentre ti rovini con le tue mani» aveva esclamato, ordinandogli di andarsene.

Per Simon era stata una catastrofe. Aveva implorato invano i genitori di non cacciare Mike. Ma la cosa peggiore era stata che il fratello non era voluto rimanere.

«Non me ne frega niente di loro!» aveva detto uscendo infuriato dall'appartamento.

Simon non avrebbe mai dimenticato il tonfo della porta che si richiudeva alle sue spalle.

Michael si era fatto ospitare da un amico. Era passato da casa un paio di volte a prendere le sue cose, con un'aria sempre più disfatta. Simon si era sentito spezzare il cuore vedendolo in quello stato.

Qualche tempo dopo Tilia era venuta a conoscenza della

situazione e aveva accolto Mike a casa con sé. Da allora le cose erano migliorate. Persino il padre in seguito aveva detto a Simon di essere orgoglioso di Mike e di come era riuscito a riprendere le redini della propria vita.

Adesso però Mike era devastato. Simon non lo aveva visto così nemmeno nel suo periodo peggiore. Era un vero e proprio relitto umano e Simon soffriva immensamente a vederlo così.

«Sono stato io, piccolo» mormorò Mike senza alzare gli occhi dalla bottiglia di birra. «Sono stato io a picchiare Melina.»

«Come?» Simon sussultò, come se avesse ricevuto una scarica elettrica. «Si può sapere che diavolo dici?»

«È quello che tutti pensano di me» disse Mike. «E in un certo senso hanno ragione. L'ho lasciata andare via da sola. Sotto quel temporale. Praticamente è come se l'avessi gettata tra le braccia di quel mostro. E ho rischiato di ucciderla.» Michael sbuffò e grattò con il pollice l'etichetta sulla bottiglia. «O magari l'ho fatto sul serio» aggiunse sottovoce. Poi scoppiò a piangere.

Simon ripensò suo malgrado alle proprie cicatrici. Se n'era completamente dimenticato, ma ora provò di nuovo l'impulso di grattarsi. Gli fremevano le dita, ma riuscì a trattenersi.

«Perché non l'hai seguita?» chiese.

«Avrei voluto» disse Mike tirando su col naso. «Ma avevamo litigato. Succedeva ogni tanto, perché lei è molto im... implo... impulsiva. È tornata a casa anche stavolta, come faceva sempre dopo un litigio. Di solito poi ci telefonavamo e facevamo la pace. Ma ieri non ha risposto. Né al cellulare né sul telefono di casa.»

Michael si strofinò il viso con le mani, emettendo un suono a metà tra un gemito e un singhiozzo. Un tremito gli scosse le spalle e quando tolse la mano aveva la faccia bagnata di lacrime.

«Io, come un idiota, non ho pensato che potesse esserle successo qualcosa» disse con voce fiacca. «Ho pensato solo che fosse arrabbiata. Perché se n'era dovuta andare con quel temporale per colpa mia.»

Simon deglutì. Sapeva che avevano litigato per lui. Li aveva sentiti chiaramente pronunciare il suo nome. Non era colpa di Mike se Melina era all'ospedale e stava lottando tra la vita e la morte.

«È successo per causa mia» bisbigliò, guardandosi le mani.

Esatto, disse una voce nella sua testa che non seppe attribuire a nessuno. *È successo per causa tua. Perché ti sei comportato come un bambino piccolo. Avresti dovuto lasciarli andare, invece di pensare sempre e solo a te stesso.*

E poi udì la voce del suo incubo.

Saresti dovuto morire anche tu!

«Non dire cazzate!» esclamò Mike. «Non sei stato tu a litigare con Melina, e non riguardava soltanto te. Eravamo entrambi tesi, per questa storia del trasloco. Ma adesso non ha più importanza. È successo, e tutti pensano che sia stato io. È questo che mi ferisce più di tutto. Io amo Melina. Lei è il mio futuro. Non le farei mai... ah, merda!»

Diede un pugno al tavolino e Simon balzò in piedi. La bottiglia cadde a terra e la birra si rovesciò sul tappeto, ma Mike parve non accorgersene neppure.

«Ti prometto una cosa, piccolo» disse, alzando l'indice come per sottolineare un punto importante. «Se scopro chi è stato il bastardo che ha ridotto Melina così, lo ammazzo!»

Nei suoi occhi Simon colse l'assoluta serietà di quel proposito. Forse lo aveva detto soltanto con la convinzione di un ubriaco che, appena tornato sobrio, dimentica la propria promessa, ma in quel momento Simon era convinto che Mike sarebbe stato in grado di uccidere qualcuno.

61

Quando tornò a casa, Simon trovò Tilia seduta al buio in salotto. Il ventilatore portatile ronzava piano sul tavolo davanti a lei, spargendo per la stanza il fumo di sigaretta. Nel posacenere c'erano tre cicche fumate a metà.

«Come sta?» gli chiese con voce sfinita e rotta.

Simon si mise seduto sul divano accanto a lei e le raccontò di Mike. Tilia lo ascoltò in silenzio, lo sguardo fisso sul ventilatore. La sua unica reazione fu un cenno distratto del capo.

Simon si rese conto che la zia era allo stremo. Probabilmente si era pentita di essersi presa cura dei nipoti. Aveva fatto il possibile per loro, ma ora era sopraffatta dalla situazione.

«Grazie di essere stato da lui» disse alzandosi con un sospiro. «Andiamo a letto. È la cosa migliore. Un po' di riposo ci farà bene.»

Augurò la buonanotte a Simon e andò in camera sua. Camminava con la schiena curva, come una persona anziana.

Simon rimase in salotto. Era sfinito, ma ancora troppo sottosopra per dormire. Inoltre il salotto era molto più fresco della sua stanzetta opprimente.

Prese il telecomando e spostò da una parte il posacenere puzzolente. Accese il televisore, abbassò il volume per non disturbare Tilia e cominciò a fare zapping.

Per un po' fissò lo schermo senza vedere niente. Nella sua testa regnava un caos assoluto. Gli sembrava di essere appena sceso da un ottovolante che lo aveva sballottato su e giù.

Intorno a lui tutto era tornato tranquillo, ma dentro di lui era come se la giostra non si fosse ancora fermata. Un vortice di pensieri, paure, emozioni...

All'improvviso sullo schermo riconobbe una foto e Simon tolse il dito dal telecomando. Il notiziario di un'emittente regionale stava trasmettendo un servizio su Leonie.

C'erano novità. Brutte novità.

«... una nuova pista nel caso della sedicenne scomparsa» stava dicendo una voce fuori campo, mentre l'inquadratura mostrava il parcheggio di un'area di servizio. L'obiettivo si spostò su un cestino dei rifiuti: lì dentro era stato trovato il giubbotto di pelle rossa di Leonie. Era strappato e gli inquirenti ritenevano che il rapitore lo avesse gettato lì per sbarazzarsene.

Dunque ormai non c'erano dubbi: Leonie era rimasta vittima di un criminale e ancora non c'era traccia né del colpevole, né del suo cadavere.

La giornalista, una giovane donna dallo sguardo serio e la pettinatura impeccabile, confermò questa ipotesi.

«Gli inquirenti devono ancora visionare i filmati delle telecamere di sorveglianza del parcheggio» annunciò in tono professionale. «Abbiamo tuttavia appreso da una fonte attendibile che il colpevole ha scelto deliberatamente questo cestino perché era nascosto da un camion parcheggiato. Questo renderà più difficile l'identificazione del soggetto.»

Sullo schermo comparve un numero telefonico che gli eventuali testimoni potevano chiamare per lasciare le proprie segnalazioni. Poi il notiziario passò a un altro servizio.

Simon stava per cambiare canale quando vide comparire l'immagine della pista ciclabile di Fahlenberg e sussultò.

La ripresa doveva essere stata fatta prima che lui passasse di lì in autobus quel mattino. Si vedevano ancora i rami spezzati sull'asfalto e Simon riconobbe l'auto della polizia che lui stesso aveva visto nello stesso punto più tardi.

Nel servizio non si faceva il nome di Melina né fu mostrata una sua foto. Come già sul quotidiano, Melina veniva descritta semplicemente come «una diciannovenne vittima di una brutale aggressione». A quelle parole Simon rabbrividì di nuovo.

In una breve intervista il commissario capo Stark affermava che le indagini avevano dato i primi risultati. Era già stato interrogato un sospetto. Ma al momento non era possibile fornire maggiori informazioni.

Una giornalista chiese a Stark se a suo avviso esistesse un collegamento tra il rapimento di Leonie e l'aggressione alla giovane.

Il commissario si rifiutò di fare commenti al riguardo. «Ovviamente stiamo indagando a trecentosessanta gradi» garantì rivolto all'obiettivo.

La linea tornò in studio, dove una presentatrice dal sorriso allegro annunciò che anche per i giorni successivi erano previsti tempo soleggiato e temperature estive.

Il contrasto tra le notizie agghiaccianti e lo spensierato sorriso dell'annunciatrice aveva un che di cinico e inquietante.

Quello che è successo a queste persone è tremendo, ma ora torniamo allegri e godiamoci questo splendido clima estivo.

Almeno era questo il messaggio che Simon aveva ricevuto dallo schermo. Per gli spettatori Leonie, «la giovane vittima» e «il sospettato», che ovviamente era Mike, erano soltanto i personaggi di un libro. La gente forse era turbata, magari impaurita, ma poi sarebbe tornata alla vita di tutti i giorni. Allo *splendido clima estivo* che invitava a fare una nuotata o a dedicarsi al giardinaggio. E fino al notiziario successivo tutto sarebbe stato dimenticato, a meno di non essere tra le persone coinvolte. Come lui.

Simon cercò di pensare ad altro. Almeno per qualche minuto. Cambiò di nuovo canale.

Si fermò su un film horror, in cui un ragazzo veniva aggredito da un mostro su un ponte solitario nel bosco. Il ragazzo era sulla sedia a rotelle, che tuttavia somigliava a uno scooter a tre ruote con sgargianti bandierine rosse. Sparava fuochi d'artificio sull'aggressore, poi fu inquadrato il mostro. Era un travestimento dozzinale, era evidente che dietro la maschera si nascondeva un attore. Simon tuttavia si sentì gelare il sangue nelle vene, perché quell'uomo con il costume da licantropo somigliava in maniera spaventosa al lupo dei suoi sogni.

Spense il televisore e gettò il telecomando sul tavolo, come se si fosse scottato le dita.

Il lupo... quel maledetto lupo...

Con dita tremanti accese la lampada a stelo accanto al divano. Poi si rannicchiò in un angolo del divano appallottolandosi come un istrice.

Intorno a lui regnava il silenzio assoluto, interrotto solo dal ronzio del ventilatore. Un fruscio lieve, solitario.

Simon si strinse le gambe con le braccia e nascose la testa tra le ginocchia. Poi tutto crollò e lui scoppiò a piangere.

62

A un certo punto cadde in un sonno agitato. Era ancora raggomitolato sul divano. Senza rendersene conto digrignava i denti e le palpebre gli fremevano. Ogni tanto gemeva o si lasciava sfuggire un lamento soffocato.

La lampada sopra di lui lo avvolgeva in una luce calda, che sembrava volerlo proteggere dai brutti sogni. E in effetti ci riuscì, perché stavolta Simon non si trovò sulla strada nel bosco.

Stavolta era tornato a casa. Ma qualcosa era cambiato...

63

Quel venerdì di primavera non sarebbe potuto cominciare in maniera migliore.

Simon era stato svegliato dal sole, dopo parecchi giorni di pioggia. A colazione era riuscito per la prima volta a risolvere il sudoku sul giornale del padre, senza posare la matita neppure una volta. Andando a scuola, aveva saputo che Ronny era assente perché aveva l'influenza. Una giornata senza Ronny! La notizia migliore che potesse arrivargli.

All'ultima ora era stato riconsegnato il compito in classe di matematica svolto il lunedì. Simon aveva preso dieci e il professore aveva scritto con la matita rossa due frasi sotto il voto: *Il migliore della classe! Complimenti!*

Inorgoglito, Simon aveva riposto il compito nel quaderno, perché non si sgualcisse. I genitori sarebbero stati contenti. Sebbene Simon tornasse sempre con risultati eccezionali, il padre e la madre si mostravano tutte le volte piacevolmente sorpresi. Dopotutto non c'era niente di scontato nella vita, come amava ripetere sua madre.

Simon arrivò a casa con lo stomaco che gli brontolava. Entrò subito in cucina. Il venerdì era giorno di ravioli e ne pregustava già una porzione abbondante, come sempre con ragù di carne e insalata verde.

Sua madre però non era in cucina. Sui fornelli c'era una pentola vuota e accanto il pacchetto di ravioli ancora chiuso.

Guardò nel lavandino, dove la madre aveva messo a bagno l'insalata, tagliata e pulita, ma senza averla scolata.

Gettò un'occhiata sorpresa all'orologio. L'una e un quarto. Di solito a quell'ora il pranzo era già pronto in tavola.

Che strano.

Poi udì la voce della madre e tornò nell'ingresso. Era nello studio e stava telefonando con la porta chiusa.

La porta, pensò. *È la porta!*

Mentre sognava, si rese conto che era proprio la porta in mezzo alla strada nel bosco. Pur essendo addormentato, il suo subconscio sapeva di dover assolutamente scoprire cosa ci fosse oltre quella porta. Sapeva che lì dietro si nascondeva qualcosa di importante.

Quel venerdì aveva bussato. Aveva pensato che sarebbe stato maleducato piombare nello studio senza farsi annunciare.

La madre aveva continuato a parlare, probabilmente perché non aveva sentito i colpi alla porta. Lui allora aveva abbassato la maniglia e...

64

... si svegliò di soprassalto.

Per qualche istante rimase confuso, senza sapere dove si trovava. Non era a casa, non era in clinica e non era nella stanza degli ospiti.

Stava per essere colto dal panico, ma poi vide davanti a sé i cuscini a fiori del divano di Tilia e tornò definitivamente alla realtà.

Si strofinò gli occhi, intontito, e allungò le braccia intorpidite. Gli doleva la schiena per la posizione in cui era rimasto così a lungo sul divano e gli faceva male anche la mandibola. Doveva aver digrignato i denti nel sonno.

Guardò l'orologio appeso al muro. Mancava poco a mezzanotte.

Simon si domandò perché si fosse svegliato. Era stato per via del sogno, o qualcosa lo aveva strappato al sonno?

Oppure qualcuno...

Quasi in risposta alla sua domanda, udì dei colpi lievi alla finestra alle proprie spalle.

Si girò di scatto, ma vide soltanto la propria immagine riflessa sul vetro. Impulsivamente spense la luce e, quando il salotto piombò nell'oscurità, scorse la sagoma di qualcuno davanti alla porta della terrazza.

Riconobbe subito la figura alla luce della luna e corse sorpreso ad aprire.

«Finalmente» disse Caro. «Temevo che non ti saresti più svegliato. È da un quarto d'ora che provo a bussare, ma tu...»

«Shhh!» fece Simon gettando un'occhiata verso l'ingresso.

Se Tilia avesse saputo che una ragazza era venuta fin lì nel cuore della notte, si sarebbe sicuramente arrabbiata.

«Che ci fai qui?» bisbigliò.

«Devo parlarti. È molto importante.»

Simon si guardò ancora intorno. Gli sembrava di aver sentito un rumore. Forse Tilia si era svegliata.

Invece era solo il fruscio del cuscino del divano che era scivolato di lato.

«Non possiamo aspettare domani?»

Caro scosse la testa. «Non voglio più aspettare. Possiamo andare a parlare in un posto tranquillo? C'è una cosa che devi assolutamente sapere.»

65

Pedalando nella fresca aria notturna, raggiunsero il margine inferiore del paese. Simon conosceva un punto appartato in riva al Fahle che da bambino gli aveva mostrato suo padre.

Il cielo punteggiato di stelle sopra di loro sembrava il telo di una gigantesca tenda incastonato di brillanti e, dopo essersi lasciati alle spalle gli ultimi lampioni, proseguirono al chiaro di luna.

Non impiegarono molto tempo per arrivare. Scesero in silenzio dalle biciclette e le spinsero verso il fiume percorrendo uno stretto sentiero.

Simon constatò con sollievo che nel corso degli anni il posto non era affatto cambiato. La panchina era sempre lì, con l'unica differenza che le assi di legno su cui Michael tanti anni prima aveva inciso con un temperino il nome del suo gruppo musicale preferito erano state sostituite da altre di plastica riciclata.

C'era anche il salice piangente centenario che si sporgeva sull'acqua. A Simon ricordava ancora una donna che si lavava i capelli nel fiume. I rami sfioravano la corrente e la brezza notturna mormorava tra le foglie, producendo un fruscio simile a quello di una pioggia leggera.

Appoggiarono le biciclette a un oleandro e si misero a sedere sulla panchina. Il Fahle scorreva lento e silenzioso davanti a loro. L'acqua scintillava come argento liquido sotto i raggi della luna.

«Wow» esclamò Caro impressionata. «È un posto magnifico. Come facevi a conoscerlo?»

«Nostro padre ci portava qui per insegnarci a pescare» disse Simon. «E anche lui aveva imparato da mio nonno. Si potrebbe quasi dire che questo posto è una specie di tradizione di famiglia per noi.»

«Figo» disse Caro. «Sei mai riuscito a prendere qualcosa?»

«Una volta. Ho pescato una trota. Era piccola così.» Allargò di poco le mani, per dimostrare che si era trattato di un pesce molto piccolo. «Poi l'abbiamo ributtata nel fiume. Non ho mai avuto un grande talento per la pesca, e neppure Mike.»

«Andavi spesso a pesca?»

«No. Dopo la morte dei miei nonni venivamo qui molto raramente. E poi mio padre non aveva più tempo, perché aveva sempre tanto lavoro. Ma non ho mai dimenticato questa panchina. È un posto pieno di pace.»

Rimasero in silenzio a gustare l'atmosfera notturna e ad ascoltare il richiamo di una civetta in lontananza. Il fiume sapeva di acqua fresca e alghe e gli oleandri sprigionavano un profumo dolciastro e intenso.

«Bene, ora siamo soli» riprese Simon. «Cosa devo sapere di tanto urgente?»

Caro si strofinò il naso, mentre rifletteva da dove cominciare.

«Da quando abbiamo saputo di Melina stamani, ho riflettuto molto» disse. «Volevo parlartene già prima, ma non c'è mai stato il momento. In ogni caso...» Fece un profondo sospiro, poi proseguì: «Credo di sapere chi l'ha aggredita».

«Cosa?» Simon la guardò stupito. «Chi è stato?»

«Ho un sospetto» disse, scavando con la punta del piede nella sabbia. «Ma prima vorrei raccontarti qualcosa su Melina. Non sono sicura che tuo fratello sappia proprio tutto di lei. E comunque penso che tu lo sappia.»

«La conoscevi?»

Caro ondeggiò la testa senza alzare lo sguardo.

«Non proprio. Finché veniva a scuola, la vedevo quasi tutti i giorni all'intervallo. Nient'altro. Non frequentava quelli più piccoli come me. Non voglio parlare male di lei, ma... Ecco, in tutta sincerità, non la sopportavo. Era una Barbie vanitosa, non so se mi capisci.»

Simon annuì. Era stato con Melina troppo poco, ma anche lui aveva avuto l'impressione che non lo avrebbe degnato di uno sguardo, se non fosse stato il fratello di Mike.

«Si è sempre comportata come se fosse una persona speciale» proseguì Caro. «È molto bella, bisogna ammetterlo. I maschi impazzivano per lei. Usciva sempre con ragazzi diversi, ed era lei a scegliere, credimi. Conosco molte ragazze che l'ammiravano perché era fantastica.»

Già, pensò Simon, *anch'io conosco ragazze che cercano di essere uguali a una di loro. Ce ne sono dappertutto nelle scuole.*

«Era sempre al centro dell'attenzione alle feste o agli eventi scolastici» proseguì Caro. «Una volta due ragazzi si sono addirittura azzuffati per lei. Deve averci goduto un sacco, ci scommetto.» Fece una risata sarcastica. «Ma non a tutti piaceva. Alcune ce l'avevano a morte con lei, perché aveva soffiato loro i ragazzi.»

Simon non credeva alle proprie orecchie. «Dici sul serio? Non so perché, ma non riesco a immaginarla come una che rimorchia i ragazzi.»

Caro gli rivolse un sorriso agrodolce. «Infatti non lo faceva. In genere erano i ragazzi a provarci, e lei se la spassava. Ma, quando a Fahlenberg è arrivato tuo fratello, le cose sono cambiate. Michael è un tipo tosto. Era più grande dei compagni di Melina, aveva già un lavoro e guidava vecchie auto da sogno. A lei è piaciuto subito. Credo che tra loro sia stato amore a prima vista.»

«Eccome» confermò Simon pensando alle parole di Michael. *Melina è il mio futuro.* «Mike è cotto di lei. Dice di amarla davvero. Finora non l'aveva mai detto delle sue ex ragazze.»

Due lucciole spuntarono dal nulla davanti a loro. Per qualche istante la loro luce intermittente ondeggiò a pochi passi dalla panchina, prima che scomparissero nella notte. Caro rimase a guardarle in silenzio, poi riprese a parlare.

«Sì, tuo fratello dev'essere un tipo simpatico. Del resto è una caratteristica di famiglia.»

Sorrise ammiccante a Simon e lui fu contento che al buio Caro non potesse vederlo arrossire di nuovo. Lei tornò seria.

«Prima che Melina si mettesse con Michael, c'era stato un altro» disse, abbassando la voce, quasi temesse che qualcuno li stesse ascoltando. «È solo un pettegolezzo, ma credo che sia vero.»

A Simon tornò in mente ciò che Mike aveva detto di Melina, che il suo ex era «un vero stronzo».

«Qual è questo pettegolezzo?» domandò.

«Tra quelle dell'ultimo anno girava voce che avesse avuto una storia con un uomo sposato. Un professore.»

Simon comprese subito a chi si riferisse, ma si rifiutava di crederlo.

«Henning? Non crederai che lui... Caro, è assurdo!»

Lei si strinse nelle spalle. «È quello che si diceva in giro, e io penso che sia vero. Tu stesso hai detto che non ti fidi di lui, e secondo me hai ragione. Henning non è uno di cui fidarsi. Da fuori sembra un tipo simpatico e disponibile, un padre di famiglia affettuoso, ma ha anche un lato nascosto.»

«Cavolo» esclamò Simon. «Mi stai dicendo che è un donnaiolo?»

Caro abbassò di nuovo lo sguardo. Con la punta della scarpa aveva sollevato un sasso piatto e lo teneva in equilibrio facendolo dondolare avanti e indietro.

«Prova a pensare alla reazione di tua zia quando siete stati nel suo ufficio» disse. «Henning ha un ascendente sulle donne e lo sa benissimo. In questo lui e Melina sono molto simili. Anche lei è molto brava a usare il proprio fascino. La differenza è che Henning non riesce sempre a controllarsi del tutto. Dovresti vedere come guarda noi ragazze durante la lezione di educazione fisica. Lui crede che non ce ne accorgiamo, ma si sbaglia. Qualcuna sostiene addirittura che Henning le avrebbe fatto delle avance. Ovviamente in maniera discreta, in modo che nessuno possa accusarlo.»

Simon era perplesso. «L'ha fatto anche con te... voglio dire...»

«Se ci ha provato?» Caro rise. «Come no. Mi ha convinto a fare un giro in canoa e poi mi ha palpato, con la scusa di aiutarmi a indossare il giubbotto salvagente. Ma una donna capisce subito quando un tizio supera i limiti.»

«E tu come hai reagito?»

«Cosa potevo fare? Non sono più andata in canoa con lui. Dopotutto eravamo soltanto noi due, non c'erano testimoni.»

Simon scrollò il capo interdetto. «E io che mi sono sempre chiesto perché non lo potessi soffrire.»

«Be', sai, c'è anche chi lo trova così fantastico da giustificare il suo comportamento» osservò Caro. «Una di queste era Leonie, per esempio.»

Simon spalancò la bocca.

«Leonie?»

Caro confermò con un cenno del capo. «Era innamorata di lui. Si comportava in modo patetico.» Alzò gli occhi al cielo. «L'amante del professore... e roba di questo genere. Disgustoso.»

«Mi stai dicendo che lui potrebbe c'entrare con la sua scomparsa?»

«Non lo so» rispose Caro, agitando la punta del piede finché il sasso cadde a terra. «Tutto è possibile. Posso solo raccontarti ciò che ho visto. Leonie non aveva amici, però qualche ragazzo l'aveva corteggiata. E non erano tutti degli idioti. Ma Leonie li aveva respinti.»

Simon pensò al servizio in televisione. Il giubbotto strappato gettato in un cestino dell'immondizia di un'area di servizio sull'autostrada. Un cestino nascosto dietro un camion, per fare in modo che le telecamere di sorveglianza non registrassero niente. Forse era solo un tentativo di depistare le indagini?

Tuttavia, per fare una cosa simile, ci voleva il sangue freddo di un criminale. Per quanto non sopportasse Henning, che probabilmente era un donnaiolo, Simon si domandava se fosse davvero capace di un gesto del genere.

La risposta era che non lo sapeva.

«Non riesco a crederci» disse sottovoce. «Perché avrebbe dovuto uccidere Leonie?»

«Ecco, per farla breve, lei era la tipica vittima» disse Caro. «L'ingenua Cappuccetto Rosso che va nel bosco e si fida del lupo che alla fine la sbrana. Henning è soltanto un uomo. Non prendertela, ma troppo spesso gli uomini pensano con la parte sbagliata del corpo. E, quando si rendono conto di aver combinato un casino, cercano di cancellare tutto. Ma non è possibile. Quello che è successo è successo e basta.»

Se non fosse stato così buio, Caro si sarebbe accorta che Simon era arrossito di nuovo.

Ovviamente anche a lui era già capitato di pensare *con la parte sbagliata del corpo*, per usare l'espressione di Caro. Ma lo aveva fatto di nascosto e se n'era sempre vergognato. Per lui era un argomento imbarazzante, sebbene fosse *del tutto naturale*, come gli aveva assicurato una volta suo padre.

Sono tutti lupi travestiti da agnelli, aveva detto Jessica in clinica. Forse aveva ragione.

«Secondo te Leonie poteva averlo ricattato?» chiese Simon evitando di guardarla. Aveva le guance in fiamme.

«Non credo. In ogni caso non in senso stretto, non era nel suo stile. Ma forse era innamorata di lui? O, peggio ancora, forse alla fine si era rifiutata! Non dimenticare che Henning è un padre di famiglia e lo conoscono tutti. Non può permettersi di finire in uno scandalo.»

«Okay» disse Simon deglutendo. «Ammettiamo che abbia davvero a che fare col caso di Leonie. Perché allora aggredire anche Melina? Non ha senso. Inoltre non ci sono ancora prove che i due casi siano collegati. Quello che mi hai riferito è solo un pettegolezzo.»

Caro si girò verso di lui e alzò un sopracciglio. «Davvero? Prova a pensarci. Ti ho già detto che Melina non era un angioletto. Non è nemmeno molto intelligente, questo l'avrai notato anche tu. Eppure ha ottenuto una borsa di studio per Heidelberg. Magari qualcuno l'ha aiutata, no?»

Simon fissò davanti a sé senza replicare. Pensò a Mike e alla reazione del fratello alla vista di Henning. La sua rabbia... e Henning non era d'accordo sul fatto che Melina andasse a Heidelberg proprio con Mike.

«Se Henning l'ha aiutata, avrà voluto qualcosa in cambio» proseguì Caro. «Magari si era immaginato che andasse a Heidelberg con lui? Ho sentito dire che tra lui e la moglie le cose non funzionano già da tempo. Lei sa sicuramente che razza di uomo è il marito e resta con lui solo per i figli. Capita spesso. Forse lui voleva andarsene proprio per questo. Perché aveva fatto un casino con Leonie e voleva ricominciare daccapo altrove. Con Melina. Per come la vedo io, lei lo ha sfruttato per ottenere ciò che voleva.»

«Ma poi Henning si è accorto che Melina si era approfittata di lui e che in realtà voleva andarsene con Mike, e allora ha perso il controllo» concluse Simon.

Aveva senso, ragionò con sgomento, ma era anche assurdo. Henning avrebbe davvero ucciso qualcuno per proteggere se stesso?

«È tutto così strano» mormorò assorto.

«Lo so» disse Caro disegnando un cerchio nella sabbia con la punta della scarpa. In mezzo c'era il sasso, simile a un occhio che fissava entrambi. «Non credere che non ci abbia pensato. Sembra pazzesco, ma non può essere andata che così. Hai mai sentito parlare di Sigmund Freud?»

Simon fece un gesto vago. «Non proprio. Ne abbiamo parlato una volta a lezione. Ma è passato un po' di tempo.»

«Io vorrei studiare psicologia» gli confidò Caro. Raccolse il sasso e tolse la sabbia con il pollice. «Per me le persone sono quasi tutte un mistero. Spesso mi sembra che tutti quelli intorno a me indossino una maschera. Sono convinta che, imparando di più sulla psiche, riuscirò a scoprire cosa si nasconde dietro queste maschere.»

Mostrò a Simon la pietra levigata che teneva in mano, e che risplendeva chiara sotto la luna.

«Se si toglie lo strato superficiale, si scopre la vera forma sottostante» disse. «Allora è più facile comprendere. Ciascuno di noi reca in sé molti aspetti. Uno di questi è quello istintivo. Freud lo chiama Es. Non è necessariamente cattivo, ma è importante controllarlo. Es è come il lupo cattivo delle favole. Finché dai ascolto alla ragione e ai sentimenti, e sai che può diventare pericoloso, non ti farà niente. Ma guai se gli lasci campo libero. Allora ti divora. A volte basta un solo istante. E, se poi non riconosci il tuo errore, le cose peggiorano ulteriormente.»

«Ma per uccidere qualcuno occorre di più» obiettò Simon. «Nei film o nei libri sembra facile, ma nella vita reale è diverso. Se uccido qualcuno non distruggo soltanto la sua vita, ma anche la mia.»

«Può darsi, se sei consapevole di quello che fai» osservò

Caro. «A volte si agisce senza pensare. Così, in maniera impulsiva. Poi succede qualcosa di cui ci si pente. Se fosse andata così? Può darsi che Henning abbia incontrato Melina per caso. Hanno litigato, poi...»

Caro lasciò la frase a metà, ma fece un gesto eloquente che provocò un brivido in Simon.

«E non è tutto» proseguì lei guardandolo con occhi sgranati. «Non ti sei chiesto come faceva Henning a sapere cos'era successo a Melina? Nessuno aveva fatto il suo nome sui giornali né alla radio.»

Simon si massaggiò le tempie. D'un tratto lo aveva assalito un feroce mal di testa. Troppe emozioni tutte in una volta.

«Hai ragione» disse sottovoce, sebbene una parte di lui si rifiutasse di crederci. «Ma Fahlenberg non è una metropoli. Henning mi ha detto di averlo saputo da qualcuno.»

«E tu gli credi?»

Improvvisamente Simon provò l'impulso di alzarsi e di andarsene.

Via, via, via lontano da lì!

Ma non avrebbe risolto nulla. Non poteva nascondersi dalla verità, ammesso che quella fosse la verità.

«Se devo essere sincero, non so più cosa pensare» disse con voce spenta, mentre sentiva lo sguardo intenso di Caro su di sé.

«Secondo te perché è venuto da te oggi?» domandò.

«Ha detto che voleva scusarsi.»

«No, Simon.» Caro sorrise cupa. «Stamattina si era impappinato e voleva scoprire se tu te n'eri accorto.»

L'immagine di Henning affiorò nella sua mente. Il vicepreside si era scusato, e si erano guardati in silenzio. Lui si era domandato perché non se ne andasse. Forse era davvero rimasto per vedere come avrebbe reagito Simon.

«E, se questo non bastasse per convincerti, prova a pensare all'auto di Henning» proseguì Caro. «Un grosso fuoristrada nero. Proprio come hai descritto la macchina su cui è salita Melina.»

«D'accordo, potrebbe essere andata come dici tu» concesse lui. «Ma può essere stata una coincidenza. Ieri ho visto tantissime grosse auto nere.»

«Una coincidenza? Non ci credi nemmeno tu.»

Caro si alzò scrollando il capo e si avvicinò al fiume. Protese il braccio all'indietro e lanciò il sasso piatto radente alla superficie dell'acqua. Fece quattro rimbalzi lasciando cerchi argentati prima di affondare.

Simon la raggiunse. «C'è un modo per scoprirlo» disse. «Henning mi ha invitato a fare un giro in canoa domani pomeriggio. Accetterò.»

Lei si voltò a guardarlo. «Cosa pensi di fare?»

Simon si strinse nelle spalle. «Ancora non lo so. Ma mi verrà in mente qualcosa.»

Caro lo guardò a lungo negli occhi, poi annuì. «Okay, ma non andrai da solo. Ci sarò anch'io e vi terrò d'occhio.»

Simon sorrise sollevato. Aveva sperato che lei si offrisse di aiutarlo. Da solo non ce l'avrebbe fatta.

«Ottimo» concluse. «Ci vediamo domani alle tre al circolo canottieri.»

Caro tornò a guardare il fiume che scorreva lento davanti a loro. Aveva la fronte aggrottata e sembrava assorta. Ma, prima che Simon potesse domandarle a cosa stesse pensando, lei si voltò e tornò verso le biciclette.

«Ti aspetti un bacio d'addio?» domandò indicando verso il cielo. «In fondo c'è la luna piena e tutto il resto.»

Simon era sorpreso e aprì la bocca senza dire niente.

«Nemmeno io» disse lei ammiccando. Poi si allontanò.

66

Simon si svegliò poco dopo le sette con una fame da lupi. Mentre si vestiva, si rese conto che il giorno prima non aveva mangiato niente. Ora si sentiva spossato e fragile e il suo corpo aveva bisogno di zuccheri.

Poco dopo era seduto in cucina a divorare una porzione enorme di cornflakes. Continuava a riempire la ciotola di latte e cacao e alla fine svuotò quasi tutta la confezione di cereali.

Soddisfatto, si appoggiò allo schienale e si accarezzò la pancia piena. Gli sembrava di avere ingoiato un pallone e tutto lo zucchero che aveva in corpo gli dava quasi la nausea, ma si sentiva decisamente meglio.

Solo adesso notò le nuvolette di fumo che salivano davanti alla finestra della cucina. Credeva che Tilia dormisse ancora, invece la trovò davanti a casa.

Era seduta sulla panchina accanto all'ingresso, con la sua tazza con l'omino Michelin piena di caffè e una sigaretta. Un'occhiata al posacenere gli indicò che non era la prima della mattinata.

Tilia non si accorse subito che Simon si era seduto lì accanto. Sembrava altrove con il pensiero. Poi si voltò. Aveva la faccia cerea e smunta.

«Buongiorno» disse con voce roca. «Hai mangiato qualcosa?»

Lui annuì.

«Non credere che sia una persona debole» riprese lei indicando la sigaretta. «Sono già riuscita a smettere una volta e non ho fumato per anni. Ci riuscirò un'altra volta, appena le cose saranno tornate alla normalità.»

Simon guardò verso la rimessa e si accorse che la Mercedes di Mike non era parcheggiata al solito posto.

«Dov'è Mike?»

«È andato all'ospedale prestissimo, per stare accanto a Melina.»

«Gli hai parlato?»

Tilia soffiò fuori il fumo e schiacciò il mozzicone. «Brevemente» disse. «È venuto a scusarsi con me per ieri. Non sarebbe stato necessario. Povero ragazzo...»

Si asciugò una lacrima, poi prese un'altra sigaretta con dita tremanti.

«Più tardi andrò in città» annunciò tossendo. «Devo parlare con il mio capo e mettere una buona parola per Michael. Non possono licenziarlo solo perché la polizia si sbaglia. Tuo fratello non se lo merita. È cambiato e si è impegnato per rimediare a tutti gli errori passati. Se perde il lavoro ora, potrebbe sprofondare di nuovo.»

Simon si morse un labbro. Tilia aveva ragione. Mike aveva fatto tutto il possibile per rimettere in piedi la propria vita. E, qualunque cosa Caro gli avesse raccontato su Melina quella notte, lei era la ragazza giusta per Mike. Mike voleva costruire un futuro insieme a lei e Simon sperava ardentemente che entrambi avessero questa possibilità, anche se per lui poteva significare perdere il fratello.

Due giorni prima, quando avevano litigato per questo, la situazione era ancora diversa. Ma nel frattempo aveva capito che non poteva pensare soltanto a se stesso.

Quando ami qualcuno, lo lasci andare. Se ritorna da te, ti appartiene.

Lo aveva detto una volta la nonna. All'epoca Simon non aveva compreso il significato di queste parole. Ora però capiva di non avere nessun diritto di rivendicare Mike tutto per sé. Suo fratello doveva avere la possibilità di condurre la propria vita. Altrimenti non sarebbe stato felice. Ed era questo il punto, giusto? Che tutti fossero felici.

Se n'era reso conto troppo tardi. Se lo avesse fatto due giorni prima, Mike e Melina forse non avrebbero litigato e magari adesso le cose sarebbero state diverse.

Tutto ciò che era accaduto era colpa sua, di Simon Strode. E adesso spettava a lui riportare le cose *alla normalità*, come aveva detto Tilia.

Gli tornarono in mente le parole che aveva rivolto al fratello la sera prima. *Hai detto che ci sarai sempre per me. Ora lascia che per una volta io ci sia per te.*

Poi pensò a ciò che il nonno ripeteva spesso. *Una promessa può essere grande solo come chi la mantiene.*

«Devo andare a prepararmi. È ora» disse Tilia.

Si alzò, posò brevemente la mano sulla spalla di Simon, come se volesse consolarlo, quindi rientrò in casa.

Quando uscì poco dopo, fresca di doccia e con un trucco un po' troppo pesante, Simon sapeva cosa doveva fare.

Guardò la zia andarsene. Quindi si spostò nell'angolo del cortile dove c'era più campo e cercò su Google l'indirizzo del commissariato di Fahlenberg.

67

Il commissario capo Rutger Stark sembrava molto più vecchio che in tv, ma forse era colpa delle luci al neon in quella stanzetta senza finestre e con le pareti di cemento grigio dove erano seduti.

Somigliava alla stanza degli interrogatori delle serie televisive e questo aumentò il disagio di Simon. Lì dentro faceva fresco, le sedie erano comode e c'era odore di sudore e caffè vecchio.

Prima, mentre aspettava il commissario, Simon si era

guardato intorno alla ricerca di telecamere di sorveglianza. Nei film c'erano sempre e registravano le conversazioni. Lì non ne aveva scoperta nessuna. E non c'era nemmeno uno specchio finto che servisse per seguire la scena di nascosto da una stanza vicina.

Tuttavia Simon non si sentiva affatto a proprio agio.

Stark doveva avere una cinquantina d'anni. Era magro, con i capelli corti e radi che lasciavano intravedere il cuoio capelluto. Aveva una faccia spigolosa dall'aria energica. Una vistosa cicatrice gli divideva in due il sopracciglio destro. In quel momento era sollevata in un'espressione stupita, mentre Simon finiva il proprio racconto.

«Ho capito bene?» domandò il commissario. «Hai preso la bicicletta nel cuore della notte durante un temporale così, senza motivo?»

Simon annuì.

«Ti capita di farlo spesso? Cioè, girare in bicicletta di notte?»

«Ogni tanto» mentì Simon. «Mi aiuta a liberare la mente.»

«Ah.»

Il commissario annuì pensieroso, appoggiò i gomiti sul piano del tavolo e intrecciò le dita sotto il mento. Era stanco e aveva due profonde occhiaie. Probabilmente nemmeno lui aveva dormito molto la notte prima.

«Hai visto Melina salire sull'auto?» riprese. «Ne sei proprio sicuro?»

Simon perse anche l'ultimo briciolo di pazienza. Stark si rivolgeva a lui come a un bambino piccolo. Era irritante.

«È quello che le ho appena detto! Pioveva forte e la strada era piena di rami spezzati. Melina non riusciva più a proseguire con lo scooter. Quando l'ho vista, stava salendo su quell'auto. E le giuro che non era una Mercedes. Di sicuro non era la Mercedes di Mike.»

«Non avevi detto di non aver riconosciuto la macchina?»

«È vero. Non ho riconosciuto la marca. Ma era un'auto grande e scura. Aveva una forma completamente diversa da quella di Mike.»

Simon avrebbe voluto suggerire al commissario di controllare l'auto di Richard Henning, ma era troppo presto. Non poteva dimostrare niente. Almeno per ora. Se lui e Caro si fossero sbagliati, suo fratello si sarebbe trovato in guai molto seri.

«Be'» disse Stark staccando i gomiti dal tavolo. «È una storia molto interessante.»

Simon lo guardò negli occhi e comprese che il commissario non gli credeva. Un membro del rispettabile club dei fuori di testa, come lui, riconosceva fin troppo bene quell'espressione incredula.

«La prego, deve credermi» disse odiandosi per il suo tono implorante. «Ho visto davvero quell'auto.»

«Sai che cosa penso?» Era una domanda retorica. «Credo che tu voglia proteggere tuo fratello. Ne avete passate tante insieme. Sono al corrente dell'incidente dei vostri genitori. È qualcosa che lega e avvicina tantissimo due persone. La cosa ti rende onore, Simon. Dico sul serio, da ragazzo sarebbe piaciuto anche a me avere un fratello leale come te. Uno che sia sempre dalla mia parte, qualunque cosa succeda.»

Assentì con il capo, per sottolineare la propria dichiarazione, quindi fissò intensamente Simon negli occhi.

«Tuttavia, rendere una falsa testimonianza è un reato. Questo ti è chiaro?»

«Ho detto la verità» ribatté Simon. «Non me ne frega

niente di quello che pensa di me, Mike è innocente. È stato qualcuno con una grossa auto scura.»

«Il grande sconosciuto» disse Stark sporgendosi sul piano del tavolo.

Continuava a fissare Simon con il suo sguardo penetrante, come se volesse entrargli in testa e leggergli nel pensiero.

Simon sostenne il suo sguardo, anche se dentro si sentiva rimescolare di rabbia. Stark voleva capire se mentiva o no, e allora gli avrebbe letto la verità scritta in faccia. Distogliere lo sguardo avrebbe indicato che stava dicendo una bugia.

«Molto bene» disse alla fine il commissario appoggiandosi di nuovo allo schienale. «Controlleremo la cosa.»

«Me lo promette?»

«Certo.» Gli avrebbe quasi creduto, ma poi lo vide girare lo sguardo di lato.

68

Devi frequentare di più la gente. Non puoi startene sempre rinchiuso in camera tua a leggere o a giocare al computer. Esci e parla con qualcuno reale. *Altrimenti un giorno resterai da solo.*

Era stata sua madre a dirglielo una volta. Anzi, no, veramente glielo ripeteva spesso.

E adesso era lì. Tra la gente.

Era al commissariato di polizia di Fahlenberg, nel cuore della città.

Davanti a lui il traffico scorreva sulla strada e i pedoni camminavano sul marciapiede. Andavano a fare la spesa, oppure a un appuntamento, o in uno dei tanti caffè e ristoranti lungo la via principale.

Il tempo era splendido, una perfetta giornata d'estate. Ideale per godersi una bibita fresca all'aperto e conoscere le persone. Ma, anche se le strade brulicavano di gente e intorno a lui la città spumeggiava di vita, Simon era solo.

Invisibile.

Nessuno badava a lui. Nessuno gli rivolgeva la parola. Nessuno lo avrebbe aiutato. Perché nessuno gli credeva.

Aveva solamente se stesso e Caro.

Fu assalito da un'ondata di disperazione. Se voleva scagionare Mike, avrebbe dovuto agire di persona. E questo lo terrorizzava.

Avrebbe voluto essere uno degli eroi dei film e dei libri che gli piacevano tanto. James Bond. Batman. Il conte di Montecristo o Roland, il pistolero. Loro sapevano sempre che cosa fare. Erano coraggiosi e determinati e non avevano paura di niente.

Ma non dovevano neppure affrontare la realtà. Come toccava fare a lui.

La vera avventura era la realtà. Nella vita reale nessuno aveva poteri soprannaturali, né una seconda possibilità. Non c'erano trucchi e non si guadagnavano punti extra per ottenere una vita in più, nel caso si sbagliasse la prima volta. Nella vita reale, quando qualcosa andava storto, andava storto.

Per questo aveva bisogno di più coraggio di tutti i suoi eroi messi insieme.

Stava per tornare verso la bici immerso in questi pensieri, quando notò un camion fermo a pochi passi da lui a un semaforo. Sulla fiancata dell'automezzo c'era il logo della ditta Hannes Waschhauser e sotto la scritta a lettere maiuscole IL VOSTRO PROFESSIONISTA DELLE PORTE. Accanto erano disegnate diverse porte che ricordarono immediatamente a Simon quella dei suoi sogni. La porta dello studio dietro la quale stava telefonando sua madre. Ricordava la sua voce agitata.

All'improvviso una parola affiorò alla sua mente. Una parola che la madre aveva pronunciato venerdì e che gli aveva provocato un dolore tremendo. Ora la ricordava perfettamente.

...distrutto!

Che cosa significava? Che cosa era distrutto?

Provò a concentrarsi, ma senza riuscirci. Il ricordo era svanito con la stessa velocità con cui era arrivato. Come se qualcuno avesse sollevato brevemente un sipario davanti alla parola nascosta e poi lo avesse lasciato cadere di nuovo.

...distrutto!

Che cosa? Per la miseria, che cosa è distrutto?

«Attento!» gridò una voce femminile accanto a lui e Simon si girò da quella parte.

Trattenne il fiato. Accanto a lui c'era sua madre. Il suo fantasma, che la notte prima gli aveva impedito di guardarla. Ora però era tornata, ed era più spaventosa che mai. Un corpo carbonizzato con occhi ardenti e malvagi, che sprigionava un calore fortissimo e tremolava davanti a lui come l'asfalto sotto il sole.

Il fuoco le aveva divorato la faccia. Guance e labbra erano spariti e i denti bianchi scoperti in mezzo alla carne annerita disegnavano un ghigno spaventoso.

Alla luce del giorno Simon vide il fumo che saliva dal suo corpo e credette perfino di sentirne l'odore. Un puzzo ripugnante e acre, che gli provocò un conato di vomito.

Lei reggeva qualcosa di informe tra le dita ossute e carbonizzate. Simon non lo riconobbe subito. Solo quando vide lo stemma annerito della Ford, capì che era un volante. La plastica era deformata in un bizzarro ovale.

«Be', che ti succede?» domandò quell'essere mostruoso, che un tempo era stata sua madre.

Simon avrebbe voluto gridare, ma gli mancò la voce. Di

colpo l'immagine cambiò e divenne quella di una sconosciuta. Al posto del volante, stringeva l'impugnatura di un passeggino e lo fissava irritata. Il bambino nel passeggino piangeva.

«Allora, che c'è?» disse lei spazientita. «Ti decidi a farmi passare?»

«S-scusi» balbettò Simon facendo un passo indietro.

La donna spinse il passeggino davanti a lui scuotendo la testa e ben presto si confuse tra la folla.

Simon si strofinò il viso con mani tremanti e fece qualche profondo respiro, finché il battito del cuore si calmò.

Devo concentrarmi su Mike, pensò. *L'importante adesso è Mike. La porta e i sogni possono aspettare.*

Fece appello a tutto il proprio coraggio e prese il cellulare. Selezionò il numero che gli aveva dato Richard Henning.

Dopo diversi squilli Simon si aspettava già di sentire la segreteria telefonica, quando Henning rispose.

«Simon» disse con voce allegra. «Ma che bella sorpresa. Non dirmi che oggi hai deciso di essere dei nostri.»

«In effetti sì» rispose, sforzandosi di avere un tono allegro come Henning. «Mi piacerebbe molto provare ad andare in canoa.»

«Perfetto, ne sono felice» disse il vicepreside. «Allora, se per te va bene, possiamo incontrarci verso le tre alla rimessa delle barche.»

A Simon parve di sentire nuovamente la voce di Caro. *Finché dai ascolto alla ragione e ai sentimenti, non ti farà niente. Ma guai se gli lasci campo libero. Ti divorerà.*

«Volentieri» rispose. «Alle tre va benissimo. Non vedo l'ora.»

«Anch'io, Simon. Ti divertirai, credimi. Allora a più tardi.»

«A più tardi.»

Henning riagganciò e Simon rimase a fissare il cellulare.

Era già la seconda volta che mentiva quel giorno. Erano state bugie necessarie, ma aveva pur sempre mentito.

Ogni bugia esige vendetta, diceva sempre sua nonna.

Sperava ardentemente che non fosse così.

69

Simon lasciò la bicicletta nei pressi del circolo canottieri di Kössingen e guardò l'ora sul cellulare.

Le due e un quarto.

Era in anticipo di tre quarti d'ora. Aveva tutto il tempo di ispezionare i dintorni. Conosceva bene la vecchia rimessa delle barche fin da quando ci veniva da bambino, ma erano trascorsi molti anni e l'aveva sempre vista solo di sfuggita dalla macchina.

Si guardò intorno e si sentì come un generale che pianifica una battaglia. Meglio essere pronti a tutto e non avere sorprese.

Scese fino alla riva del fiume, dove venivano messe in acqua le canoe.

Il Fahle scorreva pigro davanti a lui. La corrente era tranquilla e l'acqua cristallina. Si vedevano le alghe sul fondo, di un verde chiaro quasi artificiale. Tre trote stavano immobili, come se aspettassero qualcosa.

Simon diede un'occhiata alla rimessa. Era un vecchio capanno di legno senza finestre con il tetto a punta. Sopra la grande porta a due battenti erano inchiodati due remi che formavano una grande X. Al centro una ragnatela impolverata si muoveva pigra nell'aria umida del pomeriggio.

La rimessa aveva conosciuto tempi migliori. In origine

doveva aver avuto un aspetto scandinavo, tinteggiata di rosso con i profili del tetto e della porta bianchi, ma con il passare degli anni la vernice si era sbiadita e crepata. Il tetto rivestito di catrame era rattoppato in più punti da pezzi di lamiera e metà facciata era ricoperta di edera.

Anziché comprare canoe nuove, sarebbe stato meglio ristrutturare l'edificio, pensò Simon tornando verso la riva.

Si sistemò all'ombra di un boschetto di pini e guardò verso la strada rialzata che correva dietro la baracca.

Se per qualche motivo avesse dovuto svignarsela in fretta, poteva raggiungere Kössingen in pochi minuti in bicicletta. Lungo il tragitto aveva notato diverse famiglie che prendevano il sole o preparavano una grigliata nei giardini del nuovo quartiere residenziale.

In caso di pericolo, avrebbe potuto chiamare aiuto e sarebbe stato al sicuro.

Questa prospettiva lo tranquillizzava. Se i loro sospetti erano esatti, infatti, tra poco avrebbe avuto a che fare con un assassino pronto a tutto pur di non essere smascherato.

Un ramo secco scricchiolò alle sue spalle e Simon si voltò di scatto.

Caro spuntò tra gli alberi.

Lo salutò e si guardò intorno circospetta. «Sei solo?»

«Sì. Henning arriverà tra...» Guardò il cellulare e si sorprese vedendo come fosse passato in fretta il tempo. «... tra un quarto d'ora.»

Caro si mise seduta su una grossa pietra all'ombra di un pino e guardò verso il fiume dove una coppia di germani reali nuotava lenta. A Simon bastò dare un'occhiata all'amica per capire che era agitata quanto lui.

«Dove hai lasciato la bicicletta?» le domandò e Caro indicò un gruppo di alberi e cespugli.

«Là dietro. Non si vede dalla strada, e nemmeno da qui.»

«Bene» disse Simon annuendo. «Ricordati di svoltare a sinistra, nel caso dovessimo fuggire. Kössingen non è molto lontana. Dall'altra parte invece bisogna fare un paio di chilometri prima di trovare un paese.»

«Lo so» disse lei, guardandolo impaziente. «Piuttosto, spiegami cosa conti di fare.»

«È semplice» rispose Simon gettando uno sguardo verso la strada dove stava passando un'autocisterna. «Parlerò con Henning e cercherò di scoprire se è stato lui.»

«Come pensi di fare? Hai intenzione di chiederglielo direttamente?»

«Non è possibile pianificare un dialogo» spiegò Simon. «Dipende da come si comporta l'interlocutore. Ma, credimi, sono in grado di capire se qualcuno mi sta dicendo la verità oppure mente. L'ho imparato in clinica. Dovrò improvvisare, ma ci riuscirò. La parte più rischiosa spetta a te.»

Lei lo guardò sgranando gli occhi e agitando nervosa i piedi. «E sarebbe?»

«Se quella che ho visto l'altra notte era davvero l'auto di Henning, forse dentro ci sono ancora tracce di Melina.»

«Vuoi che controlli mentre voi siete in acqua?» Tornò a guardare verso il fiume. Poi annuì. «E va bene. Ma come faccio ad aprirla?»

«A questo penso io» disse Simon, provando un fastidioso tremito allo stomaco. «Tu tieniti pronta nei paraggi.»

«Henning ci ucciderà, se viene a scoprirlo» disse Caro senza guardarlo.

«È ciò che temo anch'io. Se non te la senti, non sei costretta a farlo.»

«Ma certo che lo farò, stupido.» Caro si alzò. «Se vogliamo scoprire la verità, non abbiamo altra scelta. Spero solo di non rischiare per niente. Nel caso Henning abbia ripulito l'auto, non troverò niente. Ma credo sia poco probabile.»

«Hai un'idea migliore?»

Lei scosse la testa. «Avrei pensato anch'io la stessa cosa. Da qualche parte dobbiamo pur cominciare a cercare. Però non mi sento tranquilla.»

«Promettimi di essere prudente» disse Simon avvicinandosi a lei.

Avrebbe voluto abbracciarla, ma Caro si sottrasse e guardò verso la strada, dove si udiva il rumore di un'auto che si avvicinava.

Subito dopo videro un fuoristrada nero con una canoa rossa sul portapacchi.

Simon strofinò le mani sudate sui calzoni. Lo spettacolo stava per iniziare.

«Presto!» sibilò a Caro. «Nasconditi.»

La guardò correre e poi sparire dietro i cespugli.

Simon tornò verso il pontile e si appoggiò alla balaustra. Si sforzò di assumere un'aria rilassata, immaginandosi che cosa avrebbe fatto Mike al suo posto in quella situazione. Rivolse un cenno di saluto a Henning, che parcheggiò sul prato rasato accanto alla rimessa.

Ci siamo, pensò Simon, assalito da un altro crampo allo stomaco.

70

Da quando l'infermiera aveva chiuso la porta scorrevole della stanzetta, Mike era rimasto seduto immobile al capezzale di Melina.

Sentiva il sibilo intermittente del respiratore automatico e il lieve segnale del monitor dell'ECG. La linea a zigzag dimostrava che il cuore di Melina batteva regolarmente.

Melina era supina, con gli occhi chiusi. Se non avesse avuto la testa bendata e un fascio di tubi che le uscivano dal collo e dalle braccia, Mike avrebbe pensato che stesse solo dormendo.

In un certo senso era così. Come gli aveva spiegato il dottor Mehra, il coma non era altro che un sonno profondo e rilassato indotto da un cocktail di farmaci.

Le apparecchiature che circondavano il letto ricordavano vagamente a Mike i film di fantascienza di cui era appassionato. La stanza d'ospedale avrebbe potuto essere la camera di ibernazione di un'astronave, dove la protagonista aspettava di raggiungere un pianeta lontano.

Mike però sperava che Melina non avrebbe lasciato questo mondo. Che si sarebbe svegliata e sarebbe tornata da lui il prima possibile.

Le prime quarantott'ore sarebbero state decisive, aveva detto il chirurgo d'urgenza. Ne erano trascorse quasi ventiquattro e le condizioni di Melina erano stabili.

Quando quella mattina Mike si era svegliato, dopo poche ore di sonno e con un terribile doposbronza, per prima cosa aveva controllato la segreteria telefonica, nel timore di non aver sentito una chiamata dall'ospedale. La chiamata che gli comunicava la morte di Melina. Perché era ciò che aveva sognato.

Non aveva telefonato nessuno, e quando era entrato nella camera dell'unità di terapia intensiva si era reso conto di potersi concedere un barlume di speranza.

Melina poteva farcela. Metà del cammino più difficile era superato.

Guardò il suo viso, l'espressione serena e rilassata. Per una frazione di secondo gli parve di aver scorto un guizzo alla palpebra. Ma poteva anche essersi sbagliato.

Quando si sogna, si muovono le palpebre, pensò, chiedendosi se Melina stesse sognando.

A quanto ne sapeva, i pazienti in coma non sognavano. Viceversa, chi poteva dire con certezza cosa stava succedendo nella testa di Melina?

Se stava sognando, si augurava che fosse un bel sogno.

La porta scorrevole si aprì silenziosamente alle sue spalle.

Quando Mike si girò, l'infermiera gli sorrise. Era un sorriso amichevole e incoraggiante.

L'uomo con la maglietta stinta e i jeans strappati che comparve accanto a lei, invece, non sorrideva. Jens Palandt fissò Mike con espressione impietrita, poi entrò nella stanza.

Si avvicinò al letto e guardò la figlia con occhi arrossati. «Povera bambina mia» mormorò.

Parlava biascicando e Mike avvertì la zaffata di alcol e l'odore di acqua di colonia scadente che lo circondava. Non si meravigliò. Da quando conosceva Jens Palandt, non lo aveva mai visto sobrio.

L'uomo si girò verso di lui e gli lanciò un'occhiata carica di odio.

«Tu!» esclamò puntandogli contro un dito. «Sparisci!»

«No» disse Mike tranquillo. «Non me ne andrò.»

«La mia povera bambina» ripeté Palandt. «Guarda cosa le è successo a perdere tempo con un tipo come te.»

Mike sostenne il suo sguardo. Provava una rabbia altrettanto profonda dell'uomo anziano che aveva davanti.

«Non stava perdendo tempo» ribatté. «Voleva andarsene. Andarsene da te. Perché non ne poteva più delle tue sbronze.»

Jens Palandt lo guardò come se volesse ucciderlo con gli occhi. Poi il volto coperto di barba ispida si contorse in una smorfia di odio.

«Risparmiati queste sceneggiate per qualcun altro» disse minaccioso. «A me non mi freghi.»

«Sarà meglio che te ne vada» disse Mike. «Sei ubriaco fradicio.»

Palandt schioccò la lingua sprezzante e indicò Melina.

«Sei stato tu, brutto stronzo» ringhiò. «Lo so che sei stato tu. E farò di tutto per fartela pagare. Lo giuro!»

71

Quel giorno Richard Henning era di ottimo umore. A differenza del loro ultimo incontro, era tornato a sfoggiare il suo sorriso da dentifricio, bianco e candido come la maglietta, i bermuda e le scarpe di tela.

Sembra quasi che debba andare a una partita di golf, pensò Simon.

Slegarono insieme gli elastici sul portapacchi e tolsero la canoa. Era più leggera di quanto avesse immaginato Simon. Con la coda dell'occhio vide Henning chiudere l'auto con il telecomando e infilarsi la chiave nella tasca dei calzoni.

In un modo o nell'altro doveva arrivare a quelle chiavi. Ma come?

Portarono la canoa verso la riva e la appoggiarono sull'erba accanto al pontile. Simon gettò un'occhiata furtiva ai cespugli dove si era nascosta Caro. Gli sembrò di scorgere la sua chioma nera tra il fogliame e distolse subito lo sguardo.

Henning non sembrò farci caso.

«Mancano solo le pagaie» disse, tirando fuori dalla tasca un altro mazzo di chiavi. Erano contraddistinte da anelli di plastica colorati, e quella rossa corrispondeva alla serratura della rimessa. I due battenti della porta si aprirono cigolando.

«Accidenti, questo posto ha proprio bisogno di una sistemata» esclamò Henning. «Sono tre anni che insisto, ma il direttore Grass è irremovibile. Per la rimessa di barche di Kössingen purtroppo non è disposto a spendere un soldo. Abbiamo ottenuto una nuova rimessa per la squadra scolastica, che a suo parere è più che sufficiente. Prima o poi dovremo rinunciare del tutto a questa.»

«Vengono qui molti studenti?» domandò Simon.

«Non come prima» rispose Henning. «Vengo qui solo con i principianti. Per gli altri il Fahle è troppo noioso. Preferiscono andare sul Danubio, che è molto più impetuoso.»

Simon voleva tendere una trappola a Henning senza perdersi in chiacchiere senza importanza. Decise allora di provare con una domanda diretta. «Ha mai pensato di cambiare scuola o di andarsene da qui?»

La domanda ottenne l'effetto desiderato. Henning lo guardò sorpreso. «No. Perché me lo chiedi?»

«Be', si è appena lamentato della gestione del preside. Magari in un'altra scuola si troverebbe meglio.»

«Sai, l'erba del vicino sembra sempre più verde» rispose Henning. «Ma poi, se guardi bene, ti rendi conto che anche lì si frigge con l'acqua. Dappertutto ci sono i pro e i contro.»

«Ha già cercato altrove?»

«Certo, ma non ho trovato niente che mi convincesse fino in fondo» rispose Henning. «Mi piace la Serling e mi piace questa zona. Dopotutto sono cresciuto qui.» Si strofinò le mani e sorrise a Simon. «E ora mettiamoci al lavoro! Siamo venuti qui per andare in canoa, e con questo tempo splendido sarà un piacere.»

Entrarono nella rimessa. Il pavimento di legno scricchiolò cupo sotto i loro passi.

C'era odore di marcio, di alghe, di olio di lino vecchio e di legno riscaldato dal sole. Altre quattro canoe erano appese al soffitto, due su ciascun lato, e al centro c'era una vecchia barca a remi su un piedistallo. Le mancava buona parte del fasciame ed era coperta da uno spesso strato di polvere. Probabilmente aspettava di essere riparata da chissà quanti anni.

La parete destra della rimessa era tappezzata di foto. Simon si avvicinò e le esaminò.

Erano istantanee che ritraevano studenti e professori con i giubbotti di salvataggio. Erano tutti sorridenti. Ricordi delle tante gite in barca sul Fahle. Alcune sembravano molto vecchie.

In quasi tutte compariva Richard Henning. Simon si rese conto che il vicepreside non era affatto cambiato con il passare del tempo. A parte qualche ruga in più e i capelli più corti, per il resto era identico. Sempre affascinante agli occhi delle studentesse e delle loro madri.

Tra i numerosi volti Simon riconobbe anche quello di Leonie. Era ritratta in tre foto di gruppo che, a giudicare dalle pettinature e dai costumi da bagno, dovevano risalire a tre anni diversi.

Tutte però avevano una cosa in comune: Leonie teneva lo sguardo rivolto verso Henning, mentre le altre ragazze guardavano l'obiettivo.

Simon continuò a osservare le foto e ne trovò una con Melina. Era appesa da una parte, in basso, e a Simon sarebbe sfuggita se non avesse cercato con cura. Gli bastò un'occhiata per trovare conferma delle voci che gli aveva riferito Caro.

Era una delle poche in cui Henning compariva da solo con una studentessa. Lui sfoggiava il suo solito sorriso da copertina e teneva un braccio intorno alle spalle della ragazza.

Anche lei sorrideva e aveva la testa poggiata sulla spalla del vicepreside. Sembravano una coppia felice.

«Se lo desideri, possiamo farci una foto anche noi dopo» disse Henning. «Qui sono immortalati tutti coloro che sono andati in canoa. Una specie di piccola Hall of Fame, per così dire.»

Si avvicinò a lui e Simon si irrigidì istintivamente. Henning lo scrutò da capo a piedi.

«Non hai il costume da bagno?» gli domandò.

«Non ho portato niente» rispose Simon.

«Non è una buona idea» obiettò Henning. «Soprattutto all'inizio capita di rovesciarsi. Vestito così impiegherai un'eternità ad asciugarti. Ma non c'è problema. Ho io qualcosa per te.»

Si avvicinò a una grande cesta metallica verde militare collocata in un angolo accanto all'ingresso. Era grande più o meno come una bara ed era chiusa da un lucchetto a combinazione.

Henning lo aprì e sollevò il coperchio. Poi tirò fuori due giubbotti di salvataggio e rovistò ancora.

«Non si preoccupi» protestò Simon. «Con questo caldo non c'è problema anche se mi bagno i vestiti. E farò attenzione a non rovesciarmi.»

«Ah, trovato» disse Henning, senza badare a lui. Tirò fuori dalla cesta un paio di calzoncini da bagno azzurri e li porse a Simon. «Ecco, forse ti staranno un po' grandi, ma hanno il laccio in vita per stringerli.»

Simon guardò il costume senza dare segno di volerlo prendere.

«Non ti preoccupare» lo tranquillizzò Henning piazzandoglielo in mano. «È pulito. Teniamo sempre qualche costume di riserva. E se non hai un costume puoi anche tenerlo.»

Simon scosse la testa e si sforzò di sorridere. Non si sarebbe mai spogliato davanti a Henning. Inoltre avrebbe dovuto lasciare lì le sue cose, in caso di fuga. L'idea non gli piaceva nemmeno un po'.

«Grazie, ma non è necessario. Va bene così.»

«Non dirmi che ti vergogni a cambiarti davanti a me.» Henning sorrise. «Siamo uomini e siamo tra di noi. Purtroppo non c'è uno spogliatoio. Se preferisci, io mi cambierò fuori.»

Si voltò, tornò alla cesta e svuotò le tasche dei bermuda, sistemando le chiavi e il portafoglio in uno scomparto laterale.

Poi guardò Simon e indicò la cesta. «Puoi mettere qui le tue cose. Chiuderò con il lucchetto finché saremo via. Non succede mai nulla da queste parti, ma è meglio essere sicuri. Ti aspetto fuori.»

Prese la sacca sportiva e uscì. Forse voleva cambiarsi da qualche parte tra i cespugli.

Era l'occasione che Simon stava aspettando. Per non destare sospetti, fece uno sforzo su se stesso, si spogliò e indossò il costume.

In effetti era troppo grande e fu costretto a stringere parecchio il nastro in vita. Così conciato sembrava che indossasse una gonna azzurra. Si sentiva ridicolo, ma, ovviamente, il fine giustificava i mezzi.

Mise calzoncini e maglietta nella cesta e si guardò intorno in cerca di Henning.

Non c'era traccia del vicepreside, quindi neppure Henning poteva vedere lui.

Tirò fuori lentamente le chiavi dell'auto dallo scomparto laterale facendo in modo che non tintinnassero. Con il cuore in gola le infilò nel taschino interno del costume che, appesantito, gli scese ulteriormente sui fianchi.

«Sei pronto?» chiese Henning da fuori.

«Sì, tutto a posto.»

Henning tornò nella rimessa. Indossava un paio di calzoncini identici a quelli di Simon. Dovevano far parte dell'uniforme della «prigione Serling», come l'aveva chiamata Caro. La differenza era che a Henning stavano alla perfezione. Simon pensò con invidia che anche a lui sarebbe piaciuto avere un fisico così allenato. Vicino a Henning sembrava uno scheletro pallido.

Il vicepreside mise nella cesta i propri indumenti. Rimase immobile per un istante e Simon si sentì raggelare.

Doveva essersi accorto che mancavano le chiavi della macchina!

Magnifico! Hai rovinato tutto ancor prima di cominciare. Ti aggredirà e spaccherà la testa anche a te.

Poi Henning si chinò un'altra volta e prese un asciugamano.

«Stavo per dimenticarlo» disse porgendolo a Simon. «Potrebbe servire. Vuoi che ti aiuti a mettere il giubbotto?»

Simon pensò a quello che gli aveva detto Caro. Non voleva farsi toccare da Henning.

«No, grazie, faccio da solo» disse e, come per dimostrarlo, si infilò il giubbotto e chiuse la fibbia.

Henning rimase a fissarlo per un istante con espressione scettica. Era come se si fosse accorto che qualcosa non quadrava. Se non altro cominciava a nutrire dei sospetti. Simon lo capì dal suo sguardo.

«È stato mio padre a insegnarmelo» si affrettò a dire. «Quando andavamo a pesca, mi faceva mettere sempre il giubbotto salvagente. Diceva che, finché restavo così magrolino, dovevo stare attento a chi pescava chi. Se io i pesci oppure il contrario.»

L'espressione di Henning si rilassò e lui sorrise. «Un tipo

intelligente, tuo padre. Ti ha insegnato bene. Anche il giubbotto è un po' troppo grande, ma purtroppo non ne ho altri.»

Quando uscirono dalla rimessa per raggiungere la riva, Simon si tenne a qualche passo di distanza da Henning senza farsi notare.

Guardò nella direzione dove immaginava si fosse nascosta Caro. La sua chioma scura dietro i cespugli era scomparsa. Si augurava che lei riuscisse a vederlo.

Con un cenno del mento indicò alle proprie spalle e fece cadere le chiavi nell'erba. Trasalì udendo il lieve tintinnio, che a lui parve fortissimo, ma Henning non si accorse di nulla.

Spinse in acqua la canoa, salì a bordo e fece cenno a Simon di raggiungerlo.

«Forza, giovanotto. Si parte.»

72

Simon si divertì davvero in canoa. Ben presto capì perché era diventata una specie di droga per Henning.

Si sentiva come un indiano, mentre scivolavano portati dalla corrente lungo le rive coperte di canneti. Dopo qualche minuto si era abituato al lieve rollio dell'imbarcazione. All'inizio aveva temuto di sentirsi male, ma, una volta trovato il ritmo giusto con le pagaie, il dondolio diminuì.

Henning lo aveva fatto mettere a prua, per osservarne i movimenti e dargli qualche dritta. Simon aveva scoperto che in realtà non si stava seduti, bensì inginocchiati con il busto eretto.

«Le braccia devono formare un angolo retto con la pagaia» lo aveva istruito Henning. Gli aveva spiegato che quel tipo di canoa aperta era definita canadese. Poi gli aveva illustrato i diversi tipi di canoa, kajak e pagaia. Quella che stavano utilizzando era una pagaia semplice, mentre per il kajak si usava quella doppia.

In altre circostanze Simon si sarebbe sentito a proprio agio e forse si sarebbe iscritto al corso di canoa. Ma la sua mente era altrove.

Doveva trovare un modo per tastare il terreno con Henning. Ma non era semplice, stando seduti con la schiena rivolta alla persona di cui si volevano osservare le reazioni. Come avrebbe fatto a capire se Henning mentiva oppure diceva la verità? E come affrontare l'argomento che gli interessava, tanto per cominciare?

«Hai un talento naturale» gli disse Henning dopo un po'. «Sembra quasi che tu sappia già andare in canoa. Ti piace?»

Simon si voltò verso di lui. «Moltissimo!»

«Devi sempre guardare avanti» gli ricordò Henning. «Altrimenti rischiamo di capovolgerci.»

Simon ubbidì, poi domandò: «Da quanto tempo lo fa lei? Andare in canoa, intendo».

«Da quando andavo a scuola» rispose il vicepreside. «Il circolo canottieri esisteva già, e, quando cresci su due fiumi, non puoi farne a meno.»

«Anche suo padre andava in canoa?»

«No, lui no.» Simon lo sentì sospirare. «A mio padre certe cose non piacevano. Per lui sarebbe stata una perdita di tempo. Pensava solo al lavoro.»

A Simon tornò in mente cosa gli aveva detto il nonno. Che Richard Henning era uno sfaticato.

«Non le è mai venuto in mente di gestire l'hotel?»

«Ah, lo sai?»

«Ho letto il suo cognome su un articolo» rispose gettando una breve occhiata alle proprie spalle.

Henning era inginocchiato a poppa e remava guardando il fiume.

«Gestire un hotel non faceva per me» rispose. «Volevo fare qualcosa di più interessante nella vita, che avere a che fare con tizi insopportabili. Perciò ho studiato pedagogia e poi ho venduto quella vecchia baracca al Comune.»

«Le capita ancora di andarci?» chiese Simon, pensando alla camera numero 17, che Caro aveva definito sarcasticamente *un romantico nido d'amore.*

«Ci sono stato qualche volta, sì. In fondo è la casa dei miei genitori. Peccato che sia ridotto così male. È ora di demolirlo, prima che crolli del tutto.»

«Ci è andato di recente?»

Simon si voltò di nuovo e stavolta i loro sguardi si incrociarono. Abbastanza perché Simon si rendesse conto che Henning era di nuovo diffidente.

«Perché me lo chiedi?»

«Ma... così» rispose Simon. «Ci sono passato qualche giorno fa in bicicletta.»

«La pista ciclabile non passa dall'hotel.»

Nella sua voce Simon riusciva a cogliere chiaramente tutto il suo scetticismo. Forse sapeva che Simon era stato all'hotel con Caro? Era lui la misteriosa presenza che li aveva spiati? La persona dietro il bancone della reception. Ma per quale motivo Henning era lì?

«È stato Mike a parlarmi dell'hotel» mentì Simon, decidendo di gettare altra benzina sul fuoco. «Voleva vederlo più da vicino, ma non mi ha detto perché.»

Henning smise di remare e la canoa virò leggermente verso la riva. Simon si voltò con il cuore in gola.

«Cos'è questa storia, Simon?» domandò Henning. «Sei venuto solo per andare in canoa o cosa?»

Simon strinse più saldamente la pagaia. Lo sguardo di Henning era feroce, come se volesse aggredirlo da un momento all'altro.

Un uccello acquatico lanciò il proprio richiamo a poca distanza da loro. Sembrava voler gridare a Simon: «Siete completamente soli qui. Intorno a voi c'è soltanto il fiume. Nessuno che ti possa aiutare!»

Poi si udì il verso di un altro uccello, simile a una risata di scherno.

«Sarà meglio tornare indietro» disse Henning serio. «Probabilmente non è stata una buona idea proporti questa attività.»

73

Simon non era in grado di stabilire quanto tempo fossero stati in canoa. Un quarto d'ora, forse, o di più. Sperava che Caro avesse avuto tempo a sufficienza.

Henning sembrava offeso. Non gli rivolse più la parola, se non per dare a Simon qualche indicazione quando si avvicinavano troppo alla riva o quando pagaiava troppo in fretta. Per il resto il vicepreside rimase in silenzio. Un silenzio minaccioso.

Giunti nei pressi del pontile, Simon scrutò la riva in cerca dell'auto di Henning, ma i pini gli bloccavano la visuale.

A ogni metro che si avvicinavano alla rimessa, il suo nervosismo cresceva. Aveva le mani sudate e doveva stringere con forza la pagaia perché non gli scivolasse.

Alla fine passarono davanti ai tronchi d'albero. Simon si

voltò verso Henning, che guardava dritto davanti a sé con espressione imperscrutabile, la mente altrove. Gli angoli della bocca gli guizzavano e Simon si domandò a cosa stesse pensando. Poi gettò un'occhiata alla riva e rimase impietrito.

Erano tornati troppo presto. Caro era ancora dentro la macchina.

Merda!

Doveva fare qualcosa per distrarre il professore, e l'attacco era sempre la miglior difesa.

«Perché ce l'aveva tanto con mio fratello ieri?» domandò girandosi verso Henning.

La canoa prese subito a dondolare in maniera preoccupante.

«Stai attento!» gli gridò Henning. «Così rischiamo di capovolgerci!»

«Voglio una risposta» insistette Simon afferrandosi con le mani ai bordi della canoa. «Che cos'ha contro Mike?»

Henning sospirò spazientito e diresse la canoa da solo verso la riva. Poi la ormeggiò al pontile e lanciò un'occhiata furibonda a Simon.

«È questo, allora» disse con rabbia. «Perché non me l'hai detto subito? Perché questa sceneggiata del giro in canoa, se volevi soltanto parlare di tuo fratello? Avresti potuto benissimo chiedermelo, e io ti avrei risposto.»

Scese dall'imbarcazione che ondeggiava e si diresse verso la rimessa.

Simon balzò in piedi e la canoa per poco non si rovesciò. Riuscì a raggiungere la riva all'ultimo istante e rincorse Henning, senza perdere di vista il fuoristrada nero.

Caro doveva essere ancora all'interno. Evidentemente si era accucciata, perché non riusciva a vederla.

«Allora me lo dica» gridò verso Henning. Doveva distrarlo dall'auto. Le cose si stavano mettendo male. «È geloso, vero, signor Henning? Perché Mike vuole andare a Heidelberg con Melina.»

«Geloso?» Henning spalancò la porta della rimessa e si girò verso di lui. «Non so cosa ti stia passando per la testa, ragazzo, ma...»

«Perché è contrario?»

«Contrario a che cosa?»

«A Mike e Melina.»

Henning chinò lo sguardo a terra, poi sospirò esasperato. «E va bene, visto che me l'hai chiesto ti risponderò. Sono contrario perché tuo fratello non è la persona giusta per Melina. Immagino che tu la veda in un altro modo, perché Mike è tuo fratello, ma io non ho una grande opinione di lui.»

Simon lo fissò risentito. «Che cosa sa di Mike?»

«Abbastanza per essermi fatto un'opinione su di lui» rispose Henning. «Melina era una delle studentesse migliori che abbia mai avuto. Se c'è qualcuno che si è meritato una borsa di studio, è lei. È ambiziosa, intelligente, e potrebbe andare lontano. Almeno era così, prima di conoscere Mike. Poi i suoi risultati sono peggiorati. D'un tratto la si vedeva più spesso alle feste che in biblioteca. Allora le ho parlato. Mike ha una cattiva influenza su di lei. Giusto perché tu lo sappia.»

Si inginocchiò davanti alla cesta e cominciò ad armeggiare con il lucchetto. Simon si accorse che gli tremavano le mani. Poi sollevò di scatto il coperchio, afferrò la roba di Simon e gliela buttò davanti ai piedi.

«La prossima volta di' chiaramente cosa vuoi. Risparmierai a entrambi tempo e arrabbiature.»

Mentre si rivestivano, Simon gettò un'altra occhiata alla macchina.

Caro scese e richiuse piano la portiera del passeggero. Simon le rivolse un cenno mentre Henning si infilava la maglietta dalla testa. Doveva trattenerlo ancora per qualche minuto.

«E se lei si fosse inventato tutto?» disse a Henning. «Forse il motivo del suo odio per Mike è un altro.»

Henning, che stava per infilarsi in tasca il portafoglio e le chiavi, si bloccò di scatto. «Mi stai forse accusando di qualcosa?»

Simon si strinse nelle spalle. «Ripeto solo quello che ho sentito dire.»

«Ma davvero?» Henning richiuse con violenza il coperchio della cesta. «E cosa avresti sentito?»

«Lo sa benissimo» replicò Simon indicando la parete. «E guardando queste foto la cosa non mi sorprende affatto.»

Negli occhi di Henning comparve un'espressione pericolosa. «Sei stato troppo tempo al sole, ragazzo?»

La testa di Caro spuntò dietro la macchina. Era il momento più delicato. Doveva percorrere qualche metro verso di loro per lasciare le chiavi vicino alla rimessa. Solo così Henning avrebbe potuto credere di averle perse.

«Quanto tempo è durata tra lei e Melina?» domandò Simon. «È stata Melina a darci un taglio?»

Henning piegò la testa all'indietro e fece un profondo respiro. Era evidente che stava per perdere il controllo.

«Non so che cosa tu ti sia messo in testa» disse infine, tornando a guardare Simon, «faresti meglio a essere prudente con certe accuse. Potrebbero portarti nella direzione sbagliata. Ci siamo capiti?»

«Mi sta forse minacciando?» Simon fece un passo verso la porta. «L'ha fatto anche con Melina? E Leonie, che cosa le è successo? Sapeva troppe cose su di lei?»

Caro era a pochi passi dalla rimessa. Si portò un dito alle labbra e posò le chiavi nell'erba.

Henning si avvicinò a Simon a grandi passi e Caro si accucciò. Henning si fermò a non più di tre passi da lei, dandole le spalle. «Ti avverto, Simon Strode. Non esagerare!»

Simon deglutì. Avrebbe voluto scappare, ma non era ancora il momento.

«Ah, sì?» Fissò Henning negli occhi, per impedirsi di guardare Caro, rivelando così la sua presenza. «Altrimenti? Mi pesterebbe a sangue? O mi ucciderebbe?»

Gli angoli della bocca di Henning guizzarono nuovamente, mentre lui serrava le labbra. Il sorriso da dentifricio era nascosto dietro una linea rigida e sottile.

Simon strinse i pugni e i due rimasero a fronteggiarsi in silenzio per alcuni lunghissimi secondi.

Poi Henning abbassò lo sguardo e scrollò il capo.

«Sparisci» disse, uscendo per primo dalla rimessa.

Simon lo seguì disperato. Per un istante credette che fosse la fine. Henning avrebbe scoperto Caro.

Ma la ragazza era sparita.

Simon tirò un sospiro di sollievo. Raggiunse la bicicletta, la spinse fino alla strada e, mentre si allontanava, vide Henning che portava da solo la canoa verso la rimessa senza degnarlo neppure di uno sguardo.

74

Simon si lanciò sulla strada a tutta velocità. Si fermò solo quando fu abbastanza lontano dalla rimessa delle barche. Nascose la bicicletta tra gli alberi e tornò in fretta a piedi verso i cespugli dove Caro lo aspettava nascosta.

«Finalmente!» bisbigliò lei. «Ho avuto una gran paura.»

«Non dirlo a me!»

Le si accovacciò vicino ansimando, e insieme osservarono Richard Henning attraverso il fogliame.

Henning nel frattempo aveva sistemato la canoa nella rimessa e stava uscendo. Richiuse la porta e fece scattare la serratura. Quindi si diresse verso la macchina.

Dopo qualche passo si bloccò. Posò a terra la borsa sportiva e si tastò le tasche dei calzoni.

Si era accorto di non avere le chiavi dell'auto. Si guardò intorno irritato. Simon e Caro si nascosero ancora di più tra i cespugli.

Henning si grattò la testa, quindi aprì la cerniera lampo della borsa e frugò all'interno. Alla fine rinunciò e urlò un'imprecazione.

Si tastò di nuovo i calzoni, come se la chiave potesse riapparire per magia. Ma naturalmente trovò solo il mazzo di chiavi della rimessa. Batté un piede a terra infuriato e imprecò di nuovo.

Che scena ridicola, pensò Simon soddisfatto, vedendo Henning perdere la pazienza.

Se ne stava lì, paonazzo e tremante di rabbia, a gridare una sfilza di parolacce che Simon non avrebbe mai creduto potesse conoscere. Poi alzò lo sguardo al cielo e agitò i pugni, quasi volesse minacciare qualcuno sopra di sé tra i rami.

C'era però anche qualcosa di estremamente minaccioso nel comportamento del vicepreside donnaiolo. Una persona tanto irascibile poteva essere capace di tutto.

Senza smettere di lanciare insulti Henning tornò alla rimessa, prendendo a calci tutto quello che gli capitava a tiro. Una pietra, un rametto e un altro sasso. Poi si bloccò e si chinò. Quando si rialzò, aveva in mano le chiavi. Si guardò di nuovo intorno, quasi si sentisse osservato. Inclinò la testa di lato, per cogliere un rumore rivelatore. Simon automaticamente trattenne il respiro.

Trascorsero diversi secondi, quindi Henning salì in auto e partì.

Simon si abbandonò sull'erba e sospirò sollevato. «Accidenti, pensavo che fosse troppo tardi!»

«In effetti siete tornati troppo presto» disse Caro, asciugandosi il sudore dalla fronte. «Quando vi ho visto, ho rischiato che mi venisse un colpo dentro quella macchina del cavolo. E poi faceva un caldo pazzesco. Come si fa ad avere una macchina nera?»

Simon si sollevò sui gomiti, ancora scosso dai brividi per l'agitazione.

«Trovato qualcosa?»

«Credo di sì» rispose lei, porgendogli le mani chiuse a pugno. «Destra o sinistra?»

«Lascia perdere i giochetti e fammi vedere.»

«D'accordo, volevo solo sdrammatizzare un po'. Sei un guastafeste.»

Caro aprì la mano sinistra e Simon comprese all'istante che i loro sospetti erano fondati.

75

Richard Henning si diresse a casa di Tilia Strode, parcheggiò sul lato opposto della strada e spense il motore. Aprì il cassetto del cruscotto per cercare un chewing-gum. Poi rimase ad aspettare seduto masticando con aria pensierosa.

Cosa doveva fare?

Quel ragazzo poteva creargli seri problemi.

Per quanto dubitasse che qualcuno potesse credere alle accuse di Simon (in questo frangente la storia familiare del ragazzo lo poneva in qualche modo in una posizione di vantaggio), era facile mettere in circolazione una voce. E le voci erano come le erbacce. Attecchivano e proliferavano in fretta, finché diventava impossibile liberarsene.

Henning decise che era meglio riflettere bene sulla questione. Al momento era ancora troppo agitato per riuscire a pensare chiaramente.

Allungò la mano verso le chiavi per riaccendere il motore, poi ci ripensò. Colto da un'improvvisa illuminazione, rimase a fissare il portachiavi.

«Che intenzioni hai, Simon Strode?»

76

Simon era seduto impietrito a fissare il fiume. Un rametto scivolò davanti a loro galleggiando sull'acqua. Puntò verso la riva opposta, venne respinto dalla vegetazione e fu catturato nuovamente dalla corrente.

Il silenzio era rotto soltanto dal cinguettio degli uccelli, il frusciare del vento tra le canne e il ronzio delle zanzare. Una pace idilliaca.

Simon però avrebbe preferito trovarsi nel suo incubo. Davanti a quella porta nel bosco che non voleva aprirsi. Di fronte alle figure mostruose che erano in agguato e lo perseguitavano, che gli auguravano la morte e lo assalivano.

Dall'incubo, infatti, poteva svegliarsi. Poteva scendere dal letto, liquidare il sogno come un'assurdità, e tornare nella confortante realtà.

Ma ora si trovava già nella realtà, e anche la cavigliera dorata con il ciondolo a forma di cuoricino che teneva in mano era reale.

«Ne sei proprio sicuro?» domandò Caro. «Insomma, potrebbe anche appartenere alla moglie di Henning.»

«No, era di Melina. La portava l'altroieri.»

Era la prima cosa che aveva notato in lei quando aveva vomitato in cortile. Sarebbe stata una coincidenza incredibile se la moglie di Henning ne avesse avuta una identica.

«Cazzo» borbottò Caro scacciando una zanzara che le svolazzava davanti alla faccia assetata di sangue. «La cosa non mi sorprende, ma è diverso quando si trova la prova decisiva. Abbiamo fatto centro.»

Simon accarezzò con un dito il ciondolo. Era un regalo di Mike? Quasi certamente. Melina non aveva molti soldi, aveva bisogno di una borsa di studio per frequentare l'università. E di sicuro non avrebbe indossato il regalo di qualcun altro.

Mike non doveva saperlo per nessun motivo. Sarebbe andato fuori di testa e avrebbe solo peggiorato le cose.

«Dove l'hai trovata?»

«Sotto il sedile» disse Caro scacciando un'altra zanzara accorsa in aiuto della compagna. «Era attaccata alla leva per regolare i sedili. L'auto era perfettamente pulita, come avevo immaginato. Non c'era nemmeno un granello di polvere. Ma non si era accorto della catenina. Anch'io per poco non l'ho vista. Non trovi però che sia una coincidenza davvero pazzesca?»

«Sotto i sedili si trovano le cose più assurde» disse Simon. «Mio padre una volta, passando l'aspirapolvere, ci ha trovato una rana mummificata, te lo immagini? Chissà da quanto tempo era lì.»

Caro non commentò, ma rimase a fissare seria la cavigliera. «Che facciamo adesso? Andiamo alla polizia?»

Simon scosse la testa. «Non ci crederebbero. Ho già parlato stamattina con il commissario. Crede che gli abbia mentito per proteggere Mike.»

«Ma adesso abbiamo una prova.»

«Sì, ma non ci serve a granché» disse Simon rassegnato. «La catenina da sola non basta. Potremmo averla trovata dovunque.»

Caro annuì facendo un sospiro profondo. «Hai ragione. Però è così frustrante. Siamo esattamente al punto di prima.»

«No» ribatté Simon sollevando e agitando il pugno con cui stringeva la catenina. «Ora abbiamo la certezza che il lupo cattivo è Henning. Ci serve solo un'idea per farlo cadere in trappola.»

Caro dimenò di nuovo le braccia. Sembrava che le zanzare si fossero date appuntamento intorno a lei per l'happy hour.

«Ti spiace se andiamo da un'altra parte? Se restiamo ancora qui, mi mangeranno viva.»

Simon annuì e si alzò. Aveva le gambe intorpidite per essere stato a lungo in ginocchio. Aveva bisogno di muoversi, soprattutto per sgombrare la testa, proprio come aveva detto all'uomo che ora occupava ogni suo pensiero.

«Sì, andiamo.»

Caro tirò fuori la bici dai cespugli e tornò verso Simon sorridendo.

«A proposito, prima sei stato molto coraggioso» disse. «Ci vuole del fegato a provocare così una persona. Soprattutto senza sapere come potrebbe reagire. Henning avrebbe potuto benissimo aggredirti. Tu invece hai mantenuto un sangue freddo eccezionale. Davvero.»

Simon abbassò gli occhi, imbarazzato, facendo un gesto vago con la mano. «Ma che dici, non sono stato coraggioso. Al contrario, avevo una fifa tremenda.»

«Ti assicuro che non si vedeva» disse lei, poi il suo sorriso si trasformò in un'espressione preoccupata. «Adesso però devi fare molta attenzione. Henning sa che tu sai. E di sicuro non ti permetterà di andare in giro a raccontare tutto.»

77

Faceva caldo nella stanzetta che faceva da studio e da ripostiglio. Sulle mensole erano accatastati libri, raccoglitori, scatoloni di vestiti per bambini e ogni genere di cianfrusaglie che in casa non serviva.

Richard Henning era seduto alla scrivania strizzato tra altri scatoloni di libri, l'asse da stiro, l'aspirapolvere e un acquario vuoto, eliminato quando il figlio di due anni aveva pensato che i pesci si potessero anche mangiare.

Stava leggendo l'articolo di un giornale on line, ma senza riuscire a concentrarsi. Gli faceva male la testa e un moscone che continuava a battere testardo contro il vetro della finestra lo innervosiva.

Si massaggiò le tempie cercando di capire ciò che stava leggendo, quando udì l'auto della moglie fermarsi davanti a casa.

Subito dopo gli giunse uno scalpiccio animato dall'ingresso. Fece appena in tempo a chiudere il portatile prima che il figlio piombasse nello studio.

«Papà! Papà! Finalmente sei tornato. Siamo andati a fare la spesa. Stasera mangiamo la pizza.»

«Benissimo» esclamò Henning accarezzando i capelli del bambino. «Chissà chi ha avuto l'idea, eh?»

«Sono stato io» confermò il piccolo orgoglioso.

Barbara Henning si fermò sulla porta. Teneva i capelli biondi raccolti in una coda e aveva l'aria stanca. «Dove ti eri cacciato? Non dirmi che sei stato di nuovo al circolo canottieri.»

«Sono stato in giro.»

«Negli ultimi tempi capita spesso» osservò lei con una nota di rimprovero nella voce. «Credevo che fossimo in ferie tutti e due.»

«Infatti è così» rispose lui. Non aveva voglia di litigare, era sfinito. «Ma ci sono alcune faccende di cui devo occuparmi durante le ferie.»

Lei fece una smorfia perplessa, quindi indicò il portatile. «Tu e il tuo lavoro. Verrebbe quasi da pensare che la scuola chiuderebbe se non ti sacrificassi per lei così tanto.»

«Forse è proprio così.»

«Può darsi, Richy, ma hai anche una famiglia, non dimenticarlo. Già che ci siamo, spero ti ricorderai che hai promesso di giocare con tuo figlio a frisbee in giardino.»

«Sì! Frisbee!» esclamò il piccolo. «Dai, papà! Andiamo a giocare a frisbee!»

«D'accordo» rispose Henning. «Comincia a tirarlo fuori. Ti raggiungo tra pochi minuti.»

Il bambino si allontanò di corsa lanciando esclamazioni di gioia.

Barbara Henning rimase sulla soglia a guardare il marito. «È tutto a posto? Sembri teso.»

«Niente che qualche tiro a frisbee non possa risolvere» rispose Henning e la sua risposta sembrò soddisfarla.

Quando la moglie si fu allontanata, Henning aprì il portatile e lesse un'altra volta il titolo dell'articolo.

SEDICENNE PROBABILE VITTIMA DI UN'AGGRESSIONE.

Si massaggiò di nuovo le tempie pensando a Simon Strode. Quindi spense il computer e uscì a giocare con il figlio in giardino.

78

Invece di attraversare il paese, proseguirono sul viottolo di ghiaia lungo il fiume fino a Fahlenberg.

Simon aveva deciso di accompagnare Caro al dormitorio dell'istituto. Quella strada appartata era perfetta per lasciare libero corso ai pensieri mentre pedalavano. Simon procedeva in silenzio dietro Caro e rifletteva su come trovare una prova inconfutabile che inchiodasse Henning.

L'incontro di quel giorno non sarebbe rimasto privo di conseguenze per lui. Caro aveva ragione: Henning avrebbe fatto qualcosa contro di lui. Simon gli aveva detto apertamente che poteva rappresentare una minaccia imprevedibile per lui. Praticamente stava facendo da esca.

Poteva essere una mossa utile per il loro piano, ma rappresentava anche un serio rischio. Qualcuno che aveva già commesso un omicidio e un tentato omicidio non si sarebbe tirato indietro di fronte a un terzo delitto.

Ma Simon aveva un vantaggio rispetto a Leonie e Melina: sapeva che Henning avrebbe progettato qualcosa ai suoi danni ed era preparato.

Ovviamente avrebbe preferito prevenirlo.

Ma come?

All'improvviso Caro lanciò un grido stridulo e frenò bruscamente. Simon riuscì a schivarla per un soffio.

«Che schifo!»

Con espressione disgustata fissò l'ammasso scuro che per poco non aveva investito, qualcosa di simile a una pelliccia ispida buttata sulla riva del fiume.

Quando Simon si avvicinò, vide che era un castoro morto. Doveva essere lì da molto tempo. Piccoli vermi bianchi gli riempivano la bocca e le orbite vuote, e il corpo gonfio brulicava di formiche.

Simon si avvicinò un po' di più e si chinò sulla carcassa. Non aveva mai visto da vicino un castoro. Quando andava a pesca con il padre, a volte li avevano spaventati. Erano animali riservati, attivi quasi esclusivamente di notte. Per questo si tuffavano subito, rifugiandosi nelle tane, appena avvertivano la loro presenza. Simon era riuscito a scorgerli al massimo per un istante.

Il castoro somigliava a un grosso ratto. Era lungo quasi un metro. La coda piatta gli ricordava la pentola allungata dove sua madre era solita cucinare il pesce.

Simon osservò affascinato i lunghi denti giallastri, che di sicuro avevano abbattuto innumerevoli tronchi, e le zampe anteriori, simili alle manine grassocce di un bambino. L'animale era ripugnante e grazioso nello stesso tempo, e Simon provò compassione per la bestiola.

«Bleah» esclamò Caro. «Non andargli così vicino. È orribile. Senti che puzza.»

Simon sussultò e si girò a guardarla, come se avesse ricevuto uno schiaffo. Anche Caro rimase impietrita.

«Pensi anche tu quello che penso io?» chiese lui con voce rotta.

Caro annuì.

«Il puzzo» disse lei con voce distaccata. «Oddio, no!»

Impallidì e si piegò in due. Corse in riva al fiume e vomitò.

Poco dopo tornò da Simon. Nonostante il sole cocente, Caro era scossa dai brividi e si strofinò le braccia come se avesse freddo.

«Ora sappiamo dov'è il cadavere di Leonie» disse Simon, provando un crampo allo stomaco solo all'idea.

Caro annuì impercettibilmente. Si girò verso il ciglio della strada, come se non volesse guardare nuovamente il castoro morto.

«Quel lurido bastardo» singhiozzò infine, il volto rigato di lacrime.

«Ora credo di sapere come incastrarlo» disse Simon.

Poi le spiegò il suo piano.

QUARTA PARTE
Dietro la porta

«*Homo homini lupus.*»
Plauto

79

La selva di Fahlenberg è una vasta zona boschiva che si estende su una superficie di quasi cento chilometri quadrati tra le vallate del Danubio e del Fahle. A nord-est termina ai piedi di una catena montuosa, su cui svetta il Falkenhorst.

Nel Settecento, quando in Europa il commercio di legname raggiunse il suo massimo sviluppo, la selva assicurò un diffuso benessere agli abitanti della zona.

Un centinaio di anni più tardi, ormai esaurita la richiesta di legna, la regione fu scoperta dal turismo. In vaste aree della foresta vennero istituite delle riserve naturali e la selva di Fahlenberg diventò l'habitat di molte rare specie vegetali e animali.

Ovviamente una foresta così vasta ha dato vita a innumerevoli leggende. Nel Medioevo si raccontava di una vecchia inquietante che di notte usciva dal bosco e andava nei paesi a rapire i bambini dai loro letti. Si dice che questa storia abbia poi ispirato la favola di Hänsel e Gretel, anche se i filologi hanno opinioni contrastanti in proposito.

Un'altra leggenda ruota attorno a strane apparizioni luminose che di notte compaiono sopra la cima degli alberi, per poi sparire in maniera altrettanto misteriosa.

Naturalmente, secondo la tradizione popolare, la foresta sarebbe abitata dai fantasmi, ossia dalle anime inquiete dei taglialegna morti nel bosco, che vagano nella cupa abetaia in cerca di redenzione.

Ma ci sono anche le storie di fatti realmente accaduti. Per esempio l'esplosione di un deposito di munizioni dimenticato della Seconda guerra mondiale che cinque anni prima aveva provocato gravi danni in una zona remota della foresta. O il lupo avvistato ripetutamente nel bosco e poi sparito nel nulla. Se non fosse stato per le foto che ne dimostravano l'esistenza, sarebbe nata l'ennesima leggenda.

Ma il lupo c'era davvero. Erano state intraprese diverse battute di caccia, tutte senza esito.

Anche Simon Strode era a caccia di un lupo. Ma il suo mostro non era un animale dalla pelliccia grigia e i denti affilati. Il suo mostro era un uomo.

E questo lo rendeva molto più pericoloso.

80

Quando Simon raggiunse l'hotel, il sole stava tramontando e dalla vallata proveniva il lontano scampanio della chiesa di San Cristoforo.

Caro lo aspettava impaziente. Camminava avanti e indietro di fronte alla recinzione arrugginita e quando lo vide spuntare sul viale d'ingresso gli andò incontro.

«Finalmente! Hai preso tutto?»

Simon scese dalla bicicletta e annuì. Era trafelato e sudato fradicio, non solo per la strada in salita percorsa a tempo di record. Anche lui era nervoso. Non lo avrebbe mai ammesso di fronte a Caro, ma avrebbe tanto voluto che tutta quella storia fosse già finita.

«Scusa per il ritardo» ansimò, slacciando le corde con cui aveva legato il grimaldello al telaio della bicicletta, che non aveva il portapacchi.

«Perché ci hai messo tanto?»

«Mia zia non voleva mollarmi.» Appoggiò la bici alla recinzione. Quella sera voleva che fosse bene in vista.

«Pare che ci siano buone notizie su Melina» aggiunse. «Mike ha chiamato dall'ospedale dicendo che ha superato la fase più critica e sta migliorando. Avrà altre informazioni più tardi.»

Caro sospirò sollevata. «È fantastico! Spero che guarisca completamente.»

«Lo spero anch'io» disse Simon prendendo il cellulare. «Henning però non ne sarà affatto contento. Se Melina ricorderà l'accaduto, per lui sarà finita.»

Caro lo guardò con espressione seria. «Non pensi che sarebbe meglio aspettare? Se Melina racconterà alla polizia chi l'ha aggredita, sarà tutto finito. Henning sarà arrestato e noi non dovremo esporci a questo rischio.»

«E se lei non riuscisse a ricordare?» obiettò Simon. «Io sono l'esempio migliore per dimostrare che uno choc può cancellare la memoria. E con una ferita alla testa le probabilità sono persino maggiori. Inoltre non vorrei lasciare a Henning il tempo di sbarazzarsi del cadavere di Leonie. Ricorda che si è appena comprato una vanga. Non credo che gli serva per sistemare il giardino.»

Si voltarono verso l'hotel, che nella luce dorata della sera sembrava la foto di un'epoca ormai lontana.

«In questo momento l'hotel è un nascondiglio ideale»

disse Simon. «Ma lui deve portare via Leonie da qui prima che inizino i lavori di demolizione. E, una volta che l'avrà sepolta da qualche parte nel bosco, non la troverà nessuno. Al massimo potrà essere denunciato per lesioni personali e tornerà libero tra un paio d'anni. Io invece voglio che venga condannato per l'omicidio di Leonie.»

Caro si appoggiò alla recinzione, come se le mancassero le forze. «Hai ragione. È solo che ho una gran paura. E se il piano non funzionasse?»

«Andrà tutto bene» le assicurò Simon, pur nutrendo il medesimo timore. «Incastreremo Henning, e a questo penserai tu. Sei il nostro asso nella manica, lui non sa niente di te. Pensa che io sia qui da solo.»

Rimasero in silenzio l'uno di fronte all'altra per qualche secondo. Intorno a loro si udivano solo i rumori del bosco. Uccelli, un picchio che batteva sul legno e lievi schiocchi nel sottobosco.

Un corvo gracchiò sopra di loro. Caro alzò gli occhi per cercarlo.

«Sai cosa dicevano in passato dei corvi?» chiese, riprendendo a parlare senza aspettare una risposta. «Che annunciano cattive notizie. Sono messaggeri di morte. Si dice che, quando i corvi volano sopra una casa, qualcuno lì dentro morirà.»

«Sono solo stupide superstizioni» cercò di tranquillizzarla lui. «Nessuno morirà solo perché un uccello dalle piume nere gli è volato sopra.»

Caro lo guardò e dalla sua espressione Simon intuì che la pensava diversamente. Per lei non era soltanto una superstizione. Tuttavia si sforzò di sorridere.

«Sai una cosa, Simon Strode? Sei cambiato nel poco tempo che ti conosco.»

«Dici?»

Lei annuì. «Sei diventato più coraggioso. Più sicuro di te. All'inizio pensavo di dover badare a te, perché altrimenti il mondo ti avrebbe divorato. Adesso invece sei tu a occuparti di me e a proteggermi. Non te n'eri ancora accorto?»

Simon aggrottò la fronte. «Sinceramente no. Ma, se è così, allora è soprattutto merito tuo. Mi dai la sensazione di non essere solo. Questo mi rende forte. Senza di te sarei già sprofondato nella disperazione.»

La risata gracchiante del corvo risuonò nuovamente sopra di loro. Caro si voltò da quella parte e allungò il braccio mostrando il dito medio.

«Vai al diavolo, stupida bestiaccia! Non riuscirai a prenderci. Noi due siamo più forti di te!»

Simon scoppiò a ridere e Caro lo imitò. Subito dopo tornarono seri. Entrambi sapevano di non poter aspettare ancora.

«Dove hai lasciato la bici?» chiese Simon.

«Là dietro.» Indicò i cespugli dove avevano nascosto le bici la prima volta che erano saliti lassù.

«Bene» commentò Simon. «Henning non deve assolutamente scoprirla, altrimenti perderemo l'effetto sorpresa.»

Controllò per la centesima volta la carica del cellulare, assicurandosi che fosse completa.

Quindi si mise sottobraccio il grimaldello e rivolse un cenno deciso a Caro.

«Okay, possiamo andare.»

Mentre scavalcavano la recinzione e si dirigevano sul retro dell'hotel, Simon compose il numero di Richard Henning.

81

Henning posò il cellulare sul tavolo del salotto con mani tremanti. Si avvicinò alla finestra e guardò il giardino. Aveva il respiro corto. Il frisbee rosso del figlio era rimasto sul prato.

«Chi era, tesoro?» chiese Barbara affacciandosi alla porta della cucina.

«La scuola» mentì lui.

«A quest'ora? È successo qualcosa?»

«Ci sono dei problemi con un nuovo studente all'internato.»

È solo una mezza bugia, pensò, anche se l'espressione *problemi* era l'eufemismo del momento.

«Perché vengono a cercare proprio te? Ci sono molti altri insegnanti a scuola.»

«Io ho un ascendente particolare su questo studente.»

Questo era vero, anche se non come avrebbe inteso la moglie. Ma a volte il confine tra verità e menzogna è sottilissimo.

«Vuoi un po' di gelato?» chiese Barbara, segnalando che per lei l'argomento era concluso. «Stavo per andare a prenderlo dal freezer...»

«No, grazie» rispose lui andando verso la porta. «Penso che farò un salto a vedere di che si tratta.»

«Fermati!» esclamò lei correndogli dietro. «Ti sei già dimenticato cosa ci siamo detti oggi pomeriggio? Sei in vacanza e dovresti passare più tempo con la tua famiglia, ricordi?»

«Tesoro, per favore» ribatté lui infilandosi le mani nelle tasche dei calzoni per nascondere il loro tremito rivelatore. «Faccio in un attimo, poi torno a mangiare il gelato. Okay?»

«Non rivolgerti a me come se fossi uno dei tuoi studenti» lo rimproverò lei. «Se pensi di dover fare di nuovo la parte del salvatore della scuola, va' pure. È evidente che i tuoi allievi problematici sono più importanti di noi.»

Dal piano di sopra giunse il pianto della figlia, mentre il figlio spuntò sul pianerottolo e lo guardò.

«Esci di nuovo, papà?» domandò con una smorfia di delusione.

«Torno presto, giovanotto. Devo sistemare una cosa.»

Sorrise al figlio, ma dietro quella facciata si nascondeva un terrore assoluto.

Tutto questo, la sua famiglia, la casa, il lavoro erano in pericolo. Se non agiva subito, Simon Strode lo avrebbe rovinato per sempre.

82

«Avanti, dimmi, come ha reagito?» esclamò Caro dopo aver superato la sala da pranzo, mentre avanzavano nella penombra della hall.

Simon si fermò ai piedi della scala e si voltò a guardarla. «Non ha fatto una piega.»

Caro lo fissò incredula. «In che senso?»

«Non ha detto niente e ha riattaccato.»

«Che cosa?» Spalancò gli occhi terrorizzata. «Merda! E se non venisse?»

Simon scrollò il capo deciso. «Non preoccuparti, Henning verrà. Su questo non ho dubbi. Sa che cosa possiamo trovare quassù. E deve impedirlo a qualunque costo.»

Caro gettò un'occhiata verso la scala. «E se negasse ogni accusa?» domandò sottovoce.

«Mia nonna diceva sempre che ogni bugia si vendica» ribatté Simon. «È impossibile non lasciare tracce. Anche se negasse tutto, avremmo prove sufficienti per mettere la polizia sulle sue tracce. Non appena vedranno Leonie, mi crederanno e allora, prima o poi, lo arresteranno. L'importante ora è di non dargli più tregua. Bisogna tenerlo infilzato all'amo, come un pesce.»

«Non sarebbe meglio chiamare la polizia?»

Sempre stringendo il grimaldello sottobraccio, Simon guardò l'ora sul cellulare. Erano passati tre minuti dalla sua telefonata a Henning. In auto avrebbe impiegato più o meno un quarto d'ora per raggiungere l'hotel, forse qualcosa di più. E Henning era a casa, Simon lo sapeva, perché durante la loro breve telefonata aveva riconosciuto il tintinnio delle stoviglie in sottofondo.

Di sicuro ho disturbato il vicepreside mentre era a tavola, pensò con gioia maligna.

«Aspettiamo ancora un po'» rispose. «Non voglio che la polizia arrivi prima di lui.»

Caro non replicò, ma era evidente che aveva sempre più paura.

Puoi ancora scappare, disse la voce di Lennard nella sua testa. *Anche se sei un membro del rispettabile club dei fuori di testa, non hai davvero intenzione di salire lassù, vero?*

In effetti non gli andava di farlo. Ma doveva. Per Mike, ma soprattutto per Melina e Leonie. E per le future vittime di Richard Henning.

Ora dipendeva da lui mettere fine a quella storia.

Sì, sali pure, disse un'altra voce nella sua testa. Era quella malvagia del lupo dei suoi incubi. *Sali di sopra e morirai. Ma è giusto così, perché saresti dovuto morire già da tempo.*

Mise a tacere quelle voci dicendo a se stesso che erano soltanto le sue paure a parlargli.

«Vieni» disse a Caro. «Non c'è più tempo da perdere. Andiamo di sopra.»

Attivò la funzione torcia sul cellulare e insieme affrontarono gli scalini scricchiolanti di legno.

Questa volta era Simon a precederla. Pensò a cosa gli aveva detto Caro. Che era diventato più coraggioso.

Forse era vero, ma più che altro era spinto dalla voglia di mettere la parola fine a quella storia.

Desiderava solo raggiungere la pace interiore. E per riuscirci doveva prima scendere all'inferno.

83

Il piano superiore li accolse con una sensazione di agghiacciante familiarità.

Dalla porta della camera numero 17, che era rimasta aperta dall'ultima volta, la luce rossa del sole al tramonto filtrava nel lungo corridoio. All'estremità opposta la coppia ritratta sul grande dipinto a olio continuava a fissarli. Ora Simon conosceva i loro nomi: Eduard e Amalie Henning.

Adesso capiva perché gli occhi dell'uomo gli erano sembrati così familiari. Richard Henning aveva ereditato lo sguardo del padre, anche se negli occhi di Eduard Henning traspariva una grande severità, mentre il figlio affrontava la vita con l'inossidabile sorriso di un principe azzurro. Non sempre, in effetti, se si considerava lo scatto d'ira alla rimessa delle barche quel pomeriggio. Senza dubbio stava ribollendo di collera anche ora, mentre correva verso l'hotel.

Chissà cosa penserebbe suo padre, se sapesse cosa combina il figlio, si domandò Simon. Se avesse saputo che non era soltanto un perdigiorno che andava a caccia di ragazze.

Proseguirono lungo il corridoio e, quando superarono la

porta della camera 17, Simon gettò una breve occhiata e trasalì disgustato.

«Oh, no!» esclamò Caro raggiungendolo. Si voltò inorridita dall'altra parte e si premette una mano sulla bocca.

La scena rischiarata dalla luce rossastra del tramonto che filtrava tre le fessure della tapparella era surreale come quella di un film horror.

Durante la loro ultima visita, non avevano richiuso lo sportello del frigobar, e ora diversi ratti stavano banchettando con il contenuto del pacchetto di patatine che Caro aveva trovato lì dentro.

I corpi tozzi e grigi si accalcavano frenetici e le code rosa si agitavano come un esercito di grossi lombrichi.

La tavoletta di cioccolata era già stata divorata. Sul pavimento erano sparsi brandelli dell'involucro di alluminio. Tra poco sarebbe rimasta solo la bottiglia di Coca.

Simon rabbrividì. Non era sorpreso che lì ci fossero dei ratti, come in qualunque edificio abbandonato, ma non si aspettava di dover affrontare un simile incontro.

Si affrettarono a superare quello spettacolo rivoltante e raggiunsero la fine del corridoio, dove c'erano ad attenderli i volti severi degli Henning. Le due figure li avevano seguiti con lo sguardo dal monumentale ritratto.

Giunti davanti alla camera 19, si fermarono trattenendo il fiato.

«Accidenti, che schifo!» gemette Caro premendosi la mano sul naso e sulla bocca.

L'odore dolciastro era ancora più forte rispetto all'ultima volta e filtrava in corridoio dalla porta chiusa.

Simon fu assalito dalla nausea all'idea di dover varcare quella soglia. Avrebbe preferito tornare alla camera 17 e trascorrere il resto della notte in mezzo ai topi.

Ma ora non poteva più tornare indietro. Oltre quella porta c'era la risposta. Avrebbe trovato la prova che...

...*distrutto!* gli balenò in testa, mentre un'ondata potente lo travolgeva.

«Simon?»

Udì la voce preoccupata di Caro, ma non riusciva a vederla.

La vista gli si annebbiò.

«Accidenti, Simon! Che ti succede?»

L'ambiente intorno a lui cominciò a trasformarsi. Fino a un istante prima era ancora nel corridoio dell'hotel, ma ora l'immagine era sempre più confusa.

«Simon! Di' qualcosa!»

Il mondo intorno a lui era un palcoscenico su cui stava calando il sipario per il successivo cambio di scena. Solo che il sipario era una spessa cortina di nebbia. E quando alla fine la nebbia si diradò...

84

...Simon si trovò in cucina davanti alla pentola vuota. Guardò il lavandino, dove era stato messo a scolare un cespo di lattuga.

In mano stringeva il compito di matematica di cui andava tanto fiero.

Il migliore della classe! Complimenti! aveva scritto il professore sotto il voto.

Voleva assolutamente mostrarlo alla madre. E poi voleva mangiarsi un piatto di ravioli gustandosi quella giornata davvero eccezionale. Una giornata di sole, da primo della classe, senza Ronny.

Udì la voce di sua madre. Era al telefono nello studio. Doveva essere una conversazione importante che l'aveva interrotta mentre cucinava.

«No, non lo farò!»

Era arrabbiata. Le capitava di alzare così la voce solo quando era furibonda. In quei casi a volte usciva sul balcone a fumare una sigaretta. Poi andava in tutta fretta in bagno a lavarsi bene i denti.

«Non dire niente a tuo padre» diceva, e Simon sapeva che era meglio tenere la bocca chiusa e non dire al padre che la mamma aveva fumato di nascosto. Papà non sopportava il fumo. Diceva sempre che fumare era come un lento suicidio.

Adesso però sua madre non stava fumando. Era in piedi nello studio, ed era furiosa.

«No, no, e ancora no! Mi stia bene a sentire lei, brutta zoccola! Sì, ho detto *brutta zoccola*!»

Era una parolaccia che non bisognava mai dire a nessuno. La mamma però l'aveva ripetuta due volte di seguito, e la seconda volta in maniera più marcata.

Incuriosito, Simon si avvicinò allo studio. La porta era socchiusa e poteva vedere la madre in piedi accanto alla scrivania. Aveva il viso tutto rosso, come se si fosse presa una scottatura. Ma la colpa non era del sole, bensì di una rabbia sconfinata.

«Non me ne frega niente!» gridò nella cornetta. «Lei ha distrutto la mia famiglia!»

In quel momento si accorse della presenza di Simon. Il suo volto esprimeva rabbia, paura e tristezza.

«Mamma?» disse Simon, non sapendo come comportarsi.

La madre si precipitò verso di lui e gli chiuse la porta in faccia.

«Mamma!» urlò Simon afferrando la maniglia.

Non poteva chiuderlo fuori così, doveva sapere cosa stava succedendo! A lei. A lui. Alla famiglia.

Poi la madre chiuse a chiave dall'interno e, per quanto scuotesse la maniglia e bussasse alla porta, lei non gli aprì.

La sentiva singhiozzare dietro la porta, mentre ripeteva quella parola carica di sofferenza.

«Distrutto, distrutto, distrutto!»

85

«Simon? Simon! Siiimon!»

Si scrollò e si rese conto che era stato solo un ricordo. Si trovava ancora nel corridoio, accanto alla porta della camera numero 19, da dove proveniva un fetore spaventoso.

Caro gli stava agitando la mano davanti al viso. Aveva gli occhi spalancati dalla paura e dall'ansia.

«Simon, per la miseria, che succede?»

«Oh... Caro» balbettò lui. «Scusa.»

«Che cos'hai?»

«Non lo so, all'improvviso mi sono sentito così strano. E poi...»

«È il momento di chiamare la polizia!» gridò lei. «Presto! Non c'è più tempo.»

Simon guardò il cellulare con aria sgomenta. Erano trascorsi dodici minuti dalla telefonata. Henning poteva arrivare da un momento all'altro.

Fece cadere a terra il grimaldello e sfogliò velocemente la rubrica del cellulare. Finalmente trovò il numero del commissariato che aveva memorizzato prima di recarsi all'hotel. *Meglio andare sul sicuro*, aveva pensato, ma aveva quasi rischiato di farsi scappare il momento giusto.

Attese il segnale di libero, la mente ancora stordita, ma non accadde niente.

Preso dal panico, diede un'occhiata allo schermo e, quando lesse la scritta, provò un tuffo al cuore.

Nessun servizio.

«Porca miseria! Qui non c'è campo!»

«Cosa?» gridò Caro. «Riprova!»

«Ci puoi scommettere!»

Avanzò per il corridoio muovendo il cellulare davanti a sé. Ma non cambiò nulla.

«Sbrigati!» lo incalzò Caro, ma inutilmente.

Ormai era arrivato alla scala, ma non c'era campo. Nemmeno una tacca.

Si guardò intorno in preda all'agitazione, imprecando tra sé. Quel vecchio rudere stava per crollare, ma era ancora perfettamente isolato, anche dalla rete telefonica.

«Simon, ti prego, fa' qualcosa!»

Caro era sul punto di scoppiare a piangere e anche lui cominciava a sentirsi paralizzato dal terrore. Cosa doveva fare? Tornare fuori?

Perché errare lontano, quando il bene è tanto vicino?

La voce di suo padre. Era uno dei motti che gli piaceva tanto citare.

Questo proverbio ti potrà aiutare, proseguì la voce. *Guardati intorno e vedrai che il vecchio Goethe aveva ragione.*

Cominciò a osservare intorno a sé e comprese all'istante perché il subconscio avesse fatto affiorare la voce del padre nella sua testa.

«Maledizione, no! Non è possibile!» sbuffò, ma si rese conto di non avere scelta.

«Che cosa fai?» esclamò Caro saltellando da un piede all'altro per l'agitazione come in una danza nervosa.

«Telefono» borbottò lui a denti stretti, dirigendosi verso la camera 17.

Con il cuore in gola osservò il tramestio sotto la finestra. I ratti non si erano ancora accorti di lui. Erano troppo occupati a divorare le patatine.

Fissò deciso la fessura della tapparella e fece un profondo respiro. Quindi entrò nella camera dove i topi correvano qua e là alla ricerca delle ultime briciole. Un passo dopo l'altro raggiunse la finestra tenendo d'occhio il display del cellulare.

Sudava copiosamente. Lo squittio e il tramestio dei ratti saliva fino a lui dal pavimento. Pregò di non pestarne nessuno. Forse lo avrebbero lasciato in pace. Quando fu accanto alla finestra, finalmente il segnale di rete si accese.

Centro! Tre tacche!

Simon si affrettò a selezionare il numero salvato e subito sentì lo squillo all'altro capo della linea. Mai aveva provato una gioia così intensa in vita sua.

Una voce maschile rispose pochi secondi dopo chiedendo quale fosse il problema. Simon spiegò di dover parlare con urgenza con il commissario Stark.

«Di che si tratta?» domandò l'agente.

«Devo parlarne con il commissario» rispose Simon, mentre i topi gli strusciavano sulle gambe.

Pieno di raccapriccio, si accorse che uno dei roditori gli stava mordicchiando il laccio di una scarpa. Lo cacciò via disgustato, ma subito dopo altri tre topi si avventarono sul laccio dell'altra.

Poi vide qualcosa che lo spaventò ancora di più. Alla luce del tramonto si scorgevano due fari che salivano lentamente verso l'hotel.

Henning!

«Giovanotto, se non mi dici di che cosa si tratta, non posso passarti il commissario.»

«Si tratta di omicidio!»

All'altro capo della linea ci fu un istante di silenzio. Simon diede un altro calcio ai topi. Sembravano moltiplicarsi e diventare sempre più coraggiosi.

Non farti mordere, si disse, accorgendosi di parlare proprio come sua madre. *I ratti possono trasmettere malattie pericolose!*

«Omicidio?» ripeté il poliziotto. «Spero che tu non stia scherzando, ragazzo. Finiresti in guai seri...»

«Per la miseria, le pare che stia scherzando?» strillò Simon isterico. «Mi passi subito il commissario! Presto!»

L'auto intanto era quasi arrivata all'altezza dell'ingresso. Quando Simon vide la sagoma scura della carrozzeria, fu certo che fosse proprio l'auto che aveva visto la notte del temporale. Era il fuoristrada nero di Henning. L'aveva riconosciuta nella fioca luce del tramonto.

«D'accordo, un momento» disse il poliziotto. «Ti passo l'ufficio del commissario capo Stark.»

Simon udì una musichetta d'attesa.

In quel momento avvertì qualcosa grattargli il polpaccio e dovette fare uno sforzo per non mettersi a urlare. Uno dei ratti stava cercando di arrampicarsi sulla sua gamba. Le zampette avevano la consistenza di gomma ruvida e gli artigli gli grattavano la pelle.

Si mise ad agitare le gambe come un ballerino di tip tap impazzito, quindi udì uno scatto al cellulare.

Il cuore gli fece un balzo per la gioia quando riconobbe la voce profonda di Stark.

«Stark.»

«Commissario, sono Simon Strode. Deve venire al più presto al Waldhotel. La prego, è molto urgente!»

«Simon, cos'è successo?»

L'auto di Henning nel frattempo si era fermata davanti alla recinzione. Simon vide la sagoma della propria mountain bike illuminata dalla luce abbagliante dei fari. Poi Henning li spense e aprì la portiera.

«So dove si trova il cadavere di Leonie» disse abbassando la voce.

Prese di nuovo a calci i topi che tentavano ancora di arrampicarsi lungo la sua gamba e guardò Caro immobile sulla soglia, tremante di paura, i pugni premuti sulla bocca, che fissava i ratti.

Simon le rivolse un cenno affannato, poi si premette per un istante il cellulare contro il petto. «Caro! Ehi!»

Lei lo guardò con occhi carichi di terrore. Doveva avere una paura tremenda dei topi, e Simon la capiva molto bene.

«Nasconditi» le sibilò. «Presto, sta arrivando!»

Si portò di nuovo il cellulare all'orecchio e guardò Caro scomparire di corsa in corridoio.

«... sei ancora?» sentì chiedere dalla voce di Stark.

«La prego, venga qui!» bisbigliò Simon. «Ora devo chiudere.»

«Aspetta un momento! Ne sei sicuro? Sai dov'è la ragazza scomparsa?»

«Sì, maledizione! Leonie è qui, ed è morta! La prego, la prego, venga subito!»

Simon aveva abbassato la voce a un disperato sussurro, perché Henning si stava avvicinando all'ingresso dell'hotel.

Sentendo tintinnare il mazzo di chiavi, per un istante si domandò assurdamente di che colore fosse quella dell'hotel. Verde, arancio, gialla, forse blu? Tutto era possibile, tranne rossa, perché quella era la chiave della rimessa delle barche.

«Dove sei esattamente, ragazzo?» chiese Stark.

«Al primo piano. Faccia presto! L'assassino di Leonie è appena arrivato.»

86

Mike stringeva la mano di Melina e piangeva. Le sue erano lacrime di sollievo.

Melina lo guardò e gli rivolse un debole sorriso. Aveva il volto tumefatto e un occhio rosso, ma il suo sorriso gli parve meraviglioso.

Aveva un cerotto sotto il mento, dove fino a poco prima si trovava il tubo del respiratore artificiale. Le sarebbe rimasta una piccola cicatrice, ma non aveva importanza. Ciò che contava era che potesse respirare di nuovo da sola. E che nonostante la prognosi infausta fosse sopravvissuta.

Aveva già pronunciato la sua prima parola. Appena si era ridestata dal coma.

Il suo nome.

«Mike.»

Ora mosse di nuovo le labbra e pronunciò un debole «stanca». Poi abbassò le palpebre.

Mike guardò il monitor accanto al letto, che registrava il ritmo regolare del battito cardiaco. Era tutto a posto, non doveva più preoccuparsi.

«Sì, dormi pure» le disse dolcemente accarezzandole la mano.

La porta scorrevole si aprì e il dottor Mehra mise dentro la testa. Quando vide che Melina si era riaddormentata, rivolse a Mike un cenno per chiedergli di uscire in corridoio.

Quando Mike si alzò, le ginocchia gli scricchiolarono. Era

seduto al capezzale di Melina fin dal mattino. Era rigido e anchilosato.

Posò delicatamente la mano di Melina sul letto e uscì dalla camera.

«Ci sono giornate in cui il lavoro riserva grandi gioie» disse il dottore quando Mike si fu richiuso la porta scorrevole alle spalle. «Oggi è una di queste. La sua amica ha una gran voglia di vivere.»

«Vuol dire che è fuori pericolo?»

Mehra annuì. «Naturalmente ci vorrà ancora tempo prima che si rimetta completamente, ma ci sono ottime probabilità che guarisca senza conseguenze.»

«È tutto merito suo» disse Mike porgendo la mano al dottor Mehra. «Gliene sono molto grato.»

«Non deve. È la mia professione» ribatté il medico. «E, nel caso della sua amica, è stata anche molto fortunata. Per come erano messe le cose, sarebbe potuta finire molto male.»

Mike guardò verso la porta chiusa dov'era appeso un foglio con il nome di Melina. Gli occhi gli si riempirono di lacrime, che si affrettò ad asciugare prima di rivolgersi nuovamente a Mehra. «Riuscirà a ricordare?»

«Che cosa?» chiese il dottore. «Ciò che le è accaduto?»

Mike annuì e Mehra si strinse nelle spalle. «Chi può dirlo? Può darsi di sì, ma non è detto.»

«Quali probabilità ci sono che le torni la memoria?» insistette Mike. «Magari non subito, ma in futuro? Un giorno potrebbe ricordare chi è stato a farle questo?»

Mehra fece di nuovo un gesto interrogativo. «Mi rincresce, signor Strode, non posso proprio risponderle. È plausibile che le resti un vuoto di memoria di qualche ora, o qualche giorno. Dopo un trauma del genere è normale una lieve forma di amnesia.»

«Amnesia?» Mike si strofinò nervoso il mento facendo frusciare la barba di qualche giorno. «Ma riuscirà a ricordare quello che c'era prima?»

«L'ha riconosciuta subito e l'ha chiamata per nome» disse Mehra con un sorriso. «Direi che è un segnale molto positivo. Ora però lasciamole un po' di tempo per riprendersi. Ha ancora una lunga strada da percorrere, per così dire.»

La porta del corridoio alle loro spalle si aprì e un uomo in jeans e blazer scuro andò loro incontro a passo svelto.

Mike trattenne un sospiro quando riconobbe il commissario.

«Salve, signor Stark» disse. «Cosa vuole stavolta?»

Stark si fermò davanti a lui e lo guardò impassibile. «Sono venuto a prenderla, signor Strode.»

«Ah, sì? E come mai?»

«Ho ricevuto una telefonata di suo fratello.»

Mike alzò le sopracciglia stupito. «Simon? Che cosa voleva?»

«Stamattina era passato a trovarmi» disse Stark senza tradire alcuna emozione. «Sembra che sia intenzionato a scagionarla. Dice di conoscere il colpevole. Inoltre sostiene di sapere cosa ne è stato della ragazza scomparsa. Dice di aver scoperto il suo cadavere. A quanto pare sta per smascherare l'assassino. Ma noi conosciamo la verità, non è così, signor Strode?»

Michael si irrigidì.

87

Dopo che Caro si fu nascosta, Simon corse in fondo al corridoio. Subito dopo udì il rumore della porta d'ingresso che si apriva. Il cigolio dei cardini riecheggiò dagli alti soffitti della hall.

I passi di Henning si avvicinarono rapidi e subito dopo salirono gli scalini scricchiolanti.

Simon gettò un'ultima occhiata al cellulare e controllò che il tasto di registrazione fosse acceso. Voleva registrare la confessione di Henning o almeno qualche indizio che ne dimostrasse la colpevolezza.

Nascose il cellulare nella tasca interna dei calzoncini, dove Henning non lo avrebbe scoperto facilmente, poi afferrò il grimaldello con entrambe le mani.

«Simon?» Riconobbe la voce di Henning e subito dopo il fascio di luce di una pila tascabile lo accecò dall'ultimo gradino. «Ah, eccoti qua!»

«Sapeva già dove cercarmi» osservò Simon.

Henning rivolse la luce della torcia sul pavimento e si avvicinò.

«Ho sentito dei passi di sopra» disse, poi si fermò spaventato alla vista di un ratto, che si allontanò rapidamente sfiorandogli i piedi.

Si riscosse e lanciò un'occhiata disgustata alla camera 17.

«Hai cercato un posticino davvero raccapricciante per la tua messinscena.»

«È tutt'altro che una messinscena» ribatté Simon. «E lei lo sa meglio di tutti.»

Henning annuì. Poi sospirò come se portasse un pesante fardello.

«Hai ragione. Credo che l'errore più grande che abbia commesso è stato quello di sottovalutarti. Quindi lasciamo perdere i giochetti e mettiamo le carte in tavola, d'accordo?»

«D'accordo» disse Simon, ripensando all'avvertimento di Caro.

Finché darai ascolto alla ragione e ai sentimenti, non potrà farti niente. Ma, se gli lascerai campo libero, ti divorerà.

«Sai, Simon, abbiamo commesso entrambi un errore. Io e te.»

Henning si appoggiò con la schiena al muro e illuminò la passatoia che ricopriva il pavimento.

«Io mi sono avvicinato a te nella maniera sbagliata» continuò, «e tu... tu mi hai subito considerato un nemico. Avrei dovuto rispettare di più le tue paure e le tue emozioni, invece di prendere le cose alla leggera. Sono sicuro che soffri ancora molto per la perdita dei tuoi genitori, ed ecco che arriva un tipo insolente come me cercando di convincerti che passerà. Dopo un giro in canoa. È stato stupido e per niente professionale da parte mia.»

Simon era immobile accanto alla porta della camera 19. Il puzzo che arrivava fino a loro era indescrivibile. Tuttavia rimase impassibile con il grimaldello premuto al corpo. Gli dava una sensazione piacevole. Era di suo nonno, lo aveva trovato in mezzo ai suoi attrezzi in cantina. Stringerlo lo faceva sentire al sicuro. Come se, oltre a Caro, anche suo nonno fosse lì a proteggerlo.

«Ti senti rifiutato, vero?» disse Henning. «Credi che a nessuno importi di te. Nessuno ti vuole, né tua zia né tuo fratello. Ti spediscono in collegio, anche se non ci vorresti andare, e io in qualche modo rappresento tutto questo. Per questo mi odi e mi accusi di essere un assassino. Non è così?»

Simon sapeva che Henning stava cercando di abbindolarlo. Era il suo modo di negare ogni accusa. Ci mancava soltanto il sorriso da dentifricio.

«Non riuscirà a ingannarmi, signor Henning. Non ha importanza quello che mi sta dicendo. Io so che cosa ha fatto.»

«Ma non puoi dimostrarlo, ragazzo» disse Henning.

«Non hai in mano niente contro di me. Non l'hai ancora capito?»

«Ma davvero?»

Simon era pronto a colpire. Con la sinistra estrasse dalla tasca dei calzoni la cavigliera di Melina e la tenne bene in vista davanti a Henning.

«Che mi dice di questa? La riconosce?»

Henning indirizzò la luce della torcia sulla catenina. Vide il cuoricino rosso che dondolava e dal suo sguardo fu chiaro che l'aveva riconosciuta.

«Dove l'hai presa?»

Simon esultò vedendo l'espressione di Henning. Con una sola mossa gli aveva tolto il terreno sotto i piedi. E tanti saluti al suo sorriso da principe azzurro.

«Era nella sua macchina. Sotto il sedile del passeggero. Credeva di aver eliminato tutte le tracce, ma non si era accorto della catenina di Melina.»

Henning lo fissò con gli occhi sgranati.

«Nella mia macchina? L'hai trovata *nella mia macchina*?»

«Sì. Il fuoristrada. Lo stesso che ho visto la notte dell'aggressione a Melina. Lei è salita sulla sua auto. Ed è stata la sua fine. Forse perché ha tentato di difendersi?»

«Cosa?» Henning lo guardò scrollando la testa. «Ma è una cosa...»

«La pedinava forse?» proseguì Simon. «È per questo che continuava a passare davanti a casa nostra? Di sicuro non va tutti i giorni alla vecchia rimessa delle barche, dato che ne ha una nuova a Fahlenberg. Sono convinto che si aggirava dalle nostre parti in attesa del momento giusto per colpire. Quella notte ha cercato di approfittare dell'emergenza in cui si trovava Melina? Voleva dissuaderla dal trasferirsi a Heidelberg con Mike? Come ha reagito lei? Ha protestato?»

L'espressione di Henning cambiò bruscamente, come se gli avessero tirato una secchiata d'acqua in testa.

«Già, ero lì» disse Simon annuendo per dare più enfasi alla sua rivelazione. «Ho visto lei e Melina con i miei occhi.»

«Tu non hai visto proprio niente!» lo aggredì Henning. «Stai dicendo un sacco di sciocchezze. Quando avresti cercato nella mia macchina? Non ti ho mai...»

Si bloccò a metà della frase e spalancò la bocca.

«Le chiavi!» esclamò. «Sei stato tu a rubarmi le chiavi! E io che pensavo di averle perse. E invece... ma come hai fatto a entrare nella mia macchina? Siamo stati insieme tutto il tempo.»

Simon deglutì. Gli sembrava letteralmente di vedere Henning rimettere a posto le tessere del puzzle nella sua testa. E si trattava di un puzzle estremamente semplice, formato solo da due pezzi.

«Chi ti ha aiutato?» chiese Henning facendo un passo avanti.

«Resti dov'è!»

Simon si rimise in tasca la catenina di Melina e brandì il grimaldello con entrambe le mani. «Resti dov'è, oppure la colpisco!»

«Voglio sapere chi ti ha aiutato, maledizione!» esclamò Henning. «Dimmelo, una volta per tutte!»

«Ho chiamato la polizia» annunciò Simon, spostandosi di lato quando Henning avanzò di un altro passo. «Sarà qui da un momento all'altro.»

«Chi c'era con te?» Henning sembrava non averlo sentito. «Per caso c'entra tuo fratello? Avanti, dillo!»

Simon aveva il cuore in gola. Henning era a pochi centimetri da lui, ma non riusciva a colpirlo. Era come se una forza invisibile lo trattenesse.

«Se ne vada, altrimenti...»

All'improvviso Henning partì all'attacco e lo immobilizzò. Fu così veloce che Simon non ebbe il tempo di reagire.

«Non farai proprio niente» dichiarò il vicepreside.

Gli stringeva le mani con una forza tale che a Simon sembrava di essere finito in una morsa. Uno scricciolo come lui non poteva competere con uno sportivo che si allenava regolarmente tutti i giorni.

«Dov'è?» gridò Henning. «Dov'è tuo fratello?»

Simon fu colto dal panico. Gli occhi di Henning sputavano fuoco e la sua stretta era così salda da spezzargli quasi le braccia. Aveva perso il controllo di sé. Era andato in cortocircuito, per dirla con le parole di Michael. Sarebbe uscito di testa come aveva fatto quel pomeriggio alla rimessa. Solo che stavolta non avrebbe preso a calci le pietre. Lo avrebbe ammazzato. Proprio come aveva ucciso Leonie e picchiato Melina.

Simon scalciava all'impazzata, cercando di difendersi, ma Henning lo aveva inchiodato al muro.

«Dimmi chi è il tuo complice, altrimenti ti giuro che te ne pentirai!»

In quella situazione a Simon non restò nient'altro da fare che chiedere aiuto a Caro.

«Corri a cercare aiuto!» gridò. «Questo pazzo vuole uccidermi!»

Henning si guardò intorno perplesso per un paio di secondi. Poi lasciò un braccio di Simon, spalancò la porta della camera 19 e lo spinse dentro.

Simon cadde a terra di schiena e lanciò un grido. Il grimaldello rimbalzò sulle assi alle sue spalle. In quell'istante la porta si richiuse e di colpo l'oscurità piombò su di lui.

Si alzò di scatto e corse verso la porta. Ci andò a sbattere alla cieca e a tentoni cercò la maniglia. Ma prima che riuscisse a trovarla udì un tintinnio di chiavi e capì che Henning lo aveva chiuso dentro.

«Mi faccia uscire!» urlò prendendo a pugni la porta. «La polizia sarà qui da un momento all'altro. Mi lasci uscire, maledizione!»

Complimenti, lo schernì la voce di Lennard nella sua testa. *Un piano magnifico. Di sicuro se la farà sotto e ti libererà subito. Prova a gridare un'altra volta, magari ti chiederà perfino scusa.*

In effetti era piuttosto stupido gridare, come pure scrollare la maniglia. La porta non si sarebbe aperta nemmeno tra mille anni.

Si girò verso la camera, ma era tutto nero. Il grimaldello doveva essere da qualche parte sul pavimento. Ma dove?

Infilò la mano in tasca e tirò fuori il cellulare. Ma, ancor prima di aprirlo, si rese conto che qualcosa non andava. Udì uno scricchiolio, cercò di accendere il telefono, ma non accadde niente. Doveva essersi rotto nella caduta.

Si inginocchiò e tastò freneticamente sul pavimento.

Udì dei passi frettolosi all'esterno. Sentì una porta che sbatteva, poi un'altra e un'altra ancora.

Henning stava controllando le camere!

«Caro!»

Simon balzò in piedi e corse verso la porta.

«Caro, scappa!» gridò con quanto fiato aveva in corpo. «Mettiti al sicuro!»

Sentì qualcuno scendere precipitosamente la scala verso la hall, poi tornò il silenzio.

Era solo e il puzzo nella stanza buia lo faceva quasi svenire. Sotto il pavimento, da qualche parte lì vicino, era nascosto il cadavere in putrefazione di una ragazza.

E il suo assassino stava inseguendo Caro.

88

Si mise carponi e tornò a tastare il pavimento nell'oscurità. Dov'era finito quel maledetto grimaldello? Non poteva essere sparito.

Immersa nell'oscurità, la camera d'albergo gli sembrava smisurata. Era come cercare qualcosa in una sala da ballo. Tastò polvere, ragnatele e dei pallini che dovevano essere sterco di ratto.

Era tormentato dalla nausea e gli bruciavano gli occhi. Il puzzo e gli oggetti ripugnanti che toccava gli provocavano fortissimi conati di vomito.

La cosa peggiore, tuttavia, era il pensiero che sotto di lui, a pochi centimetri, ci fosse un cadavere.

Da qualche parte aveva letto che, quando si era circondati dalla totale oscurità, la ragione prendeva il posto della vista. Ora lo stava sperimentando in prima persona. Ma, invece delle cose reali che avrebbe visto con la luce, ne vedeva altre, agghiaccianti.

La sua mente dominata dal panico gli faceva credere di non essere solo. Che ci fosse qualcosa lì insieme a lui. Qualcosa che lo osservava. Che seguiva con gioia maligna i suoi goffi tentativi di ritrovare il grimaldello, tastando il pavimento, cieco come una talpa.

Vedeva anche Leonie, sotto le assi, che lo fissava con occhi freddi e morti. Fu questa immagine a fargli perdere del tutto la ragione.

Doveva andarsene via da lì. Via, via, via!

Poi le sue dita toccarono qualcosa di freddo e metallico. Finalmente aveva trovato il grimaldello.

Balzò in piedi e raggiunse a tentoni la porta. Dal corridoio non proveniva neppure un suono.

Cercò di non pensare a Caro, senza riuscirci. Di sicuro era

riuscita a mettersi in salvo, si ripeteva. Caro era astuta e sapeva come uscire di lì il più in fretta possibile. Aveva certamente seminato Henning e stava tornando in paese.

Lo sperava davvero!

Dopo aver trovato la fessura della porta, ci infilò il grimaldello e cercò di forzarla. Ma qualcosa non andava, il grimaldello continuava a scivolare.

Se solo fosse riuscito a vedere qualcosa!

Provò ripetutamente, ma senza successo. Nessuno schianto, nessuna scheggia, solo un patetico raspare. A parte qualche graffio nella vernice della porta, non ottenne altro.

Brandì rabbiosamente il grimaldello e lo batté contro la porta, ma poco dopo si rese conto che non serviva a niente. Non era abbastanza forte per ottenere qualcosa.

Rimase fermo, ansimando prostrato nel buio. Intorno a lui l'odore della morte gli penetrava in tutti i pori.

All'improvviso udì qualcosa. Dei passi sulle scale. Almeno due persone, forse tre.

La polizia! Finalmente!

Simon gettò via il grimaldello e cominciò a tempestare di pugni la porta.

«Da questa parte! Sono qui!»

I passi accelerarono. Una voce profonda e familiare disse: «Laggiù, dove c'è la chiave».

Nel giro di un secondo la porta si aprì.

Simon si schermò gli occhi con le mani, accecato dalla luce, finché il commissario capo Stark abbassò la pila.

«Tutto a posto, ragazzo?»

Simon annuì e guardò in faccia un secondo poliziotto, in piedi dietro il commissario, con una mano premuta sulla bocca e l'espressione disgustata.

«Il cadavere di Leonie è lì dentro» disse Simon, indicando alle proprie spalle. «Sotto il pavimento.»

Simon udì altri passi sulle scale e poco dopo vide Mike avvicinarsi dal corridoio.

«Mike!»

Gli corse incontro e lo abbracciò.

«Mike, come sono contento di vederti!»

Mike si bloccò impietrito, lo sguardo rivolto verso la stanza in fondo al corridoio, dove il secondo poliziotto stava sollevando le assi del pavimento con il grimaldello di Simon.

«Che succede, piccolo?»

Aveva la voce seria e sorpresa. Per lui doveva essere uno choc.

«È stato Henning» disse Simon. «È stato lui a picchiare Melina. E a uccidere Leonie.»

Mike lo guardò come se Simon stesse parlando in un'altra lingua.

«Leonie?»

«La ragazza scomparsa» gli spiegò Simon. «Ha nascosto il suo cadavere qua sopra. Là dentro!»

Si girò verso il commissario. «La prego, deve arrestare Henning. Non può essere andato lontano. Lui...»

«Lo so» disse Stark indicando verso le scale.

Simon si voltò di scatto e vide Richard Henning che saliva gli ultimi gradini verso di loro.

«Ma... che significa?» balbettò guardando sbigottito da Henning a Stark.

«Mi spiace davvero molto per prima, Simon» disse Henning. «Ho perso il controllo. Non volevo essere così brusco con te, ma mi hai provocato.»

«No!» Simon scrollò con forza la testa. «No, non se la caverà tanto facilmente!»

«Non ne ho nessuna intenzione» replicò Henning. «Credo che sia giunto il momento della verità.»

Uno schianto li fece girare di scatto. Un rumore di legno che si spezzava e poi il grido del poliziotto.

«Merda!»

Il poliziotto uscì dalla stanza con la mano davanti alla bocca.

«Che cosa hai trovato?» domandò Stark.

«Venga a vedere lei stesso. C'è un cadavere. Anzi, per la precisione sono due.»

«Due?»

Stark aggrottò la fronte ed entrò nella stanza. Anche lui si premette la mano davanti al naso e alla bocca mentre si chinava verso la buca nel pavimento. Poi si rialzò e fece cenno a Simon di avvicinarsi.

«Vieni, ragazzo. Guarda pure tu stesso.»

Simon esitò. Non voleva vedere Leonie. Non così. Non voleva vedere mai più un cadavere. Men che meno due.

«Avanti, avvicinati» lo spronò Stark. «Guarda!»

Simon fece un respiro profondo e raccolse tutto il proprio coraggio. Quindi si avvicinò al buco trattenendo il fiato.

Tutti gli sguardi erano puntati su di lui. C'era qualcosa che non andava. Chi poteva essere il secondo cadavere che Henning aveva nascosto sotto le assi?

Chiuse gli occhi per un istante. Voleva prepararsi mentalmente, pur sapendo che non era possibile prepararsi a uno spettacolo di quel genere. Quando alzò le palpebre e guardò verso il basso, non credeva ai propri occhi.

«Che cosa...» alitò, poi gli mancò la voce.

Avrebbe voluto chiedere cosa significava, ma non riusciva ad articolare le parole.

Il suo sguardo era inchiodato alla tana di topi tra le assi del pavimento. Era fatta di brandelli di tessuto, pelo e fili di canapa come quella che sporgeva dalle vecchie tubature nella cucina dell'hotel.

In mezzo al nido c'erano due ratti morti, in avanzato stato di decomposizione, con le ossa scoperte tra il pelo grigio.

Stark gli si avvicinò.

«Pensi ancora che sia Leonie?»

Simon oscillò la testa da una parte all'altra al rallentatore, quindi si girò verso il fratello.

«D'accordo, su Leonie ci siamo sbagliati» disse, poi indicò Henning con la mano tremante. «Ma è stato lui a ridurre Melina in quel modo. L'ho visto io, Mike. Ho visto il suo dannato fuoristrada nero. Melina è salita con lui.»

«Tu c'eri?» chiese Mike. «Eri proprio lì?»

«Sì, c'ero» confermò Simon con la voce che gli tremava di rabbia e incredulità. «Diluviava e sono andato a sbattere contro un ramo spezzato con la bicicletta. Quando mi sono rialzato, ho visto Melina. Era accanto a un'auto. Si era fermata tra gli alberi vicino alla strada. E poi è salita con lui.»

«Com'è possibile che non abbiamo trovato tracce di pneumatici sull'erba?» domandò Stark.

Simon gli gettò un'occhiata rabbiosa. «E io come faccio a saperlo? Posso solo raccontare ciò che ho visto.»

Stark, il secondo poliziotto, Henning e Mike, tutti lo guardavano con quell'espressione antipatica che lui odiava tanto. C'era qualcosa che non andava. Non gli credevano.

«Se un'auto di quelle dimensioni si ferma sull'erba quando piove così forte, lascia per forza delle tracce sul terreno morbido» spiegò Stark, accentuando di proposito ogni singola parola, come se parlasse con un mentecatto.

«A meno che non fosse un'auto fantasma» aggiunse tetro. «Un'auto che in realtà non c'era.»

«Non capisco» esclamò Simon. «Lei crede che stia mentendo, vero? Che mi sia inventato tutto. Non è così. Posso provarlo. Ecco, guardi!»

Tirò fuori ancora una volta la cavigliera di Melina e la mostrò ai presenti.

Quando Mike la vide, gliela strappò di mano. «Dove l'hai presa?»

«L'abbiamo trovata nella macchina di Henning.»

«L'abbiamo?» chiese Stark.

Simon annuì. «Esatto. Caro e io. È la mia amica.»

«Qual è il suo cognome?»

Simon ci pensò per un attimo. Poi si rese conto che Caro non gli aveva mai detto il proprio nome per intero. Non era stato necessario tra loro. Lei era Caro, e tanto gli bastava.

«Non lo so» rispose a Stark. «L'ho conosciuta alla Serling.»

«Che aspetto ha questa Caro?» chiese Henning.

«Lei dovrebbe saperlo» lo accusò Simon. «Ha cercato di toccarla durante una gita in canoa.»

«Avanti, descriviglielà!» gli disse Mike con espressione severa.

«D'accordo» ribatté Simon. «Un po' più bassa di me, quasi sempre vestita di nero, con i capelli tinti di nero e piuttosto pallida.»

«Questa studentessa non esiste» disse il vicepreside guardando prima Mike e poi il commissario. «Quest'anno non abbiamo avuto nessuna Caro da noi.»

Simon lo fissò allibito. «Be', forse si chiama Carola oppure Carolin...»

«No, Simon» disse Henning tranquillo. «La ragazza che ci hai descritto non frequenta la nostra scuola. Altrimenti lo saprei.»

«Ma è assurdo!» gridò Simon. «Certo che Caro è iscritta alla sua scuola.»

Mike lo afferrò per un braccio e lo avvicinò a sé. «Parli sul serio, piccolo?»

«Ma certo» gli assicurò Simon. «È mia amica. Siamo stati insieme questi ultimi giorni. Ha preso lei la catenina di Melina dall'auto. Sapeva tutto di Henning e di che tipo è.»

«Davvero?» disse Henning. «Sono proprio curioso di sentirlo. Avanti, secondo la tua amica che tipo sarei?»

«Un fannullone e un dongiovanni. Lo diceva anche mio nonno. E Caro non mentirebbe mai.»

Appena smise di parlare, udì altri passi che salivano su per le scale. Leggeri, incerti, e meravigliosamente familiari.

Poi Caro spuntò dal buio. Portava i suoi calzoncini neri, la felpa blu con il cappuccio e le scarpe da ginnastica con i teschi, e gli sorrideva con quella sua espressione inconfondibile.

«Finalmente!» esclamò Simon guardando gli altri con aria trionfante. «Vi presento Caro. Adesso il signor Henning potrà spiegarci come mai secondo lui non dovrebbe frequentare la sua scuola.»

I quattro uomini si voltarono verso le scale e Henning chinò la testa con un sospiro.

«Allora?» proseguì Simon sempre sorridente. «Non sapete cosa dire?»

Mike lo prese per le spalle e lo tenne stretto.

«Piccolo» gli disse guardandolo con espressione atterrita. «Non c'è nessuno lì.»

«Come?» Simon guardò perplesso da Caro a Mike. «Mi vuoi prendere in giro? Guardala, è proprio lì.»

Mike scrollò lentamente la testa e lo guardò rattristato. Aveva l'espressione di chi all'improvviso ha compreso qualcosa che Simon non aveva ancora capito.

«No, piccolo» disse sottovoce. «Non c'è nessuno. Non ti ricordi più chi era Caro?»

Simon si divincolò, cercando di liberarsi dalla stretta. Ma il fratello lo teneva saldamente.

«Caro era tua amica, questo è vero. Ma è passato tanto tempo. Eri ancora piccolo. Era la figlia del nostro vicino. Lo scrittore con il gatto, e tu eri innamorato pazzo di lei. Non te lo ricordi?»

«Ma che assurdità vai dicendo?» esclamò Simon mentre le lacrime gli rigavano le guance. «Lei è qui, qui con noi. È lì! La vedo!»

«Lei è morta, piccolo. Anni fa. Per un cancro alla pelle. Lo hai dimenticato?»

«No» piagnucolò Simon. «No, non è vero!»

Guardò nuovamente verso Caro, che gli sorrise mesta e si strinse nelle spalle. Poi si ritrasse nell'oscurità e subito dopo scomparve.

Simon si liberò e corse verso le scale.

Chiamò a gran voce il nome di Caro mentre qualcuno gridava alle sue spalle. Ma non aveva importanza. Caro era importante. Doveva trovarla. Non poteva andarsene senza di lui. Si appartenevano l'un l'altra.

All'improvviso venne colto dalle vertigini. Udì ancora un grido, e stavolta era il suo.

Cadde nel vuoto e subito dopo scomparve pure lui nell'oscurità.

89

Era di nuovo sul sedile posteriore della Ford. Era sabato pomeriggio e stavano andando alla festa di compleanno di Tilia.

Era un viaggio infernale. I suoi genitori litigavano senza sosta.

Da quando la madre si era barricata nello studio il giorno

prima ed era rimasta a piangere più di un'ora lì dentro, nulla era stato più come prima.

Simon si era infilato le cuffie subito dopo la partenza, alzando al massimo il volume del cellulare.

Gli Slipknot gli rimbombavano nelle orecchie, mentre giocava a Crossy Road cercando di dimenticare il mondo intorno a lui.

Ogni tanto guardava fuori dal finestrino. Allora con la coda dell'occhio vedeva che i genitori continuavano a bisticciare gesticolando animatamente.

Era contento di non dover affrontare le accuse che si rinfacciavano. Non lo sopportava! Gli era bastato sapere che suo padre aveva una relazione con una collega. Suo padre! Non riusciva a crederci. Non avrebbe mai fatto niente del genere. Doveva esserci un equivoco.

Lei ha distrutto la mia famiglia!

Dieci minuti dopo essere entrati in autostrada, la cuffia destra aveva smesso di funzionare. Per quanto Simon ci provasse, quell'aggeggio da due soldi non voleva saperne di riaccendersi. Era stata pensata per Katy Perry, Rihanna o Miley Cyrus, e non per roba pesante come il nu metal. Ma era proprio quella l'unica musica in grado di cancellare le grida che provenivano dai sedili anteriori.

Piegò la testa di lato premendo sulla spalla l'orecchio destro. Nel sinistro gli Slipknot continuavano a cantare di ricordi perduti e sul display del cellulare quella stupida gallina veniva investita un'altra volta.

Ma non arrivavano mai?

Quando fossero arrivati da Tilia, avrebbero smesso. Avrebbero finto che tutto andasse alla perfezione. Facevano sempre così, anche quando a casa l'atmosfera era incandescente.

In certi momenti Simon avrebbe desiderato che fossero

proprio come si mostravano all'esterno. Se fosse riuscito a crederci abbastanza, se lo avesse desiderato abbastanza, forse tutto sarebbe tornato come prima?

Era possibile crearsi i propri genitori da sogno, come con le costruzioni, per poi scambiarli con quelli veri? Sarebbe stato fantastico!

Lo aveva già fatto spesso nella sua fantasia, ma non era mai riuscito a trasferire nella realtà quei genitori ideali.

A un certo punto non riuscì più a resistere in quella posizione scomoda. Gli sarebbe venuto il torcicollo, se fosse rimasto così per un solo minuto. Ma non voleva sentire le voci dei genitori!

Nel frattempo stavano viaggiando sulla statale. Simon si rese conto che non era la strada che facevano di solito per andare da Tilia. Di solito passavano per la superstrada di Fahlenberg, ma era stata chiusa a causa di un incidente, come Simon apprese ascoltando le notizie sul traffico alla radio.

La voce dello speaker faticava ad arrivare sino a lui, coperta da quella isterica di sua madre.

«Non possiamo più andare avanti così!» stava gridando al padre. «Ne ho le scatole piene delle sue telefonate! Ora basta, hai capito? Ora basta!»

«Per la miseria, ascoltami una buona volta!» esclamò Lars Strode. «L'ho fatta finita e proverò a dirle di nuovo di lasciarci in pace. So di aver commesso un terribile sbaglio e mi dispiace. Hai capito? Mi dispiace! Che devo fare ancora? Devo chiederti perdono in ginocchio?»

«Non occorre» rispose la madre e poi, con un tono di voce più tranquillo ma non meno determinato, aggiunse qualcosa che fece raggelare il sangue nelle vene di Simon.

«Ieri pomeriggio ho chiamato un avvocato. Voglio il divorzio, Lars.»

Il padre l'aveva guardata atterrito, ma per Simon lo spavento era stato assai maggiore. Avrebbe perso i genitori. Si sarebbero separati e tutto sarebbe cambiato.

Allora sì che la loro famiglia sarebbe stata davvero *distrutta*.

Il suo mondo sarebbe crollato. Nessuno sarebbe stato più in grado di riaggiustarlo.

Non era giusto! Le cose dovevano restare com'erano. Altrimenti tutto sarebbe precipitato nell'incertezza, come in un buco nero. E allora sarebbe stata la fine.

Nessuno lo sapeva meglio di Simon.

Aveva già perso altre persone care. I nonni, che erano stati così importanti per lui. E Caro, la sua amica, che conosceva da quando aveva due anni. Soprattutto lei, perché era stata una persona speciale.

Ma all'improvviso si era ammalata e lui l'aveva rivista solo all'ospedale. La simpatica infermiera con quelle buffe scarpe con i teschi e i capelli tinti di nero aveva regalato loro il gioco «Non ti arrabbiare» e a volte giocava con loro.

Caro aveva detto che da grande, una volta guarita, voleva diventare proprio come quella infermiera.

«Una donna fantastica e tostissima.»

Ma pochi giorni dopo Caro era sparita.

Simon era ancora troppo piccolo per capire fino in fondo il significato della frase «ci ha lasciato». Aveva pensato che fosse andata in vacanza, «in un posto migliore». Erano le parole che aveva usato suo padre.

In seguito era stato costretto a capire che non era possibile tornare da quel luogo. Che si rimaneva per sempre in quel posto migliore. E questo significava che non avrebbe mai più rivisto Caro. L'unica amica che avesse mai avuto.

Non gli aveva mai dato fastidio che fosse una ragazza. Lei

lo capiva perfettamente, lo accettava per quello che era, ed era questo ciò che contava.

Qualche anno dopo anche Mike se n'era andato di casa. Un altro pezzo del suo mondo era crollato. Gli restavano soltanto i genitori. E ora volevano separarsi. Non doveva succedere!

«Dici sul serio?» aveva domandato Lars Strode, e la moglie era scoppiata in una cupa risata.

«Eccome! Avrei dovuto farlo molto tempo fa. Le cose tra di noi vanno male da tanto tempo. La tua amante è stata solo la goccia che ha fatto traboccare il vaso.»

In quel momento Simon decise che era molto meglio andare tutti insieme in quel *posto migliore.* Lì avrebbe rivisto anche Caro e i nonni. Tutto sarebbe tornato come un tempo. Per l'eternità.

Posò il cellulare sul sedile e, mentre imboccavano una curva, si lanciò in avanti, tappando gli occhi del padre.

Un attimo dopo furono spazzati via in un'esplosione di grida, schegge e fiamme.

Lui però non era arrivato nel posto migliore. C'erano andati solo i genitori. Lui al contrario era finito...

90

... da Melina.

L'aveva sentita e aveva capito che parlavano di lui. Quando poi si era svegliato nel cuore della notte, aveva sentito il motore dello scooter davanti a casa.

Si era vestito in fretta ed era corso fuori. Doveva parlare con lei.

Forse c'era un'altra soluzione? Forse non era necessario che se ne andassero. Potevano rimanere lì. Lì con lui.

Avrebbero potuto vivere come una piccola famiglia. Insieme e felici.

Melina avrebbe potuto studiare anche a Fahlenberg. Mike aveva già trovato un lavoro che gli piaceva. Lei non doveva laurearsi per forza in psicologia. Gli psicologi dicevano sempre un sacco di sciocchezze e credevano di avere la verità in tasca. Lui lo sapeva bene.

Negli ultimi mesi aveva avuto a che fare con tanti psicologi e psichiatri. E tutti, a parte il dottor Forstner, erano stati arroganti e saccenti, convinti di dover spiegare agli altri come vivere.

Come il dottor Grünberg, per esempio. Era così irritante, quando gli rinfacciava di rifiutare la realtà e di rifugiarsi nel suo mondo fantastico. Che idiozia!

Quando era arrivato in cortile, Melina se n'era appena andata. Fece giusto in tempo a scorgere il fanale posteriore dello scooter che si allontanava in direzione della pista ciclabile per Fahlenberg.

Corse a prendere la mountain bike e la seguì. Forse non sarebbe riuscito a raggiungerla, ma doveva provarci. Doveva salvare il proprio futuro!

E così aveva pedalato come un forsennato nella notte. Non si era lasciato intimidire dal violento temporale che stava imperversando sulla zona, strappando foglie e rami dagli alberi.

Era convinto di averla perduta, poi aveva visto il fanalino posteriore. Era un segno del destino. Lei si era dovuta fermare perché un grosso ramo bloccava la strada. Non avrebbe potuto raggiungere la statale, perché un fosso la separava dalla pista ciclabile.

Stava cercando di spostare il ramo, ma era troppo pesante.

Quando Simon le si fermò accanto e le offrì il proprio aiuto, lei lo guardò stupita. Si tolse il casco, come per accertarsi che Simon fosse proprio lì davanti a lei e non se lo stesse solo immaginando.

«Cosa ci fai qui? Perché non sei a casa? È troppo pericoloso con questo temporale!»

Lui allora le spiegò i motivi per cui era uscito a quell'ora di notte. Voleva spiegarle che non poteva andarsene, che doveva rimanere lì con Mike. Lì con lui. Perché lui aveva bisogno di Mike. E se per lei Heidelberg era così importante che ci andasse da sola.

«Ma dimmi un po', sei impazzito?» aveva esclamato lei. «Devi metterti in testa che anche gli altri hanno diritto alla loro vita. Mike non è responsabile per te, anche se sei suo fratello. Il fatto che tu abbia dei problemi non ti rende speciale. Anche uno come te deve rispettare gli altri e non può dare tutto per scontato.»

Gli aveva rivolto ancora qualche parola offensiva. Non voleva ragionare. Voleva solo andare a Heidelberg. Iscriversi all'università e costruirsi una nuova vita in quella città.

Lei. Lei. Lei. Sempre e solo lei!

Mike le avrebbe dato retta. Era innamorato perso e faceva tutto quello che voleva Melina. Finché c'era lei, Simon avrebbe perduto anche l'ultima persona che gli era rimasta.

«E adesso sparisci, una volta per tutte!» gli gridò Melina in mezzo al frastuono del temporale. «Vedi di tornartene a casa!»

A casa.

Ma lui non aveva più una casa.

In quel momento qualcosa dentro di lui si era spezzato. Era come se qualcuno avesse spento la luce nella sua testa. Oscurità e vuoto completi. Nessun pensiero, nessuna emozione. Niente.

Quando era tornato in sé, era sdraiato nel fosso sul ciglio della strada e scacciava disgustato il grosso rospo che gli saltellava sulla maglietta. La T-shirt era piena di sangue. Sangue che non era il suo.

Mentre si rialzava, si rese conto di avere qualcosa tra le mani. Era la cavigliera con il cuoricino rosso. Un simbolo dell'amore succube di Mike.

A Melina non sarebbe più servita. Era a pochi metri da lui, tramortita nel prato oltre il fosso. Accanto a lei i lampi illuminarono il ramo di betulla con cui era stata colpita.

Un'auto solitaria si stava avvicinando sulla superstrada. Procedeva piano, a causa della pioggia. Simon si nascose e aspettò che la luce dei fari si fosse allontanata.

Era un'auto nera. Richard Henning guidava un'auto nera. Un grosso fuoristrada vistoso, perfetto per il suo ego smisurato.

Simon non lo poteva soffrire. Per quanto Henning si mostrasse amichevole e paterno nei suoi confronti, era semplicemente il guardiano della prigione dove lo volevano rinchiudere.

Simon era sicuro che questo Henning fosse capace di tutto.

E così la realtà di Simon Strode prese un nuovo corso.

91

Dal *Fahlenberger Bote* del 21 agosto:

Ritrovata la sedicenne scomparsa

Fahlenberg (Ulm). Le drammatiche ricerche della sedicenne scomparsa si sono concluse felicemente nella giornata di ieri. La polizia ha dato la notizia che la ragazza è stata rintracciata in un'area di servizio autostradale nei pressi della capitale.

Le ricerche della sedicenne Leonie H. di Fahlenberg sono durate diversi giorni. Leonie era stata accompagnata dal padre a un appuntamento con le amiche al cinema. Dopo essere scesa dall'auto (particolare confermato da diversi testimoni), di lei si erano perse le tracce.

Fino a ieri la polizia pensava a un rapimento o un'aggressione, sulla base di alcuni indizi che portavano in tale direzione.

In realtà è stata la stessa sedicenne a inscenare il presunto rapimento. Da fonti attendibili sappiamo che la ragazza «voleva vendicarsi dell'egoismo dei genitori», in procinto di trasferirsi in un'altra regione per motivi professionali. Leonie avrebbe dovuto rinunciare agli amici e abbandonare il proprio ambiente, e non si sentiva pronta a farlo.

Leonie avrebbe viaggiato in autostop fino a Berlino, ma prima si sarebbe nascosta nel vecchio hotel «Sette abeti» abbandonato da anni, la cui demolizione è prevista per il prossimo anno.

Dopo due giorni avrebbe lasciato l'hotel, impaurita dall'arrivo di «un ragazzo dallo strano comportamento», che l'avrebbe minacciata con due pioli di legno. Non è stato ancora confermato che si tratti del sedicenne Simon S., ricoverato la settimana scorsa nel reparto di psichiatria pediatrica della Waldklinik a Fahlenberg, dopo essersi reso colpevole di un'aggressione ai danni di una diciannovenne sulla pista ciclabile per Fahlenberg, come riferito in un altro articolo.

Secondo la dichiarazione rilasciata dal commissario capo Rutger Stark, Leonie sarebbe di nuovo a casa dai genitori, i quali avrebbero deciso di rimandare il trasferimento.

92

Venerdì
20 novembre

L'infermiera Marion si alzò e andò incontro con un caloroso sorriso al visitatore che stava entrando nel reparto di psichiatria pediatrica.

«Signor Strode» disse uscendo in corridoio. «Che piacere vederla di nuovo qui.»

Mike si sforzò di ricambiare il sorriso, pur non avendone alcuna voglia. «Come sta mio fratello?»

L'infermiera grassoccia e dai riccioli brizzolati assunse un'espressione addolorata. «Come al solito, purtroppo. Non parla, non mangia, se ne sta seduto immobile. Tutto il giorno.»

«Gli hanno cambiato la terapia farmacologica? Il dottor Forstner mi aveva detto che sarebbe migliorato.»

L'infermiera manifestò il proprio dispiacere agitando le mani grassocce. «Abbiamo cambiato la terapia già da una settimana. Finora senza variazioni di rilievo. Ma in certi casi ci vuole un po' di pazienza. Gliel'ha detto anche il dottor Forstner. Simon può farcela, se trova la forza di superare il blocco della rimozione. Ma ci vuole tempo.»

Mike sospirò. La pazienza era l'ultima cosa che gli fosse rimasta. Non poteva continuare così all'infinito. Ormai Simon era ricoverato da quasi tre mesi.

Mike aveva sperato che il fratello minore tornasse in sé prima della loro partenza per Heidelberg. Gli sarebbe piaciuto trascorrere ancora un po' di tempo con lui.

«E la gamba?» si informò. «Potrà tornare presto a camminare?»

«Da questo punto di vista posso rassicurarla» sorrise l'infermiera. «La frattura è completamente guarita. Entro breve verranno estratti i chiodi. Non mi stancherò mai di ripetere che suo fratello deve avere un angelo custode molto bravo. Poteva rompersi l'osso del collo, cadendo da una scala in quel modo.»

Avrebbe avuto bisogno di un angelo custode molto prima, pensò Mike. *Avrebbe risparmiato a tutti un sacco di sofferenze.*

Preferì tenere per sé simili pensieri, mentre porgeva un sacchetto di plastica all'infermiera.

«Prenda, forse questi li mangerà più volentieri. Prima andava pazzo per i ravioli.»

L'infermiera prese il sacchetto arricciando il naso e gettò un'occhiata disgustata al contenuto.

«Non si può dire che sia un'alimentazione equilibrata, ma ci proveremo. Deve assolutamente mettere su qualche chilo. Vuole andare da lui adesso?»

«È nella stanza comune?»

L'infermiera Marion annuì. «Come ogni giorno.»

«Allora conosco la strada, non si preoccupi» disse Mike.

Ringraziò l'infermiera e si incamminò lungo il corridoio.

Prima di entrare nella stanza, fece un profondo respiro.

93

La stanza comune era vasta e luminosa. La pallida luce grigiastra di novembre entrava dalle grandi vetrate. Il parco della clinica era immerso nella nebbia, simile a un mondo alieno.

Bambini e ragazzi erano seduti a grandi tavoli chiari. C'era chi disegnava, chi si dedicava al bricolage, chi a giochi da tavolo in compagnia, chi chiacchierava.

Quasi tutti erano riuniti a gruppetti. Solo Simon era in disparte a un tavolo vicino alla finestra. In sedia a rotelle, fissava inespressivo la parete oltre il piano del tavolo, dov'erano appesi i disegni dei giovani pazienti. Alcuni erano astratti, altri raffiguravano vasi di fiori, il mare o case con accanto famiglie di omini stilizzati che si tenevano per mano e sorridevano all'osservatore.

Mike si stava avvicinando al fratello, quando improvvisamente una ragazza bionda lo tirò per una manica.

«Oh, ciao, Jessica» la salutò lui. «Hai disegnato qualcosa anche oggi?»

«No. Sono stata seduta un po' con Simon.»

«Che gentile.»

La ragazza inclinò la testa di lato e sporse il labbro inferiore. Questa posa le dava l'aria di una bambina capricciosa di sette anni, quando invece doveva averne più del doppio, valutò Mike.

«Veramente Simon non è qui. Loro hanno lasciato solamente il suo corpo.»

«Loro chi?» domandò Mike. «A chi ti riferisci?»

Jessica lo guardò come se avesse appena fatto una domanda idiota. «Davvero non sai dove si trova adesso tuo fratello?»

Lui scosse la testa proprio come si aspettava lei. «Dimmelo tu.»

«È nel bosco. Lo sanno tutti. Lo hanno preso i lupi.»

Poi, come se niente fosse, si allontanò e si mise a rovistare in una libreria.

Mike andò a sedersi accanto a Simon.

«Ciao, piccolo» disse prendendogli la mano. «Allora, come butta? Tutto okay, oggi? Ho dato all'infermiera grassa dei ravioli per te. Finalmente è venerdì. Il venerdì mangi sempre i ravioli.»

Simon non mostrò alcuna reazione. Ogni tanto batteva le palpebre, ma sembrava più che altro un riflesso automatico.

«Ti saluta Melina» proseguì Mike, sforzandosi di mantenere un tono gioviale e rilassato, anche se gli costava un'enorme fatica. «Si è ripresa completamente. È tornata a darmi ordini come al solito. Tira fuori sempre nuove idee per il nostro appartamento.»

Mike deglutì e con la mano libera si asciugò una lacrima dall'angolo dell'occhio.

«Per la miseria, piccolo, anche oggi è impossibile farti smettere di parlare. Lascia almeno che ti porti i saluti da parte della zia. Devi mangiare e, quando tornerai a casa, Tilia ti preparerà una torta ogni giorno. Credi a me, piccolo, manterrà questa minaccia, eccome. E, quando verrai a trovarci, dovremo rinforzare il pavimento perché sarai così grasso che...»

Il pianto gli impedì di proseguire. In preda ai singhiozzi, si strofinò gli occhi con la manica della giacca, poi guardò il fratello.

A cosa stava pensando? Dov'era Simon adesso?

Mike gli augurava di tutto cuore di non essere nel bosco. Che non lo avessero preso i lupi.

Augurava a suo fratello di essere in un posto dove poteva essere felice.

E poi accadde un piccolo miracolo.

Simon sorrise.

94

«Che splendida giornata» disse Lars Strode sedendosi a tavola. «C'è un sole magnifico e oggi pomeriggio ho preso mezza giornata di ferie. Propongo di andarcene tutti insieme al lago. Che ne dite?»

«Grandioso» esclamò Simon. «Vero, mamma?»

«Veramente dovrei comprarmi un nuovo costume da bagno, prima» disse Maria Strode, portando in tavola la pentola fumante. «Ma, se la maggioranza preferisce andare subito al lago, non mi oppongo. Tu che ne pensi, Caro?»

«Vengo anch'io, è naturale» rispose lei sorridendo. «Senza di me Simon non riuscirebbe nemmeno a trovare la spiaggia.»

«Ahah, molto spiritosa. Vuoi che ti chieda di enunciare di nuovo il teorema di Pitagora?»

«Non ci provare, secchione!»

Diede una gomitata scherzosa a Simon, che gliela restituì.

Maria Strode alzò un indice con finta severità. «Ragazzi, ora basta. Non giocate a tavola! Servitevi, che i ravioli si raffreddano. Simon, mi passi l'insalata?»

Simon stava per prendere l'insalatiera, quando un altro ospite entrò in cucina.

«Toc toc, è permesso?» chiese Mike. «Sono in tempo per il pranzo o vi siete già spazzolati tutto?»

«Questa è casa tua. Accomodati» rispose Maria Strode. «C'è sempre qualcosa da mangiare per te.»

«È bello sentirtelo dire.»

Mike si mise seduto accanto a Simon e gli prese la mano.

«Ciao, piccolo. Allora, come butta? Tutto okay, oggi?»

Simon sollevò la mano con il pollice verso l'alto.

«Sissignore. Tutto alla grande. E sarà così per sempre.»

«Questo è chiaro, piccolo» disse Mike sorridendo. «Per l'eternità. Giusto, Caro?»

Lei annuì e rivolse a Simon uno dei suoi sorrisi inimitabili. «L'ho sempre detto, io: nella fantasia tutto è possibile.»

Simon si guardò intorno soddisfatto e un sorriso gli illuminò la faccia.

« La vita è come un giardino.
Esistono i momenti perfetti,
ma non possono durare per sempre,
tranne che nel ricordo. »

Leonard Nimoy

POSTFAZIONE

A volte nella vita succedono cose che ribaltano e trasformano il passato. A me è successa una cosa del genere scrivendo questo libro.

In tutta sincerità, care lettrici e cari lettori, il libro che avete in mano non è quello che volevo scrivere all'inizio. Il manoscritto originale doveva raccontare una storia completamente diversa, ma non l'ho mai portato a termine.

Il motivo è che, durante la stesura di *Incubo*, la mia vita ha subito alcuni cambiamenti. Eventi così profondi e sconvolgenti che il tema iniziale del romanzo mi è sembrato banale e insignificante.

Mi piace descrivere il mio lavoro come quello di un esploratore che scende i gradini scricchiolanti di una cantina armato di torcia e scruta negli angoli bui alla ricerca di cose nascoste.

Questa cantina è il nostro subconscio, che ha tantissimi angoli bui. In ciascuno si annida una nostra paura e il mio compito, care lettrici e cari lettori, è di dare un volto a questi timori e renderli innocui per voi.

C'era però un certo angolo dove non mi avventuravo da tempo. L'avevo sempre evitato, come la maggior parte di noi, guardandolo solo da lontano. Le due paure che si nascondono in questo angolo, infatti, sono le più terribili: la morte e la transitorietà.

In particolare quest'ultima ci accompagna per tutto il cammino della nostra vita e più a lungo siamo in viaggio più ci viene vicina.

Ci rendiamo conto che le persone e le cose si trasformano, che ciò che conosciamo lascia il posto alle novità e che la vita è fatta di continui cambiamenti. Il cinema all'angolo prima o poi verrà demolito e al suo posto sorgerà un supermercato. All'aeroporto non troviamo più la simpatica impiegata del check-in, ma consegniamo il bagaglio su un nastro gestito da un computer. Nella casa di fronte arrivano nuovi inquilini. E gli amici di una vita si trasferiscono a studiare in un'altra città.

Tantissime cose cambiano, alcune più rapidamente di quanto crediamo, e non è sempre facile abituarsi.

Anche la morte fa parte di questi cambiamenti. Negli anni scorsi mi sono dovuto separare per sempre da alcuni cari amici e familiari. È stato estremamente doloroso. Ciascuno di loro ha lasciato un vuoto nella mia vita.

Spesso mi sono sentito come Simon e avrei voluto far tornare indietro la ruota del tempo. Ma, come dice giustamente Mike, la vita conosce una sola direzione: in avanti.

Per procedere serenamente su questa strada, aperti al nuovo, dobbiamo imparare a lasciarci alle spalle il passato. Altrimenti ci ritroveremo intrappolati nel bosco oscuro, con i lupi.

La separazione non è sempre facile, ma per esperienza personale posso dire che vale la pena sforzarsi. Il futuro ha tantissimo da offrirci, se gli concediamo una possibilità e non ci aggrappiamo tenacemente al passato. E i bei ricordi rimarranno per sempre nel nostro cuore.

Billy Idol, la leggenda del rock, lo ha detto in maniera

perfetta: «Vivi ogni giorno come se fosse l'ultimo, e prima o poi avrai ragione».

Come a dire: abbracciamo la vita, con lo sguardo sempre rivolto in avanti!

RINGRAZIAMENTI

Questo libro è stato scritto con il sostegno di tante persone meravigliose, che hanno contribuito ciascuna a suo modo per far sì che la storia di Simon venisse alla luce.

Ringrazio tutti di cuore.

In particolare Roman Hocke, mio amico e agente, e Susanne Krebs e Jürgen Weidenbach della casa editrice cbt. Niente di ciò che hanno fatto per me e per questo libro era scontato. Come autore posso ritenermi fortunato ad avere il privilegio di lavorare con persone così sensibili e comprensive.

Un ringraziamento anche al dottor Walter Bischofberger, che mi ha dato molte preziose informazioni sul tema dell'autismo. (Caro Walter, ho apprezzato molto le nostre chiacchierate!)

Ringrazio anche Roland Reinhard, Kerstin Jakob, Paul Cleave, Andreas e Marianne Eschbach, Markus e Kirsten Naegele, Rainer Zahn e soprattutto mia moglie Anita. Senza di voi questo libro non esisterebbe.

E naturalmente ringrazio anche voi, miei fedeli lettrici e lettori. A voi un grazie speciale!

Wulf Dorn
Luglio 2015

Indice

Wulf Dorn
L'ossessione

Una cena fra amici si trasforma in una discesa all'inferno per lo psichiatra Mark Behrendt. Mentre è a casa di Doreen, una persona suona alla porta e lei si allontana per andare ad aprire: è l'ultima cosa che lui ricordi. Si risveglia intontito, Doreen è scomparsa. Poco dopo riceve una telefonata: ha tre giorni per trovare qualcuno e deve scoprire da solo chi, altrimenti Doreen verrà uccisa. Inizia una folle corsa contro il tempo. Un tassello dopo l'altro, una rivelazione dopo l'altra Mark cerca di risolvere l'enigma e al suo fianco troverà un'improbabile alleata in Ellen Roth... « la psichiatra », ex collega e poi ex paziente di Mark alla Waldklinik di Fahlenberg, il posto dove tutto aveva avuto inizio, da cui lui era fuggito tanti anni prima e dove ora, facendo forza su se stesso, si costringe a tornare, per eseguire gli ordini di uno sconosciuto, ossessionato da un dolore indicibile e che è disposto a qualunque cosa... Proprio come lui?

TEA

Finito di stampare nel mese di marzo 2023
per conto della TEA S.r.l.
da Rotolito S.p.A. - Seggiano di Pioltello (MI)
Printed in Italy